Gestatten, Kümmel.
Von Beruf Katze

Zum Jubiläum

Das Buch „Gestatten, Kümmel. Von Beruf Katze" wurde 10 Jahre alt und hat sich zu einem kleinen Dauerbrenner entwickelt. Dafür danken Theo Graufell (Autor) und Katze Kümmel (Co-Autor) recht herzlich.
Zum Buchgeburtstag gibt es deshalb eine Jubiläumsausgabe mit einem neuen Cover und der Geschichte von dem Mann, der keine Katzen mochte, die in der Erstausgabe nicht enthalten ist.
Außerdem zeigt der Autor am Ende des Buches in kurzen satirischen Betrachtungen, dass die Herren der Schöpfung nicht nur im Umgang mit dem Haustier ihre sehr eigenen Wege gehen.
Die Geschichten sind die gleichen Geschichten wie in dem Originalbuch, sind aber im Erscheinungsbild etwas aufgefrischt. Für alle, die dieses Buch noch nicht kennen: Es ist kein typisches Katzenbuch, sondern ein Theo-Graufell-Katze-Kümmel-Buch. Es werden hauptsächlich die Untiefen der menschlichen Verhaltensweise in Bezug auf Katzenhaltung amüsant bis satirisch ausgelotet und hier und da von Katze Kümmel frech kommentiert. Theo möchte es seiner Katze immer recht machen und stolpert von einem Fressnapf, pardon, Fettnapf in den Nächsten.

Die Autoren möchten nicht, dass nachher Klagen kommen, weil nicht genug niedliche Miezekatzen vorkommen und der Leser deshalb enttäuscht ist. Es kommen zum Ausgleich auch Hunde, Sandflöhe, Kater und eine dicke Gans vor.

Theo Graufell

Gestatten, Kümmel.
Von Beruf Katze

Die Jubiläumsausgabe

**Serviert in kleinen Häppchen von
Theo Graufell und Katze Kümmel**

Satiren aus Kümmels Revier

Bibliografische Information der Deutschen Nationalbibliothek:
Die Deutsche Nationalbibliothek verzeichnet diese Publikation
in der Deutschen Nationalbibliografie; detaillierte bibliografische Daten sind im Internet über http://dnb.dnb.de abrufbar.

© 2017 Theo Graufell
Coverdesign Torsten Jurai tomjay.de;
Bildmaterialien © Regisser.com – fotolia.com/
© inferio - fotolia.com

Herstellung und Verlag: BoD – Books on Demand, Norderstedt

ISBN: 978-3-743178069

Inhaltsverzeichnis

Wie alles begann

Wir packten uns an den Händen und sanken aschfahl in unsere Sessel. Der Notar leierte mit monotoner Stimme die letzten Artikel des Kaufvertrages herunter und machte ein sattes und zufriedenes Gesicht. Die Vorbesitzer des von uns soeben erworbenen Häuschens am Rande von Berlin erhoben sich, vermieden weiteren Blickkontakt mit uns und verließen eilig die Kanzlei. An der Tür sah ich sie noch grinsen.

Wir, das sind Ulrike, später von Katze Kümmel wegen ihrer Brille Vierauge genannt und ich. Kümmel nennt mich Graufell, weil meine Haare und mein modisch kurz gehaltener Bart schon ganz leichte Spuren von Grau haben. Alle Männer in meiner Familie haben graue Haare. Besonders die Älteren. Da brauche ich mir also keine Sorgen zu machen, sagt auch mein Therapeut.

Schon als der Gedanke eines Umzugs aufs Land verbunden mit dem Ankauf eines bescheidenen Häuschens in uns keimte, war für uns klar, dass wir unser neues Heim mit einer Katze teilen wollten. Ulrike und ich sind beide mit Katzen aufgewachsen und lieben die Fellbündel sehr. Mit anderen Haustieren können wir wenig anfangen. Meerschweinchen können sich in einem mittelgroßen Haus leicht verirren und haben schon mal in einem unbedachten Moment unter dem Pantoffel des Menschen ihr Leben ausgehaucht, Hunde wollen immer rennen und riechen komisch, wenn ihr Fell nass ist und Wellensittiche veranstalten den lieben langen Tag einen Höllenlärm. Ich bin von Beruf Werbetexter und Autor, brauche Ruhe und Frieden, um meine Texte und Geschichten zu verfassen und kann nicht alle naselang mit dem Hund Gassi gehen.

Ulrike geht einem bürgerlichen Beruf nach – sie ist Ärztin – und kommt abends erschöpft nach Hause. Hunde und Wellensittiche sind zu anstrengend. Wir lieben Katzen und schon deshalb wäre eine Katze genau richtig. Dachten wir damals jedenfalls. Wir konnten ja nicht ahnen... aber ich greife vorweg.
Wo bekommt man nun eine Katze her? Unser erster Gedanke war das Tierheim. Man geht hin, lässt sich von einer oder mehreren Katzen beschnuppern und umtänzeln, entscheidet sich für ein Tierchen, erledigt die Formalitäten und holt einige Tage später die Katze ab. Das war uns natürlich viel zu einfach.
»Ich frage mal meine Mutter«, gab Ulrike bekannt.

Die Mutter von Ulrike ist Schuldirektorin und kennt viele Leute. Mutter Vierauge fragte sofort ihre Sekretärin, eine Frau mittleren Alters mit noch mehr Kontakten im ganzen Land.

»Eine Katze? Kein Problem«, sagte die Sekretärin. Sie legte sofort los und tätigte eine Unmenge von Telefonaten. Nach nur wenigen Stunden drehte sie sich um und sagte mit heiserer Stimme: »Mein Sohn arbeitet in Dresden und kennt dort jede Menge Leute.«

Mutter Vierauge zeigte großen Respekt.

»Und haben die Freunde Ihres Sohnes auch junge Kätzchen abzugeben?«

»Soweit bin ich noch nicht.«

Die Sekretärin griff wieder zum Telefon.

Die Verkäufer unseres Häuschens waren inzwischen ausgezogen und wir unmittelbar danach eingezogen. Etwas Farbe hier, ein paar elektrische Leitungen dort und dann bestellten wir den Möbelwagen. Das Haus war sehr gepflegt und praktisch bezugsfertig. Die ersten Wochen und Monate gingen ins Land. Als wir alles soweit geregelt hatten, fragten wir Mutter Vierauge nach dem Fortschritt der Katzensuche. Sie versprach, am nächsten Morgen unverzüglich ihre Sekretärin zu befragen.

Die Ermittlungen der Sekretärin waren erfolgreich. Ihr Sohn, der bekanntlich in Dresden arbeitete, hatte einen Arbeitskollegen. Den schönen Dieter. Dieter hatte einen Schlag bei Frauen und eine seiner vielen Verflossenen kannte eine Familie, die eine Katze hatte. Dieter versprach sich darum zu kümmern, wenn die interessierte Partei – das waren wir – seine Schulden bei seiner Ex-Freundin begleichen würde. Ansonsten lehnte Elvira jedwede Gefälligkeit für Dieter ab. Wir sind keine Unmenschen und überwiesen Elvira die 500 Euro, die Dieter ihr noch schuldete. Nach Geldeingang rief Elvira die Familie an, die eine Katze hielt und teilte uns mit, dass "Purzel" kastriert sei und daher Nachwuchs für uns sehr unwahrscheinlich wäre. Als wir unsere Bitte nach Rücküberweisung vortrugen, lachte sie nur und legte den Hörer auf.

Die Sekretärin fühlte sich tief in unserer Schuld und verdoppelte ihre Anstrengungen. Die gute Mutter Vierauge legte gerade die Stundenpläne der nächsten Woche fest, als ein triumphierender Schrei aus ihrem Vorzimmer ertönte. Hochrot erschien der Kopf ihrer Sekretärin im Türrahmen.

»Mitte April ist es soweit!« Sie holte Luft.

»Katze Trixi erwartet einen Wurf.«

Trixi war die (unkastrierte) Katze der Nachbarn von Familie Seidensticker. Bei Familie Seidensticker wohnte während ihrer Ausbildung zur Krankenschwester eine Bekannte ihres Sohnes Thomas. Wir erkundigten uns über Mutter Vierauge, ob Thomas der Untermieterin der Familie Seidensticker Geld schuldete. Als das glaubhaft verneint wurde, schlugen wir zu.

»Wir nehmen eine.«

Mutter Vierauge gab die Botschaft sofort weiter.

»Sie nehmen eine.«

Die Sekretärin griff mit schwieligen Fingern zum Telefon.

»Sie nehmen eine.«

So hatten wir auf einfachem Wege ein kleines Kätzchen in Aussicht. Telefonisch erfuhren wir von der erfolgreichen Geburt und fieberten dem Tag der Übergabe entgegen. Und dann im Juni war es endlich soweit. Die angehende Krankenschwester, die bei Familie Seidensticker zur Untermiete wohnte, kam zum Wochenende nach Berlin und würde uns unser Kätzchen mitbringen. Natürlich bei Erstattung der Benzinkosten, aber das war ja selbstverständlich.

An einem warmen Juniabend konnte die Übergabe erfolgen. Mutter Vierauge und Ulrike verabredeten über den Sohn der Sekretärin einen Treffpunkt, packten einen Katzenkorb ins Auto und fuhren los. Ich blieb zu Hause und bereitete im ersten Stock unseres Häuschens das Katzenzimmer vor. Eine Decke, etwas Katzenfutter, frisches Wasser und das Katzenklo.

Aufgeregt lief ich auf unserer Terrasse auf und ab. Dann hielt Mutter Vierauges Auto vor der Einfahrt, Ulrike stieg aus und hielt ein schwankendes Körbchen fest in der Hand. Kümmel zog ein. Eine Katze ist gern für sich allein, stromert durch die Gegend, jagt Mäuse und Libellen und schläft gern. Eine ruhige Bereicherung für Leute, die hart arbeiten und nicht immer abrufbereit dem Haustier zu Diensten sein können.

Wir hatten die Rechnung ohne Katze Kümmel gemacht.

Kümmel

Ich bin Kümmel und stecke mal wieder in Schwierigkeiten. Mein Leben ist keinen Pfifferling mehr wert und zieht an mir vorüber.

Ja, ich heiße wirklich Kümmel. Lachen Sie nicht, den Namen habe ich mir schließlich nicht ausgesucht. Den haben mir die beiden Zweibeiner verpasst, mit denen ich unter einem Dach lebe. Der mit dem grauen Fell im Gesicht ist Theo. Der andere mit den vier Augen ist Ulrike. Ulrike ist weiblich, so wie ich. Theo ist das, was wir als Kater bezeichnen.

Nun frage ich Sie, sind diese Namen besser? Theo? Ulrike? Angeblich haben Theo und Ulrike stundenlang beim Frühstück über meinen Namen gegrübelt. Natürlich ohne Erfolg. Pussy, Räuber, Mohrle waren zwar im Gespräch, aber sagen Sie selbst, sind das Namen für eine Katze, die grau-getigert ist? Gut, mit Pussy hätte ich mich anfreunden können, aber keinesfalls mit Räuber oder Mohrle. Schließlich bin ich eine Dame.

Nachdem weitere alberne Namen zum Glück verworfen wurden, verlor Theo die Geduld und leierte mehr zum Spaß die Gewürze im Regal herunter.

»Oregano, Basilikum, Kümmel... » seufzte er.

»Mir fällt nichts ein.« Theo machte eine Pause. Er schien zu denken.

»Kümmel«, wiederholte er. Ulrike kniff zwei ihrer vier Augen zusammen.

»Ja, Kümmel«, sagte sie. »Das klingt gut.«

So jedenfalls will es die Legende. Ich habe diese Geschichte jetzt schon mindestens 300 Mal gehört. Immer wenn andere Menschen zu Besuch kommen, höre ich: »Wie seid ihr denn auf diesen Namen gekommen?« Ich liege auf meinem Sessel und stelle mich schlafend. Ich kann es nicht mehr hören. Und wehe, mich fasst jetzt einer von den Fremden an. Diese ewige Streichelei zu unpassenden Zeiten. Ich bitte doch um etwas Respekt vor einer schlafenden Katze.

Im Moment wäre es mir allerdings sehr recht, wenn ein Zweibeiner meinen Namen rufen oder mir helfen würde. Aber nein, da kann ich um Hilfe schreien so viel ich will...

Ich muss gestehen, mein Einzug in dieses Revier liegt etwas im Dunkeln. Es ist ja schon eine Ewigkeit her und ich kann mich nicht mehr so genau daran erinnern. Oder können Sie sich an jedes Detail aus Ihrer frühesten Kindheit erinnern? Na also. Jedenfalls lag ich mit zwei meiner Geschwister in einem Korb und dieser Korb befand sich in einem großen Kasten, der ständig brummte. Inzwischen habe ich viele von diesen brummenden Kästen gesehen und, ehrlich gesagt, sie gefallen mir ganz und gar nicht. Ja, und plötzlich war ich allein in diesem Korb. Meine beiden Geschwister waren spurlos verschwunden.

Dann hörte das Brummen auf, es wurde angenehm ruhig und zwei warme, aber völlig nackte Tatzen hoben mich aus meinem Korb. Nicht mal Krallen waren zu sehen. Sechs Augen starrten mich an.

»Kümmel. Du bist Kümmel. Hier wohnst du jetzt«, sagte der Mensch mit den vier Augen.

»Die ist aber noch klein«, sagte der mit dem grauen Fell im Gesicht. Sie rochen fremd, alles roch anders hier. Ich sagte kurz »Entschuldigung« und drängelte zur Toilette. Ich war immerhin viele Stunden unterwegs gewesen. Aufmerksam waren die beiden ja. Es gab einen kleinen Imbiss, frisches Wasser und eine saubere Toilette.

»Sie hat Miau gemacht!« Graufell zeigte seine Zähne. Will er jetzt schon Streit? Später dann lernte ich, dass Theo und Ulrike oft ihre Zähne zeigen und sich nichts Böses dabei denken. Sie nennen es Lächeln.

Jetzt könnte Theo doch wirklich bald kommen. Ich habe oft genug nach ihm gerufen. Langsam wird es brenzlig. Stellt er sich taub? Oder hat er wieder diese komischen Stöpsel im Ohr, während er im Garten arbeitet? Menschenmusik. Nun ja, Kultur kann man nicht kaufen. Und ich hocke hier oben und könnte eine helfende Hand gebrauchen.

Die ersten Nächte waren komisch. Mutti war nicht mehr da und mein Bruder und meine Schwester kamen auch nicht. Dabei habe ich mich doch lautstark bemerkbar gemacht. Vielleicht waren sie beschäftigt oder verhindert. Sie kamen nicht. Was blieb mir übrig, als mich auf der flauschigen Decke zusammen zu rollen und erst mal zu schlafen. Diensteifrig hatte Graufell noch mein Klo gesäubert. Aber das ist ja wohl das Mindeste, was ich erwarten kann, oder?
Auch die ersten Tage waren sehr aufregend. Mein lieber Herr Gesangsverein, viele Räume, ganz andere Möbel, viele Fenster, weicher Boden. Und mitten im Haus Treppen. Zwei Treppen.

Wie sollte ich denn da herunterkommen? Wie haben sich die beiden Menschen das vorgestellt? Für diese langbeinigen Wesen ist das alles sehr einfach. Für mich nicht. Ich bin klein. Damals jedenfalls. Theo sagt zwar, ich hätte große Ohren. Aber damit kann ich keine Treppen steigen.

Die Neugier trieb mich nach unten. Mein Empfangszimmer lag im ersten Stock, aber was war unten? Von meiner Warte hier oben sah ich noch mehr Türen. Es half alles nichts, ich musste irgendwie nach unten kommen. Gut, es sah zwar albern aus, aber ich nahm all meinen Mut zusammen und begann den gefährlichen Abstieg.

»Guck mal, Theo«, quietschte Ulrike.

»Sie hoppelt wie ein Häschen von Stufe zu Stufe.«

Sehr witzig. Heute bin ich drei Mal so schnell oben wie Ulrike. Ich hocke grinsend ganz oben, während sie schwer atmend Stufe für Stufe erklimmt. Gut, erschwerend ist der Wäschekorb in ihren Armen. Aber wenn man kein eigenes Fell hat ... Nicht meine Schuld.

Theo! Verdammt noch mal, nimm die Stöpsel aus den Ohren. Du musst doch wittern, dass hier etwas nicht stimmt. Ich brauche Hilfe. Lange halte ich nicht mehr durch. Ich muss gestehen, ich fürchte mich. Aber werden Sie mal von Dracula verfolgt.

Zwei Wochen lang erkundete ich das Haus von oben bis unten. Das Treppenhüpfen war lästig, aber unvermeidlich. Ich bewegte mich frei in allen Räumen. Ganz unten in einem großen ungemütlichen Raum stand so ein Kasten, mit dem ich hergekommen war. Aber komischerweise brummte er nicht. Er stand völlig ruhig da. Erst mal drunter kriechen und untersuchen. Sicher ist sicher.

Durch die vielen Fenster in meinem neuen Revier hatte ich freien Ausblick nach draußen. Wundern Sie sich nicht, wenn ich Ihnen wie selbstverständlich von Bäumen, Büschen, Rasen und Blumen berichte. Damals hatte ich keinen Schimmer. Heute gehören der Garten und alle Gärten in der Nachbarschaft zu meinem Revier. Hier bin ich die Königin. Hier gehe ich spazieren, hier jage ich und hier erschrecke ich die Hühner von Nachbar Erich. Erich ist nett, aber langsam. Er denkt, ich bin ein Kater. Hat der Mann keine Augen im Kopf?

Warum sind die Zweibeiner nur so langsam? Jetzt endlich dreht sich Theo in meine Richtung. Wahrscheinlich hört seine Musik da in seinen Stöpseln auf zu spielen und er kann wieder klar hören. Bitte etwas schneller, Graufell! Oben ist der Baum zu Ende. Da geht es nicht mehr weiter. Ich werde mal zur Sicherheit kreischen. Das macht ihm Beine.

»Was ist denn hier los?« Nicht nur Theo eilt herbei, wenn man das eilen nennen darf, sondern auch Erich. Theo erkennt meine Notsituation als Erster.

»Schon wieder dieses rote Luder!« Er klammert sich an den Zaun und was soll ich Ihnen sagen? Er fängt an zu bellen. Denkt er allen Ernstes, mit seinem albernen Gebelle dieses Monster zu verscheuchen?

Dicht hinter mir, fast schon auf Pfotenlänge und mit Mordlust in den Augen, das »rote Luder«. Eine riesige und sehr starke Katze ohne festes Zuhause, die schon Dutzende Vögel, Mäuse und vielleicht sogar kleine Hunde auf dem Gewissen hatte. Und jetzt ich. Gut, ich kam später, aber jetzt ist es mein Revier. Sie soll sich nicht so gemein benehmen und mir aus dem Wege gehen. Mit Toni von gegenüber legt sie sich ja auch nicht an. Aber der ist noch größer und stärker als sie selbst. Ich nicht. Wie auch in meinem zarten Alter?

»Warte, ich hol einen Besen!« Na endlich, Erich ergreift die Initiative. Das Drama spielt sich ja auch auf seiner Seite des Zauns ab. In unserem Baum. Theo bellt weiter und rüttelt am Maschendrahtzaun. Ich muss doch sehr bitten.

Das hat die rote Hexe nun nicht erwartet. Umständlich, weil zu dick, hangelt sie sich auf den Erdboden zurück und verschwindet mit ein paar Sätzen im Gebüsch. Erleichtert bin ich schon, das können Sie mir glauben. Die hätte Hackfleisch aus mir gemacht. Abwarten, bis ich ausgewachsen bin. Die Rote steht jetzt ganz oben auf meiner Liste. Gleich nach der gemeinen schwarzen Katze, die mein Revier als Durchgang benutzt und mir sogar schon den Zugang in mein eigenes Haus verwehrt hat. Aber das ist eine andere Geschichte.

Jetzt steht er da, mein Graufell und guckt betreten. Das kommt davon, wenn man nichts hört und seine Schutzbefohlenen nicht im Auge behält.

»Die Rote ist überall«, sagt Erich. »Habe sie letzten Sommer im Nachbarort gesehen.«

Er guckt in die Fluchtrichtung der Roten.

»Gut genährt, das Biest. Frisst sich überall durch.« Er grinst Theo an.

»Anna dachte erst, sie ist schwanger.« Anna ist seine Frau und bei uns heißt es trächtig. Meine Güte.

»Haste keine Augen im Kopf, hab ich gesagt. Das ist ein Kater.«

Ich protestiere energisch von oben. Es ist eine Katze. Weiblich. Das werde ich ja wohl beurteilen können. Theo, sag was! Ich muss von diesem Baum runter. Die dünnen Äste schwanken schon. Ich mag es nicht, wenn es schwankt. Vorsichtig versuche ich den Stamm zu erreichen. Mein Schwanz hilft mir, nicht das Gleichgewicht zu verlieren. Erst mal nach unten. Mir zittern immer noch die Pfoten. Viele Zweibeiner denken, wir Katzen schaffen es nicht, einen Baum hinunter zu klettern, wenn er keine Äste hat. Ich meine, wenn nur der Stamm da ist. Gut, einige Artgenossen versagen hier und die Zweibeiner dieser »Experten« holen Leitern oder gar den Katzennotdienst, um die Verzweifelten vom Baum zu pflücken.

Dabei ist es doch ganz einfach. Vorausgesetzt, der Stamm ist nicht zu dick. Sie brauchen ein paar Muskeln und scharfe Krallen. Der Rest ist nach ein paar Übungen ein Kinderspiel. Zuerst schauen Sie nach unten, ob der Weg frei und sicher ist. Dann strecken Sie Ihren Körper und auch die Pfoten nach unten. Soweit es geht. Sie fahren Ihre Krallen aus, halten sich so am Stamm fest und lassen in einer eleganten Drehung Ihr Hinterteil direkt am Stamm hinunterschwingen. Sie drücken Ihre Krallen noch fester in den Stamm, damit ihr eigenes Körpergewicht Sie nicht nach unten zieht. Sowie Sie den Baumstamm spüren, fahren Sie auch an Ihren Hinterpfoten die Krallen aus und drücken Sie in das Holz. Das war schon alles. Sie kleben jetzt förmlich am Stamm, lösen vorsichtig Ihre Krallen und rutschen den Baum abwärts. Geht es zu schnell, bremsen Sie durch Ihre Krallen etwas ab. Es ist ganz einfach, wenn man den Dreh raus hat.

Auf diese Art und Weise komme ich unten an und drücke mich erst mal an Theos Bein. Da fühl ich mich sicher. Wie wäre es, Graufell, wenn du jetzt deiner Versorgungspflicht nachkämest? Wenn du mir Herzragout servierst, will ich dir keinen Strick aus deiner vernachlässigten Aufsichtspflicht drehen.

»Na, Kümmel, was hältst du von einer kleinen Mahlzeit?«

Na bitte, geht doch. Theo guckt zur Uhr. Bei ihm läuft alles nach Plan ab.

»Ist ja auch schon Zeit, was?«

Theo ist immer rührend um meine Ernährung besorgt. Liest Ratgeber, treibt sich in Internet-Foren herum, die nur uns Katzen als Thema haben und führt lange Gespräche mit Berta. Berta hat ein Geschäft für Tierbedarf und weiß Bescheid. Theo immer noch nicht.

»Theo«, sage ich. »Das ist nett. Aber ich möchte selbst bestimmen, wann ich fresse. Begreif das endlich.«

Und nach einer winzigen Pause: »Gut, jetzt passt es zufällig. Aber bitte Herzragout.«

»Na, was willst du mir sagen, Kleinchen? Katzensprache versteh ich doch nicht.«

»Dann lern sie!«

»Komm erst mal mit. Ich suche dir was Feines aus.«

»Ich will mein Herzragout!«

Er streichelt meinen Rücken. »Wie niedlich du Miau machen kannst.«

Sie fragen sich natürlich, warum mein Graufell am helllichten Tage zu Hause ist. Warum geht er nicht arbeiten? Warum verlässt er nicht wie andere Leute morgens um sieben das Haus und steht bis abends an der Werkbank oder sitzt am Schreibtisch in einem Büro? Er ist zu Hause. Ich habe lange gebraucht, herauszufinden, warum das so ist. Ulrike Vierauge geht auch jeden Morgen aus dem Haus und kommt abends wieder. Sie ist Ärztin und fährt jeden Morgen mit der S-Bahn in die Stadt. Wir wohnen ländlich, aber die Stadt ist nicht weit entfernt. Vierauge arbeitet in einem Krankenhaus und bringt jeden Abend neue Gerüche mit.

Graufell und ich begleiten sie morgens bis zur Gartenpforte, ich schlüpfe unterm Zaun durch und laufe ihr ein Stückchen hinterher. Wenn ich schon mal auf der Straße bin, untersuche ich auch gleich Müllkübel, Bäume und Büsche. Graufell holt die Zeitung aus dem Briefkasten und geht wieder zurück. Natürlich nicht ohne ständig zu rufen.

»Kümmel!« Die ganze Nachbarschaft kennt meinen Namen.

»Kümmelchen!« Peinlich.

»Kümmel! Rein jetzt.«

Sorry, ich bin beschäftigt. Dann stapft Graufell Theo den Gartenweg zurück. Er stapft betont laut, pfeift und klimpert mit seinem Schlüsselbund. Das soll mich dazu bewegen, ihm zu folgen. Er findet die Straße zu gefährlich für Katzen. Ich gebe zu, ich überquere ungern die holprige Straße, aber drüben bei Toni, dem dicken gefleckten Kater, ist es sehr interessant. Und diese Kästen brummen hier nur sehr selten vorbei. Graufell soll mir meine Freiheit lassen. Ich misch mich ja auch nicht in seine Angelegenheiten.

Nur manchmal, wenn er allzu lange vor diesem Bildschirm in seinem Arbeitszimmer sitzt, werde ich ungeduldig. Besonders wenn schönes Wetter ist. Da gehe ich schon mal nach oben, gucke ihn an und sage: »Es wäre nett, wenn du deinen Hintern nach unten bewegen würdest. Komm in den Garten und spiel mit mir.«

Er tippt weiter auf diesem Brett mit den vielen Knöpfen.

»Es ist schönes Wetter! Los jetzt.«

Graufell seufzt dann und sagt: »Wenn ich nur wüsste, was du willst, Kümmel.«

Er reckt sich und sagt: »Wollen wir eine Runde im Garten spielen?«

Na, endlich. So eine lange Leitung. Ich lauf schon mal vor.

So langsam hatte ich dann verstanden. Graufell arbeitet zu Hause. Ja, wirklich. Er sitzt an einem Tisch, starrt auf diesen Bildschirm und murmelt immer wieder: »Mir fällt nichts ein.«

Ich beobachte ihn und überlege, wie ich ihm helfen kann. Ich habe ihn doch gern. Mit all seinen Macken. Er sitzt auf einem schönen Sessel, der sich nach hinten bewegt, wenn man einen Hebel löst. Nach hinten gekippt, hat man genug Platz für zwei. Also springe ich immer, wenn er so verzweifelt aussieht, auf seinen Schoß und beruhige ihn. Ich schnurre, trete mit meinen Pfoten auf seinen Bauch und stupse ihn an.

»Ach, Kümmel, bis morgen muss ich diesen Text abliefern. Mir fällt einfach kein runder Schluss ein.«

Ich schnurre, Theo streichelt meinen Rücken. Er lehnt sich noch weiter mit dem Stuhl zurück.

»Gut. Eine kleine Pause kann nicht schaden.«

Wenn er spricht, sehe ich seine schiefen Zähne. Die könnte er auch mal richten lassen. Da hat er wohl in seiner Jugend was versäumt. Ich gähne herzhaft und zeige ihm mein makelloses Gebiss. Seine Beine sind eher knochig. Es ist wirklich schwierig, so eine angenehme Position zum Dösen zu finden. Warum hört er jetzt auf, meinen Nacken zu kraulen?

Ja, Graufell verdient sein Geld von zu Hause aus. Er ist das, was man als Schreiberling bezeichnet. Er textet für Werbung und schreibt Geschichten aller Art, die er dann Zeitungen und Zeitschriften anbietet. Ob Sie es glauben oder nicht, aber seine Geschichten werden auch wirklich veröffentlicht. Und dafür bekommt er Geld. Ich merke, dass Geld da ist, wenn er mit einem Zettel in der Hand durchs Haus hüpft und immerzu »Mein Honorar ist da! Schon auf dem Konto« jauchzt. Mit diesem Honorar in der Tasche geht er zu Berta und kauft meine Leibspeisen. Ulrike Vierauge sorgt für den Rest. So jedenfalls habe ich es verstanden. Meine beiden Menschen müssen sich ja auch ernähren. Ich finde es gut, dass Graufell zu Hause arbeitet. Er hat immer Zeit für mich.

Aber jetzt möchte ich mein Herzragout nach dem Schreck mit der roten Katze. Theo Graufell steht schon in der Küche und öffnet eine von diesen Dosen. Kaum macht es klick, riecht es auch schon gut. So gut, dass ich schnurre und meinen Kopf an Theos Bein reibe. Wenn ich besonders gute Laune habe und auch sehr großen Hunger, lasse ich mich einfach zwischen seinen Füßen fallen und rolle mich hin und her. Oder ich gehe ein paar Schritte nur auf meinen Hinterpfoten und hangele mit den Vorderpfoten nach der Schüssel in Theos Hand. Er zeigt dann wieder seine schiefen Zähne und sagt solche Sachen wie: »Ich komme ja schon. Hat mein Kümmelchen denn solchen großen Hunger?«

Ja, hab ich! Oder: »Na komm, jetzt gibt es lecker lecker Happi.«
Bin ich ein Kleinkind, das man in Babysprache anglucksen darf? Nein. Warum sagt er nicht: »Hier bitteschön, deine Leib- und Magenspeise. Herzragout. Lass es dir schmecken.«

Weil es beispielsweise kein Herzragout ist, was er mir da gerade vor die Nase stellt, sondern Nierchenragout.
Ich starre wortlos in meinen Napf. Ich will mein Herzragout. Nierchen sind auch schmackhaft, aber heute will ich Herzragout. Als ob ich das nicht laut und deutlich gesagt hätte. Ich setze mich vor meinen Napf. Theo Graufell kann sich auf den Kopf stellen, Nierchen fresse ich jetzt nicht.

»Was ist denn jetzt schon wieder?« Theo geht in die Hocke. »Du magst doch Nierchen so gerne.«

»Aber nicht heute! Hast du mich nicht verstanden?«

Graufell rührt mit meinem Löffel in meinem Napf.

»Lecker Nierchen. Du musst doch was fressen. Es ist nach zwölf.«

Wieder diese schreckliche militärische Disziplin. Nach zwölf. Und wenn ich jetzt gar keinen Hunger hätte? Oder keinen Appetit? Auf Nierchen zum Beispiel?

Erinnere dich mal, mein lieber Graufell, als ich noch ganz klein war. Es war Sommer und brütend heiß. Ich war gerade ein paar Monate alt und erst einige Wochen bei euch. Irgendwo hast du gelesen, dass kleine Katzen viele kleine Mahlzeiten zu sich nehmen müssen. Damit sie vernünftig wachsen. Und dass die Abstände zwischen den Mahlzeiten nicht sehr lang sein dürfen. Schön und gut. Aber kleine Katzen sind keine Mastgänse!

Jedenfalls, wir haben den ganzen Vormittag im Garten getobt. Ich auf die Bäume, Graufell blieb unten. Ich sauste los über den Rasen, Graufell kam langsam nach. Ich hatte beste Laune, tanzte und sprang vor Graufell hin und her, rannte auf ihn los, zwischen seinen Beine durch, wieder zurück und griff ihn von hinten an. Graufell machte den Fehler, den ich einkalkuliert hatte. Er ging in die Hocke. Ich bin ja klein und er ist groß. Mit einem Satz hüpfte ich auf seine Schenkel, von da weiter auf seine Schultern und auf der anderen Seite wieder auf den Rasen zurück. So schnell, dass Graufell überhaupt nicht reagieren konnte. In sicherer Entfernung blieb ich stehen, stellte mich quer und machte einen riesigen Buckel. Graufell kam auf Knien näher. Fangen wollte er mich. Lachhaft. Aus dem Stand heraus sprang ich in die Luft, drehte mich und verschwand mit Turboantrieb im nächsten Gebüsch. Die Sonne brannte auf meinen Pelz und Graufell trug einen lustigen Hut. Er hat empfindliche Haut und kann Sonne nicht gut vertragen. Diese Tage liebe ich.

Ich trieb Graufell den ganzen Vormittag durch mein Revier und ganz plötzlich blieb er stehen und sagte: »Jetzt ist Zeit für Mittagessen. Wir spielen danach weiter.«

Meinte er mich oder sich selbst? Er meinte mich. Gutwillig folgte ich ihm in die Küche, wo er schon mit meinen Näpfen klapperte. Wirklich, Theo, ich habe bei der Hitze keinen großen Hunger. Spielen will ich mit dir.

»Warum frisst du das denn nicht?«

Ich liebe Geflügelcocktail mit Shrimps, aber nicht jetzt. Er hielt mir doch tatsächlich einen Brocken unter die Nase. Gut, ihm zuliebe.

»Das machst du fein. Und den noch.«

Wie kann man nur so aufdringlich sein? Gut, den auch noch. Graufell war zufrieden.

»Du musst doch groß und stark werden.«

Aber erst mal wurde mir übel. Was hetzt er mich auch gleich nach der erzwungenen Mahlzeit die Treppen rauf und runter? Nach dem Essen soll man ruhen. Weiß doch jeder. Mir wurde schlecht. Ich setzte mich hin und jammerte.

»Was singst du denn so komisch, Kümmel?«

Nun war er doch besorgt. Ich jammerte immer lauter. Meine Stimme war ganz tief. »Ach du je!«

Graufell stürzte los und holte Zeitungspapier. Leider zu spät. Mein Leib zog sich zusammen, ich beugte mich ganz weit nach vorne. Wenn ich mich schon übergeben musste, dann nicht auf meine Pfoten. Was soll ich sagen? Es kam alles wieder raus. Im letzten Moment wich ich der Zeitung aus und spuckte alles auf den braunen Flurteppich. Theo umkreiste mich wie der Mond die Erde. Nur schneller.

»Ist alles in Ordnung?« Er streichelte meinen Rücken.

»Jetzt nicht, Tollpatsch! Ich muss brechen.« Das hatte er von seiner übertriebenen Fürsorge.

Und jetzt will er mir Nierchenragout andrehen. Nicht mit mir. Ich kann auch bockig sein. Theo klopft auf seine Armbanduhr.

»Mädchen, es ist Mittag. Ich möchte, dass du drei Mahlzeiten täglich frisst.«

Erzähl was Neues, Graufell.

»Morgens, mittags und abends.«

Ich starre weiter angestrengt in den Napf. Meine Nierchen fresse ich nicht.

»Dann kriegst du vor heute Abend nichts mehr, mein Frollein.«

Ich hasse es, wenn er »mein Frollein« sagt. Die verschiedenen Spitz- und Kosenamen, die mir Theo und Ulrike verpasst haben, stinken mir ganz gewaltig. Kümmelchen. Na ja. Kümmelito. Tanz ich etwa Flamenco? Ito. Bin ich japanisch? Wie die beiden auf Gutschi gekommen sind, will ich gar nicht wissen. Aber dieses »Frollein« mit der besonderen Betonung ist das Allerschlimmste. Ich stehe dann mal auf und scharre auf den Fliesen neben meinem vollen Napf. Natürlich weiß ich, dass ich unter Fliesen nichts vergraben kann, aber das ist nun mal mein Instinkt. Nicht genehme Nahrung wird bei uns vergraben. Vorsicht ist die Mutter der Porzellankiste. Bleiben Reste **nach** der Mahlzeit übrig, würde ich sie auch gern verscharren. Erstens muss man auf Notzeiten vorbereitet sein und zweitens muss kein Feind wissen, dass ich hier vor kurzem noch geschmaust habe.

Graufell, nimm deine Nierchen bitte wieder weg. Er tut es. Ganz sicher geht er gleich in den Keller und holt aus dem zweiten Regal eine Dose mit Herzragout. Ich bleibe mal einfach hier sitzen. Er setzt sich hin und liest Zeitung. He! Ab in den Keller und hole Herzragout. Er ignoriert mich. Wo gibt es denn so was? Dann lass mich raus, ich weiß schon, wo ich mich versorgen kann, wenn du es nicht tust. Ich sitze vor der Terrassentür, starre den Türgriff an und sage: »Würdest du mir bitte die Türe öffnen?« Graufell steht auf.
»Wo willst du denn jetzt hin?«
»Das geht dich nichts an.«
Er versteht mich ja nicht.
»Ach, Ito, du bist ein unruhiger Geist.«
»Raus will ich, weil ich hier ja nichts zu fressen kriege!«
Endlich öffnet Theo die Tür. »Na, dann hau ab!«
 Selbst ist die Katze. Ich weiß mir schon zu helfen. Schnell die Terrassentreppen runter, an der Eingangstür vorbei und zum Zaun. Ich zwänge mich zwischen den Mülltonnen durch und schlüpfe durch das Loch im Zaun. Schon bin ich in Nachbars Garten. Hier ist es auch toll. Allerlei geheimnisvolles Gerümpel. Stundenlang kann ich hier schnüffeln und untersuchen. Aber heute nicht. Ich springe auf säuberlich zusammengelegte Bretter und kann so das ganze Gebiet übersehen. Etwas Vorsicht kann nicht schaden. Der Nachbar heißt Paule und er mag Katzen nicht besonders. Zu blöd. Paule läuft auf seinem Grundstück herum. Da bleibe ich lieber hier sitzen, bis die Luft rein ist. Wenn ich mich nicht bewege, sieht er mich nicht. Ich kann warten.

Ich weiß noch, wie Graufell mich den Nachbarn vorgestellt hat. Sogar mit Namen. Dann wissen alle, wohin ich gehöre. Alle haben sich gefreut und gelacht und merkwürdige Geräusche gemacht, als sie mich gesehen haben. Ich saß nämlich daneben. Schließlich kann man kein Phantom vorstellen. Nur bei Paule war das anders.

»He, Paule«, rief Graufell über den Gartenzaun. Ich strich um Theos Beine und war neugierig, wer Paule ist.

»He, Theo, alles klar?«

Die Zweibeiner sagen ständig »alles klar«.

»Ja. Darf ich dir Kümmel vorstellen? Kümmel ist unsere kleine Katze.«

»Noch eine Katze?«, platzte es aus Paule heraus. »Wir haben schon mindestens 15 Stück hier herumlaufen.«

Stück? Seit wann redet man von Lebewesen in Stückzahlen? Ob das wirklich stimmt? 15 Artgenossen. Da bin ich ja in guter Gesellschaft. Damals wusste ich nicht, was für grobe und ungebildete Typen darunter sind. Theo lächelte freundlich.

»Sie ist noch ganz klein.«

Aber nicht mehr lange, Graufell.

»Im Sommer hole ich die Katzen immer aus den Büschen. Da sind Amselnester. Da sind die Viecher ganz scharf drauf.« Welche Viecher? Warum ist Paule unfreundlich? Habe ich ihm etwas getan? Was sind Amseln? Bitte verstehen Sie mich nicht falsch. Aber woher sollte ich als kindliche Katze wissen, was Amseln sind. Doof bin ich nicht. Heute weiß ich sehr gut, was Amseln sind. Eine schmackhafte Nahrungsergänzung. Nicht leicht zu fangen, aber es geht.

»Aber Kümmel ist noch so klein und kümmert sich nicht um Amseln. Außerdem wird sie ja auch kastriert. Da werden Katzen grundsätzlich ruhiger.«

Hä? Was werde ich? Kastriert? Was ist das schon wieder? Theos Stimme hatte einen gewinnenden Unterton. Dieser alte Schleimer.

»Hm, na ja. Dann noch einen schönen Tag«, brummelte Paule und verzog sich wieder in seine baufälligen Schuppen. Was treibt der nur da drinnen? Irgendwann finde ich es heraus. Graufell ging in die Hocke und streichelte meinen Rücken.

»Oh oh, Kümmel. Paule mag Katzen nicht so gern. Halte dich lieber fern von seinem Grundstück.«
Warum sollte ich? Sein sogenanntes Grundstück befindet sich schließlich in meinem Revier. Die Rechtslage ist eindeutig.

Jetzt beobachte ich Paule. Paule in seinem karierten Holzfällerhemd geht geschäftig hin und her. Rein in die Schuppen, raus aus den Schuppen. Ich war schon oft auf seinem Grundstück. Bei Dunkelheit versteht sich. Aber die Schuppentüren sind stets und ständig geschlossen. Wir Katzen haben eine Engelsgeduld. Ich komme da schon noch rein. Paule verschwindet im Haus. Die Zweibeiner halten es nie lange draußen aus. Es ist ihnen vermutlich zu kalt. Besonders im Winter, wenn alles weiß ist. Paule hat mich nicht gesehen. Noch ein paar Augenblicke warten. Jetzt geht es los. Das ging ja einfacher als ich dachte. Ich hab ihn, ich hab ihn! Hoffentlich ist mein Zaunloch nicht zu eng. Ich passe ja gut durch. Allein meine ich. Aber mit der Beute im Maul wird es schon etwas schwieriger. Ich drücke mich ganz auf den Boden und schlüpfe hindurch. Größer darf die Beute aber auch nicht sein. Mir läuft jetzt schon das Wasser im Maul zusammen. Aber ich muss zur Terrasse zurück. Dort ist es sicher und nur dort fresse ich. Eine Katze hat eben auch so ihre Prinzipien. Ich habe in meinem Revier Plätze, die alle eine gewisse Bedeutung für mich haben. Das Haus und die Terrasse sind mein Fress- und Schlafplatz. Da fühle ich mich geborgen und sicher. Dann habe ich in meinem Revier noch verschiedene geheime Beobachtungs- und Ruheplätze. Von dort kann ich genau kontrollieren, was oder wer sich wo bewegt und wenn es das Wetter erlaubt, auch mal ein Nickerchen halten.

Schnell am Schuppen vorbei, die Treppen wieder hoch zur Terrasse und jetzt kann das Festmahl beginnen. Ist der herzhaft und fast noch frisch. Nierchenragout aus der Dose, da pfeife ich doch heute drauf. So macht Fressen viel mehr Spaß. Wie viele schaffe ich davon wohl? Zwei? Vielleicht sogar drei? Erst mal den hier, dann sehen wir weiter.

»Was hast du denn da?« Theo ist aufgeregt. Ja, was wohl, Graufell?

»Wo hast du den her?« Graufell umhüpft mich wie Rumpelstilzchen sein Feuer.

»Gib ihn sofort her!«

Keep cool, Theo. Nun frage ich Sie, werden Sie gerne beim Essen gestört? Können Sie tolerieren, dass man ständig in Ihre Mahlzeit reinquatscht? Aber es ist sowieso zu spät. Ein letzter Happen und weg ist das gute Stück.

»Kümmel, das kann doch wohl nicht wahr sein? Wo hast du den her?«
»Sag ich nicht.« Ich recke mich. »Ich hole mir gleich Nachschub.«

Also, fürsorglich sind die beiden schon, mein Vierauge und mein Graufell. Vielleicht ein wenig übertrieben, aber so sind die Zweibeiner. Denken immer, wir Katzen wissen uns nicht zu helfen. Zugegeben, manche Dinge sind schwierig. Wir können zum Beispiel nicht alleine zum Tierarzt gehen. Wir wollen das auch gar nicht. Wir müssen aber, sagen unsere Zweibeiner.
Da machten auch Theo und Ulrike keinen Unterschied. Ich hatte mich kaum in meinem neuen Revier eingelebt, da hörte ich eines Tages, wie Theo zu Ulrike sagte: »Wir müssen Kümmel dem Tierarzt vorstellen.«
Wieso vorstellen? Will der meine Bekanntschaft machen? Vierauge war einer Meinung mit Theo.
»Kümmels erster Arzttermin. Bestimmt muss dies und jenes gemacht werden.«
Im Gegensatz zu Theo hat Ulrike schöne gerade Zähne. Ulrike Vierauge habe ich auch lieb, aber anders als Theo. Ulrike fuhr fort: »Wir können uns auch gleich einen Termin zum Kastrieren geben lassen.«
Hä? Schon wieder dieses Wort. Einen Termin wofür bitteschön?
Wenn Theo mal nicht im Hause ist, zeige ich Ihnen, was er so heimlich über mich schreibt. Er denkt, ich weiß nicht, dass er über mich kleine Berichte schreibt. Manchmal ist er doch etwas naiv, aber so süß. Aber jetzt weiter. Einen zweiten Happen werde ich mir noch gönnen und dann gehen wir in Theos Arbeitszimmer stöbern.
Das war lecker. Entschuldigung. Aber nach so einer Mahlzeit ist ein kleines Bäuerchen unumgänglich. Theo werkelt irgendwo auf dem Grundstück herum. Der hat auch kein Sitzfleisch. Paule scheint nichts gemerkt zu haben. Besser so. Kommen Sie jetzt erst mal mit. Vielleicht finden wir etwas, was Theo geschrieben hat.

Hier ist sein Arbeitszimmer. Die Tür ist nur angelehnt. Für mich absolut keine Hürde. Erst stoße ich die Tür mit dem Kopf an, dann richte ich mich auf und drücke mit meinen Vorderpfoten dagegen. So einfach ist das. Hier ist der Apparat, mit dem Theo schreibt. Und hier in der grünen Mappe liegen die Berichte über mich. Wofür das gut ist, weiß ich nicht. Schreib ich vielleicht Berichte über Graufell und Vierauge? Aber lesen Sie selbst:

Die ehemalige Tierarztpraxis ist ganz nett gewesen, die Helferin hat unverzüglich nach unserem Erscheinen gekündigt. Ihr war die heftig bebende Transportbox, die wir mit ein paar starken Jungs aus der Nachbarschaft anschleppten, unheimlich. Das anhaltende Kreischen aus der Box gab ihr den Rest.

Just in time brachte dann die Spedition ein paar Minuten später Kümmels Kotproben, wegen der von mir gewünschten Untersuchung auf Wurmbefall. Also, es war eine junge aufgeschlossene Tierärztin. Mag keine Zeckenhalsbänder und auch keine jährlich wiederkehrenden Impfungen.

Klein-Kümmel hat Ohrmilben und Würmer. Ärztin hielt Kümmel mit geübtem Griff fest und träufelte ihr etwas in die Ohren. Danach knetete sie die Öhrchen, was Kümmel gut gefiel. Eine Woche lang jeden Abend müssen unsere etwas weniger geübten Hände nun die Tropfen in Kümmels Ohren kippen.

Außerdem haben wir heute Abend also die Ehre, unter Kümmels Geflügelcocktail eine geheimnisvolle Anti-Wurm-Pille zu mogeln. Ist Kümmel dann morgen früh drei Meter groß, war es die falsche.

Gut. Sowie Kümmel frei von Parasiten ist, bekommt sie Impfungen gegen Tollwut und Katzenseuche. Mehr nicht.

Nur bei der Frage der Kastration waren wir nicht einer Meinung. Tierärztin schlug den siebten Monat vor. Das war uns zu spät. Soll vor der ersten Rolligkeit über die Bühne gehen. Haben uns auf den 6. Monat geeinigt. Nächsten Montag nächster Termin. Kosten heute: 25 Euro.

Wir haben Klein-Kümmel überlistet. Mit größtem Behagen hat sie ihre halbe Wurmpille geschluckt. Dazu war aber ein Plan wie in einem James-Bond-Film notwendig.

Phase 1: Klein-Kümmel bekommt nicht zur üblichen Zeit ihr Futter, sondern zwecks Entwicklung eines notwendigen Heißhungers eine Stunde später.

Phase 2: Herr "Goldeneye" Theo bereitet unter großem Aufwand und mehrminütiger Zeremonie die Futterstunde vor. Rumklappern, glucksen, Schälchen hin- und herschieben. Klein-Kümmel läuft das Wasser literweise im Maul zusammen.

Phase 3: Zeitgleich sitzt Frau "Q" am Tisch. Neben ihr die halbe Pille und ein dünnes Holzstäbchen. Unauffällig schiebt Theo das Katzenschälchen (1/4 gefüllt mit Kümmels absolutem Lieblingsfutter) zu "Q« und klappert weiter mit leeren Schälchen.

Phase 4: Frau "Q" höhlt ein Fleischstückchen aus und drückt mit dem Holzstäbchen die Wurmpille in den Hohlraum. Schnell wieder verschließen.

Phase 5: Unter Lobpreisungen, Appetitgeräuschen und viel Geklapper kredenzt Theo die manipulierte Mahlzeit.

Phase 6: Kümmel schlingt (Katzen schlingen immer) die Viertel Portion (inkl. Pille) herunter und verlangt mehr. Kein Problem.

Phase 7: Theo sieht am nächsten Morgen das Katzenklo und findet im Würstchen eingeschlossen eine erste Wurmleiche. Operation "Wurm-Kur" gelungen.

Heute Abend dann Operation "Ohr-Milbe".

Haben Sie das gelesen? Also, zuerst war ich schockiert. Die haben mich ja regelrecht reingelegt mit dieser Pille. Andererseits habe ich ungern Würmer im Bauch. Also Schwamm drüber. Außerdem glaube ich, dass Graufell immer übertreibt. Aber ich habe deutlich gesehen, dass Sie beim Lesen gegrinst haben. Und denken Sie nicht, ich hätte auch gegrinst. Wir Katzen sehen immer aus, als grinsten wir. Es geht aber noch weiter:

Unsere erste Erfolgssträhne in Sachen Ohrenmilbenbeträufeln ging von Tag zu Tag abwärts. Am letzten Tag der Behandlung sagten wir einfach, Kümmel hat jetzt keine Milben mehr. Träufeln war unmöglich geworden. Kümmel hatte plötzlich 17 Tatzen, miaute jämmerlich und wand sich wie ihr ehemaliger Wurm. Dabei fing alles so gut an.

Gestern dann beim Tierarzt war Frollein Kümmel wieder die friedfertigste aller Katzen. Ärztin griff zu, streichelte, murmelte ein paar Formeln und steckte ihr das kleine Fernrohr ins Ohr. Ein paar Milben wären noch da. Bitte diese Woche noch Tropfen ins Ohr geben. Wir erbleichten. Auch ihre erste Impfung hat Kümmel ohne weiteres eingesteckt und bekam sogar Lob für gutes Benehmen. Unsere Mienen verhärteten sich. Könnte sich Kümmel nicht ausnahmsweise auch mal zu Hause gut benehmen?

Dann der Gipfel: Tierärztin strich über Kümmels seidiges Fell, stutzte, untersuchte und förderte mit einem Ruck ihrer geübten Finger eine Zecke zutage. Mit anklagendem Blick warf sie den Blutsauger in den Mülleimer und sagte: "Dann bekomm ich 25 Euro."
Warum habe ich diese Zecke übersehen? Ich, der ich schon samtweiche Fingerspitzen vom Kümmelkraulen habe.
Ulrike und ich haben gut aufgepasst. Kümmel am Abend gegriffen, etwas mehr vom Nackenfell gegriffen und den Druck der Hand leicht nach unten verstärkt. Kümmel wie im Schraubstock, Ulrike träufelt und springt dann schnell zur Seite. Hat wieder geklappt. Na bitte.

Ja, ja. Na bitte. Was sich hier so einfach liest, war für uns alle ziemlich anstrengend. Möglicherweise wollten die Zweibeiner nur das Beste für mich. Aber weiß man das? Vorsorglich habe ich mich gewehrt. Aber wenn sie wollen, die Zweibeiner, können sie ganz schön kräftig sein. Auch wenn ich es ungern eingestehe – aber dieses ständige Jucken im Ohr ist weg.

Natürlich sind Sie immer noch neugierig, was ich gerade verdrückt habe. Ich habe eine Nahrungsquelle gefunden, die hoffentlich nie versiegen wird. Fische! Jede Menge Fische. Ich gehe einfach hin und suche mir die größten Stücke aus. Möchte nur mal wissen, woher Paule diese leckeren kleinen Fische hat. Liegen einfach so auf seiner Gartenbank. Da muss ich schon gut aufpassen, dass sich kein Unbefugter daran vergreift. Aber warum die da liegen? Keine Ahnung. Köderfische, hat Paule mal gesagt.

Bewegen sich auch nicht mehr, was die Sache einfacher macht. Nächstes Mal versorge ich mich, wenn Theo in der Nähe ist. Sie werden sich totlachen, was der dann wieder für einen Tanz aufführt. Als ob diese schmackhaften Dinger mit Arsen gefüllt wären.

Was haben wir denn hier? Noch ein Bericht? Was der Mensch alles so schreibt:

Wenn die Katze zwei Mal klingelt

Bekanntlich habe ich mir und Frollein Kümmel vor einiger Zeit
eine Katzenklingel gegönnt. Eine Matte mit einem Kontakt versehen, die bei der geringsten Berührung klingelt. Man muss nicht
ständig nach draußen gucken, ob die Katze frierend auf Einlass
hofft. Natürlich kann man diese Klingel auch abstellen. Aber wo
bleibt denn da der Sportsgeist?

Es ist 17Uhr45 und der Jahreszeit entsprechend stockdunkel.
Man sieht die Hand vor Augen nicht. Aber unter uns gesagt, wer
hält sich bei völliger Dunkelheit auch noch die Hand vor Augen?
Ich sitze mit einem Bier auf dem Sofa und bereite mich auf meine
Fernseh-Serien vor. Es ist allerdings auch die Zeit, in der Katze
Kümmel aktiv wird.
Kling-Klang.
Oha. So früh will Frollein Kümmel schon in die warme Stube?
Brave Katze.
Pflichtgemäß öffne ich die Terrassentür. Nichts zu sehen. Viel-
leicht ein Windstoß. Ich setze mich wieder vor den Fernseher.
Gleich erfährt der Graf, dass er doch keinen Tumor hat. Kling-
Klang. Ich bleibe sitzen. Der Vorspann läuft schon.
Kling-Klang. Kling-Klang.
Etwas unwillig öffne ich die Terrassentür. Keine Spur irgendeiner
Katze. Ich gehe nicht ins Wohnzimmer zurück, sondern bleibe in
der halbdunklen Küche hinterm Fenster stehen. Ein sehr guter
Beobachtungsposten. Dann erhärtet sich mein Verdacht. Auf
dem obersten Treppenabsatz tauchen zwei spitze Ohren auf.
Kümmel lugt durch die Türscheibe und setzt sich auf die Klin-
gelmatte. Kling-Klang.
Ich bleibe unsichtbar. Kümmel springt auf die Fensterbank
und sofort wieder auf die Matte. Kling-Klang. Kling-Klang.
Ich reiße mit Schwung die Tür auf.
»Hab ich dich!«
Kümmel verbiegt ihren Schwanz zu einem Bogen und hoppelt
mit grotesken kleinen Sprüngen ins sichere Dunkel. An der ande-
ren Treppe bleibt sie stehen und dreht sich um.
»Was nun? Rein oder raus?«
Nur noch der Schwanz ist zu sehen, als Frollein Kümmel die
Treppe hinuntergleitet.

Ich gehe zurück. Dem Grafen ist inzwischen klar geworden, dass irgendjemand ihn vergiften wollte. Seine Tochter spricht. »Es ist eindeutig, ich weiß, wer dich vergiften will.« Der Graf guckt seine Tochter fragend an.

Kling-Klang.

Ich stürze zur Tür. Kümmel saust die Terrassentreppe hinunter. Ich schimpfend hinterher. Ich stehe in der Finsternis und sehe keine Katze. Aber sie sieht mich.

»Dann bleibst du eben draußen!«

Im Fernsehen läuft der Abspann. Und wer in aller Welt ist nun der Schurke? Ich setze mich wieder hin. Die nächste Serie beginnt in wenigen Minuten.

Kling-Klang.

Ich stürze zur Tür und öffne sie schnell wie der Wind. »Wenn ich dich kleine Kröte erwische, dann blüht dir was!«, schreie ich erbost in die Dunkelheit.

»Ok, ok«, kommt es aus der Dunkelheit zurück. »Ich habe ein paar Mal meinen Müllkübel vor deine Ausfahrt gestellt. Aber deswegen musst du nicht gleich ausfallend werden.«

Meine Nachbarin dreht sich in gerechter Empörung um. Was hat sie jetzt im Garten zu suchen?

»Ich meinte nicht dich.«

Ich bin rot geworden, aber sie kann es nicht sehen.

»Ach so? Wen dann?«

»Katze Kümmel treibt draußen Schabernack.«

Eine glaubwürdige Erklärung.

»Kümmel? So so.«

Nachbarins Stimme klingt merkwürdig.

»Und was sitzt da bei dir in der Küche auf der Fensterbank? Ein Waschbär vielleicht?«

Ich drehe mich um und erstarre. Kümmel!

»Sie muss sich eben in die Küche geschlichen haben.«

Ich stottere etwas.

»Heiner stottert auch immer, wenn er nach Ausreden sucht.«

Heiner ist ihr Mann. »Warum sagt ihr Männer nicht, wenn euch etwas nicht passt?« Sie schüttelt ihr Haupt.

Betreten kehre ich ins Haus zurück. Meine Serien habe ich verpasst. Kümmel liegt im Sessel und putzt sich.

Das ist ja zum Piepen! Haben Sie das gelesen? Gar nicht mal so schlecht, was Graufell da so ohne mein Wissen produziert. Aber ich sage Ihnen, diese Katzenklingel hat wirklich etwas für sich. Inzwischen bin ich ja schon erwachsen und komme und gehe, wann ich will. Am liebsten wenn es dunkel ist. Meine bevorzugte Heimkehrzeit während der warmen Jahreszeit liegt irgendwo zwischen ein und fünf Uhr. In der Frühe wohlgemerkt. Kaum sitze ich dann rechtschaffen müde auf dieser grünen Matte, schon öffnet sich die Tür, Theo steht da in einem albernen Pyjama, grummelt vor sich hin und stapft wieder die Treppen hoch. Ulrike Vierauge bekommt meistens gar nichts mit. Die hat wirklich einen festen Schlaf. Ich hüpfe hinter Theo her, finde auf dem Treppenabsatz noch meinen Napf mit Spezialtrockenfutter gegen Zahnstein und folge Theo ins Schlafzimmer. Das, liebe Leute, war nicht immer so. Früher waren die beiden Leutchen der Meinung, wir Katzen gehören nicht ins Schlafzimmer. Und schon gar nicht ins Bett. Lachhaft. Gerade da ist es am Schönsten. Ich presse mich dann ganz dicht an Graufells knochigen Körper und putze mich ausgiebig. Das muss sein, wenn ich von draußen reinkomme. Und dann schlafen wir beide selig ein.

Warten Sie mal, ich weiß genau, dass Graufell geschrieben hat, wie es dazu kam. Ich meine, dass eine Katze plötzlich doch ins Schlafzimmer gehört. Hier ist ja sein Bericht:

Die Tür bleibt zu

Ein Tier gehört nicht ins Schlafzimmer. Was hätten Marder, Mäuse oder Elefanten auch im Schlafzimmer zu suchen. Aber wie ist es mit der Katze? Sie hat auch nichts im Schlafzimmer zu suchen. Da muss man sich schon einig sein.

»Wir sind uns also einig.«
Ulrike Vierauge setzte wieder diesen Gesichtsausdruck auf, den Ärzte automatisch bekommen, wenn sie ihrem Patienten mitteilen, warum eine Operation sinnlos ist. Es war ja auch keine Frage, sondern eine Feststellung. Eine endgültige Vereinbarung. Ich setzte meinen Gesichtsausdruck auf, der ein entschlossenes und konsequentes Handeln unterstreicht.
»Jawohl. Einig wie selten. Die Katze bleibt draußen. Unser Schlafzimmer ist komplett tabu für Kümmel.«
Ich lachte bewusst etwas schmierig.
»Hehe. Nicht nur die Katze braucht eine Rückzugsmöglichkeit, sondern wir auch. So für dies und jenes.«
Ulrike nestelte an ihrer Brille herum.
»Darüber wollte ich sowieso mit dir reden. In letzter Zeit vermisse ich doch etwas, wie soll ich sagen, Initiative in dieser Angelegenheit von dir. Und grins nicht so schmierig.«
Sie seufzte tief. »Aber vielleicht reden wir darüber ein anderes Mal.«
Es gibt Themen, über die redet der Mann nicht so gerne und lenkt das Gespräch geschickt um.
»Kümmel, Du und ich haben uns alle fürchterlich lieb, aber Mensch und Tier schlafen getrennt. Schon aus Gründen der Hygiene.«
Dazu muss gesagt werden, dass wir ein kleines Häuschen mit großem Garten bewohnen und Frollein Kümmel, unsere halbstarke Katze, gern und lange ihr Revier erkundet. Und wer weiß, wo sie überall mit ihren Pfötchen hineintritt. Oben im ersten Stock unseres Hauses befindet sich ganz links Kümmels Zimmer. Ein voll ausgestattetes Zimmer mit Radio, Fernseher, Sitzgruppe und Bett. In seltenen Fällen wird es auch als Gästezimmer benutzt. Dort schläft Kümmel. In der Mitte der Etage ist unser Schlafzimmer und rechts daneben mein Arbeitszimmer mit klei-

ner Toilette und Waschgelegenheit. Natürlich in einem separaten Raum.

Diese Absprache trafen wir bereits vor Kümmels Ankunft. Vernünftige Leute klären solche Fragen vorher, damit nachher keine Missverständnisse aufkommen. Wie bei unseren Bekannten Elvira und Robert. Die Schlafzimmerfrage wurde hier leider nicht vorher erörtert, was fatale Folgen hatte.

Die zum Haushalt gehörende Katze »Puma« machte es sich gerne im ehelichen Bett gemütlich und verdrängte so nach und nach den Herrn des Hauses. Bis es ihm eines Tages zu viel wurde. »Elvira«, sprach Robert. »So geht es nicht weiter. Ich kriege nachts kein Auge zu. Entweder ich oder die Katze.«

Diese Entscheidung fiel Elvira gar nicht leicht. Bis zu seinem Auszug schlief Robert auf dem Sofa und nur wenig später holte sich Elvira einen ganz herzigen gestreiften Kater namens »Zeus« aus dem Tierheim. Die drei lebten und schliefen glücklich und zufrieden bis an ihr Lebensende. Nur ein paar Tage nach Roberts Auszug entschieden wir uns, einer kleinen Katze ein behagliches Heim zu schenken. Wir als bodenständiges Paar mittleren Alters haben feste Rituale, bevor wir schlafen gehen. Zuerst belegt meine Frau das Badezimmer, dann ich. In der Wartezeit verschließe ich Garten- und Haustüren und sehe überall nach dem Rechten. Dann verschwindet Ulrike im ersten Stock, während ich unserem Kümmelchen noch eine kleine nächtliche Mahlzeit zubereite. Nach der obligatorischen Napfreinigung gehe ich nach oben, dicht gefolgt von Kümmel, die irrtümlich vor der geschlossenen Schlafzimmertür halt macht und den Türgriff fixiert.

Jeden Abend schaut sie mich aus ihren gelben Augen an, in der ganz klar die Frage steht: »Habt ihr mich denn nicht mehr lieb? Warum darf ich nicht bei euch bleiben?«

Ich tätschele dann ihren Kopf und sage: »Komm, kleine Kümmel, wir gehen in dein Zimmer.«

Sie folgt mir artig ins Gästezimmer und ich setze mich wie jeden Abend auf ihr Bett mit der karierten Decke. Mit einem eleganten Satz hüpft sie zu mir, ich halte einen Zipfel ihrer Schlafdecke hoch, unser Kätzchen kriecht in die behagliche Höhle, legt sich auf den Rücken und fängt an zu schnurren. Sie schließt ihre Augen und ich kraule wie jeden Abend ihr geflecktes Bäuchlein. Dann lösche ich das Licht und schleiche ganz leise ins benachbarte Schlafzimmer. So geht es jeden Abend in unserem wohlorganisierten Haushalt.

Vorletzten Mittwoch wachte ich mitten in der Nacht auf. Ulrike neben mir schlief den Schlaf des Gerechten und mich trieb es zur Toilette. Nie vorher bin ich durch Harndrang aufgewacht. Vielleicht hatte ich zu viel Mineralwasser kurz vorm Schlafengehen getrunken. Ich musste zwingend aufstehen, um Peinlichkeiten zu vermeiden.

Mit halb geschlossenen Augen erledigte ich meine Geschäfte und kroch zurück ins warme Bett. Die Decke schien mir kürzer geworden zu sein. Ich schielte zu Ulrike, aber meine Frau war nur in ihre eigene Decke gehüllt. Außerdem hatten meine Beine plötzlich keinen Platz mehr. Wir waren zu dritt. Katze Kümmel hatte die offenstehende Schlafzimmertür schamlos ausgenutzt und war nicht nur ins Schlafzimmer geschlüpft, sondern hatte heimlich meine Seite des Ehebetts besetzt. Sie schnurrte ganz leise. So als ob sie niemanden stören wollte.

Wir haben feste Vereinbarungen, mein Fräulein, dachte ich und ertastete die Katze, die emsig ihren schönen gestreiften Pelz leckte. Auf ihrem warmen Fell blieb meine Hand liegen. Wer hat schon das Herz, eine glückliche Katze vor die Tür zu setzen? Ich nicht. Eine Welt würde zusammenbrechen und die Katze wäre auch unglücklich. Kümmel blieb. Gut, die Decke war hinten und vorne sowie links und rechts zu kurz, nach einer halben Stunde taten mir alle Knochen und Muskeln weh, weil ich nicht wagte, mich zu drehen. Aber wir arrangierten uns.

Ulrike war ziemlich erstaunt, als sie am nächsten Morgen die Situation erfasste.

»Aber das bleibt eine Ausnahme.« Recht hat sie.

Vielleicht lag es am salzigen Essen oder an der trockenen Luft. Jedenfalls fiel es Ulrike bereits beim Abendbrot auf, dass ich mir schon die dritte Tasse Tee einschenkte.

»Seit wann trinkst du so viel? Nachher musst du nachts wieder auf die Toilette.«

Ich nahm demonstrativ einen Schluck Tee.

»Der Mensch braucht mindestens zwei Liter Flüssigkeit, sonst trocknen die Nieren ein.«

Ein missbilligender Blick. »Aber über den Tag verteilt, nicht innerhalb einer Stunde.«

Frauen und speziell Ärztinnen soll man nicht widersprechen. Aber manchmal ist es schwierig, das Richtige zu tun.

»Du hast jetzt schon eine Flasche Mineralwasser getrunken. Es ist gleich neun Uhr. Du wirst wieder aufstehen müssen«, sagte Ulrike später am selben Abend zu mir.

»Vielleicht liegt es an den salzigen Erdnüssen«, kam meine Antwort.

Nachts um drei dann war es endlich soweit. Ich spürte wieder dieses dringende Bedürfnis, das keinen Aufschub duldete. Wie zuvor ließ ich im Halbschlaf die Schlafzimmertüre offen. Man kann schließlich nicht immer an alles denken. Und schon gar nicht an so etwas Unwichtiges wie eine Schlafzimmertüre. Ich tastete mich zurück. Und wieder schnurrte es von meiner Bettseite. Kümmel war glücklich. Ulrike sagte nichts.

Meine Rituale änderten sich etwas. Eine Flasche Mineralwasser vor dem Fernseher wurde Pflicht. Schon der Nieren zuliebe. Letzten Freitag wachte ich ausnahmsweise ein zweites Mal auf und öffnete ein wenig meine Lider. Ulrike lag dicht bei Kümmel und streichelte sie. Kümmel räkelte sich auf dem Rücken und meine Frau liebkoste die Katze. Im Bett. Auf meiner Seite. Wir lagen praktisch alle auf meiner Seite. Ich wollte die harmonische Eintracht nicht stören und habe keinen Mucks von mir gegeben.
Einer inneren Eingebung folgend tat ich Sonntagabend etwas, was ich sonst nie tue. Ich schlich Ulrike hinterher, die in einer Werbepause irgendetwas von nach - der - Wäsche - schauen murmelte. Ich erwischte sie in flagranti. Sie stand im Halbdunkel unserer Speisekammer und hatte schon drei Viertel der Mineralwasserflasche ausgetrunken.

»So ist das also!« Ich war zu Recht erbost. »Du willst es also erzwingen.«
Bitteschön. Ich griff zum Wasserkasten, öffnete eine Flasche und trank sie in einem Zug leer.

»Wir werden ja sehen, wer Katze Kümmel die Schlafzimmertür öffnet.«
Meine Frau schluckte mühsam. »Ich will, dass Kümmel auch mal auf meiner Seite schläft.«
Seitdem sind unsere Nieren immer gut durchspült. Nach einer kurzen sachlichen Besprechung zwischen vernünftigen Menschen lassen wir die Schlafzimmertür jetzt immer offen. Kümmel soll

selber entscheiden, wo sie schlafen möchte. Wird es zu eng, rücken wir eben zusammen, Ulrike, Kümmel und ich.

Sehen Sie, es geht doch. War eigentlich eine Frechheit, mich ein halbes Jahr lang auszusperren. Aber inzwischen haben meine beiden Zweibeiner ihre Meinung geändert. Nachts liegen wir alle drei wohlig träumend im großen Bett. Hin und wieder bringe ich nachts etwas Staub und Dreck mit. Ist nicht zu ändern, bleibt an meinen Pfoten hängen. Ulrike hatte wieder eine geniale Idee. Über den guten Bettbezug legte sie einfach ein altes Laken und nannte es Katzenlaken. Darauf schlafe ich jetzt, dicht an Graufell gepresst. Ich schlafe jetzt immer bei Graufell.
Eines Morgens, ich döste noch auf meinem Katzenlaken und Graufell war im Badezimmer, fing Ulrike an zu rufen: »Theo! Komm mal rauf und bringe deine Brille mit.«
Theo taumelte im Schlafanzug und mit seiner stärksten Brille auf der Nase ins Schlafzimmer.
»Was?«
Ulrike deutete auf unser Bett. «Du wolltest doch schon immer mal sehen, wie eine Zecke aussieht. Bitte schön, da krabbelt eine.«
Ja, in der Tat, ich hatte wohl als blinden Passagier einen von diesen lästigen Blutsaugern mitgebracht. Die beiden sollen froh sein, dass die Zecke dort krabbelte und sich nicht in meinem Pelz eingenistet hatte und bereits dabei war, mein Blut abzuzapfen. Warum sie mich verschmähte, weiß ich allerdings nicht. Lag vielleicht doch an diesen kleinen Tabletten, die ich jeden Morgen fressen muss.
»Das hält Parasiten von dir ab. Deine Haut riecht dann anders. Diesen Geruch mögen Zecken nicht«, dozierte Herr Graufell. Ich rieche nicht schlecht. Ich nicht.
  Graufell liebt Katzen über alles. Schon seit seiner Kindheit. Ich weiß das. Habe nämlich schon vor einer Woche hier oben eine Geschichte gefunden, die sie unbedingt lesen müssen. Da war Theo noch ganz klein. Damals meine ich. Ja, auch Theo war mal klein. Vielleicht nicht so klein wie ich, aber kleiner als jetzt. Ah, hier ist die Geschichte:

Der Tempel der singenden Katzen

Aus der kleinen Küche dringt das Geräusch klappernder Töpfe und Pfannen ins Esszimmer nebenan. Dieser Raum zwischen Küche und Flur ist nicht nur Esszimmer, sondern der zentrale Punkt in der Wohnung. Hier ist im Winter immer geheizt. Im Wohnzimmer wird der Ofen erst am späten Nachmittag angemacht und im Badezimmer nur am Wochenende. Kohle und Briketts sind teuer. Der Junge und der dünne Mann sitzen im Esszimmer am Tisch, blättern in Fotoalben und hören Radio. Der Tisch nimmt den ganzen Raum ein und ist gut zum Drachen bauen, Kartoffeln schälen, Zeitung lesen, vergilbte Fotos angucken, alte Kameras auseinander nehmen und wieder zusammenbauen und tatsächlich auch um die Mahlzeiten einzunehmen. Die Schiebetür zur Küche öffnet sich. Ein grauer Haarschopf guckt durch den Spalt.
»Gleich bin ich soweit.«

Wir schreiben das Jahr 1964. Es ist Winter und es ist kalt. Es dämmert. Der dreiköpfige Stoßtrupp marschiert im Gänsemarsch durch den halbdunklen Keller. Der siebenjährige Junge hält seinen Blick fest auf den blanken Hosenboden seines Vormannes, der allerlei Gerätschaften in den Händen hält. Onkel Georg dreht sich um und vergewissert sich, dass der Junge noch da ist. Die Anführerin des Trupps ist Tante Grete in ihrer blaugemusterten Schürze. Wie üblich summt sie ohne Pause ein unbekanntes Lied. Vielleicht summt sie auch nur so. Um zu summen. Ihr Bruder Adolph ist der Großvater des Buben. Ein Foto von Adolph steht auf dem Klavier in einem altmodischen Rahmen. Daneben sein Bruder Hans. Beide kamen aus dem Krieg nicht zurück. In den Händen hält Tante Grete einen großen Topf, aus dem üble Gerüche nach hinten wehen. Katzenfutter. Aus eigener Herstellung. Links und rechts graue Kellertüren aus Stahl, die mit riesigen Riegeln zu öffnen sind. Dahinter Monster, Geister und Folterknechte. Ganz sicher. Die Schritte hallen unheimlich im Kellergewölbe. Der Junge hat Angst. Er hat immer im Dunkeln Angst und würde nie allein in einen dunklen Keller gehen. Tante Grete bleibt stehen.

»Den Schlüssel, Georg«, sagt sie mit ihrer vornehmen dunklen Stimme.

Sie sagt nicht einfach »Georg«, sondern spricht die Silben besonders scharf aus. »Geh-Ork«. So klingt es. Niemals wäre ihr eingefallen, ihren Mann »Georch« oder gar »Schorse« zu nennen. »Den Schlüssel, Geh-Ork.«

Der Mann mit dem spärlichen Haarkranz und den sanften braunen Augen geht an ihr vorbei und öffnet mit einem großen Schlüssel die Kellertür, die zum hinteren Garten führt. Der Junge sieht nur sechs breite Stufen, die aus dem Kellerflur ans schwindende Tageslicht führen. Er hört den Nordseewind pfeifen. Tante Grete erklimmt summend die Stufen, dann der Junge, dann Onkel Geh-Ork, der Schlüsselmeister. Tante Grete hat graues störrisches Haar. Von unten sieht der Junge, wie der Wind mit der blauen Schürze spielt und die Haare zu Dutzenden kleiner Antennen formt, die in alle Richtungen vom Kopf abstehen und leicht schwanken. So stellt er sich einen Astronautenhelm vor. Oder Besucher vom Mars.

Das Trio marschiert den ausgetretenen Trampelpfad lang, der zu den Gärten führt. An der Hauswand lehnen Fahrräder. In den meisten Fenstern des Mietshauses brennt schon Licht. Einer der Gärten gehört den alten Leuten und ist so spannend wie ein Karl-May-Buch. Denn dort ist der Katzenzwinger. Der Wind treibt die Düfte aus dem metallenen Topf vor ihnen her und bringt die Katzen zum Singen. Der Schlüsselmeister überholt Tante Grete und die drei Abenteurer betreten den Urwald mit dem Tempel der singenden Katzen. Gebannt steht der Junge vor dem Gitter und betrachtet die vielen eingesperrten Tiere mit dem weichen Fell. Püppi, die Gefleckte. Rollo, der Graue. Käppi, der einen schwarzen Fleck über seinem weißen Kopf hat, der wie eine Kappe aussieht. Und all die anderen, die die Ankömmlinge nicht aus den Augen lassen.

Der Junge weiß nicht, ob sich die Katzen hier wohl fühlen oder nicht. Er liebt Katzen. Auf jeden Fall laufen sie ziemlich aufgeregt hin und her. Tante Grete öffnet das Türchen und schlüpft mit dem Futtertopf in den Käfig. Sie begrüßt jeden einzelnen Vierbeiner mit Namen und krault kurz den Nacken. Die Katzen wollen jetzt nicht gekrault werden. Sie wollen Futter. Der Junge mit dem akkurat gezogenen Seitenscheitel folgt Onkel Geh-Ork, der schon durch eine kleine Tür verschwunden ist. Hinter der Tür führt ein schmaler Gang mit roh behauenen Treppenstufen tief nach unten. In die Unterwelt.

Die Tür zu den Katakomben unter den Käfigen steht offen. Unten werkelt und klappert Onkel Geh-Ork. Eine Petroleum-Lampe erhellt das unterirdische Reich und riecht komisch. Ein Labyrinth an Gängen unter den Katzenkäfigen. Eng und verwinkelt. Zwei Mann passen nicht nebeneinander. An einigen Stellen muss der Onkel gebückt gehen. Der Boden ist festgestampfte Erde. Alles vom Onkel eigenhändig angelegt. Für die Katzen. Kriechgänge nach oben, Ruheplätze, kleine Türchen, die man öffnen und schließen kann.

»Mach die Tür zu und komm runter, Junge«, ruft der Onkel. »Wir machen es uns gemütlich hier unten.«

Er sitzt lachend auf seinem Schemel und hat den Bauch des runden Bullerofens vollgestopft. Mit Papier und Holz. Hier ist es schön. Dunkel und geheimnisvoll.

»Mach du den Fidibus an.«

Er hält dem Jungen ein dick zusammengerolltes Stück Papier hin. Der Junge ist sehr konzentriert. Kleine Flammen zucken aus dem dicken Papier und die Schatten an der Wand tanzen dazu. Erst an das Papier im Bullerofen halten und dann schnell ins auflodernde Feuer werfen. Klappe zu. Es wird sofort warm.

Durch viele Rohre spaziert die Wärme und lockt die Katzen an. Von oben hören die beiden Tante Grete wie einen Brummkreisel ihr Lied summen. Durch eine der vielen Klappen stolziert als erste die alte Pussy in den warmen Untergrund, dann folgt Rollo und dann die anderen. Sie sitzen nur da und gucken die beiden an. Einige wie den gutmütigen Rollo kann man streicheln. Andere lassen keine Berührung zu. Rollo macht es sich auf einem mit Stoff bezogenem Brett bequem und schließt halb seine Augen. Wie auf einem Thron sitzt Käppi ganz oben auf einer kleinen Holzleiter, der man ansieht, dass sie selbst gemacht ist. Dort ist es besonders warm. Käppi faucht sofort, wenn man sich ihm nähert. Außer bei Tante Grete, da ist er ein ganz liebes Kätzchen.

Das Katzenhaus ist unter der Erde viel größer als oben. Mit dem Onkel und den Katzen ist es überhaupt nicht unheimlich. Es gibt viele Wege und der Junge entdeckt immer wieder neue Klappen und Zugänge. Jeden Abend ist hier im Winter Versammlung.

»Frieren Katzen denn auch?«

Onkel Geh-Ork nickt.

»Katzen haben es gerne warm und behaglich. So gemütlich haben es Straßenkatzen nicht.«

Der Junge hört mit ernster Miene zu.

»Grete hat schon Dutzende von Katzen gerettet. Sie kann es nicht lassen. Kaum sieht deine Großtante eine streunende, vielleicht sogar kranke Katze, steigt sie vom Fahrrad und nimmt sie mit nach Hause.«

Die Katzen laufen die dunklen Gänge auf und ab, reiben sich an den Wänden und geben allerlei Laute von sich.

»Ich komme gerne nach Wilhelmshaven«, sagt der Junge. »Nicht nur wegen den Katzen.«

Der Onkel schüttet Kohlen auf das Feuer, damit es lange warm bleibt. Am liebsten würden sie dort unten sitzen bleiben und die Katzen beobachten. Draußen ist es jetzt dunkel wie in einem Schrank. Eine Taschenlampe blitzt in das Gewölbe. »Kommt ihr?«

Es ist keine Frage. Es ist ein Befehl. Tante Grete sieht von hier unten groß und wuchtig aus. Ihre widerspenstigen Haare sehen aus wie die Perücke von einem Clown. Der Junge hütet sich, etwas zu sagen. Die Katzentante tappt voraus, der Junge und Onkel Geh-Ork folgen ihr. Zurück in die Wohnung, zu den anderen Katzen.

Der Junge sitzt am großen Esstisch und löffelt zum Frühstück Haferflocken. Der Onkel und die Tante unterhalten sich gedämpft. Ihre Gesichter sehen nicht glücklich aus. Immer wieder hebt Tante Grete einen Brief und liest ein paar Zeilen. Sie schüttelt ihren Kopf und reicht das Papier an den Onkel weiter.

»Wie können sie so etwas machen wollen?«

Onkel Georg ist ganz blass. »Nur weil wir keine Genehmigung für das Katzenhaus haben.«

Er liest.

»Außerdem hätten sich Nachbarn beschwert.«

Tante Grete bekommt noch mehr Falten auf der Stirn.

»Wir können sie auch nicht alle in die Wohnung nehmen. Sie geben uns nur zwei Tage, den Garten in seinen ursprünglichen Zustand zu versetzen. Man hätte uns ja schon zwei Mal angeschrieben.«

Viel versteht der Junge nicht. Wer sind »sie«? Und was können »sie« nicht machen? Die Tante und der Onkel sind den Rest des Tages sehr schweigsam. Der Junge freut sich schon auf den Abend. Er sitzt gerne unter dem Katzenhaus und feuert den Ofen an.

Die Tante klappert wie jeden Abend zur Dämmerung in der kleinen Küche, aber irgendwie hört es sich heute anders an. Der Onkel sitzt am Tisch und wartet.

»Hör mal«, sagt er. »Du kannst heute nicht mit in den Garten.« Die Schiebetür öffnet sich einen Spalt.

»Hast du es ihm gesagt?«, fragt die Tante. Der Onkel nickt. »Das Ordnungsamt macht uns Schwierigkeiten«, sagt er zu dem Jungen. Der siebenjährige Junge nickt ernsthaft, obwohl er gar nicht weiß, was ein Ordnungsamt ist.

Er bleibt in der Wohnung, sitzt vor dem Schwarzweiß-Fernseher und wartet, dass Onkel und Tante aus dem Garten zurückkehren. Morgen darf er bestimmt wieder mit zur Katzenfütterung. Heute dauert es länger als sonst. Dann dreht sich der Schlüssel im Türschloss. Onkel und Tante sagen kein Wort und haben beide ganz schmale Gesichter. Auf Tante Gretes Gesicht ist es ganz nass, aber es regnet überhaupt nicht.

Als es am nächsten Morgen hell ist, stellt sich der Junge auf einen Stuhl und guckt aus dem Fenster zum Garten. Er muss schon ganz genau gucken, aber er täuscht sich nicht. Alle Türen zum Katzenhaus stehen offen. Er ist ganz aufgeregt. Wer macht denn so was?

»Tante Grete«, schreit er. »Die Türen stehen alle offen.« Die Tante streicht mit ihren krummen Gichtfingern über seinen Kopf.

»Lass gut sein, Junge. Ist schon in Ordnung so.« Wieder hat sie nasse Augen und der Onkel ist gar nicht zu sehen.

Fast ein halbes Jahrhundert ist seitdem vergangen und seit über einer Stunde steht der grauhaarige Mann am Gartenzaun. Ein paar Strähnen kämpfen gegen den Wind. Störrische Haare scheinen in der Familie zu liegen. Das Mietshaus sieht genauso aus wie früher, nur dass es eine frische Fassade hat. Fahrräder stehen nicht mehr an der Hauswand, dafür stehen Autos Stoßstange an Stoßstange auf der Straße.

Der Garten, den er betrachtet, ist verwildert. Wahrscheinlich kümmert sich keiner mehr darum. Das Katzenhaus ist nur noch in seiner Erinnerung zu sehen. Vielleicht hat es Onkel Georg selbst abgerissen, vielleicht waren es die Leute vom Ordnungsamt. Nur ein Jahr später ist zuerst Onkel Georg gestorben, ein paar Tage später Tante Grete. Sechs Katzen hielt das alte Ehepaar noch in seiner Wohnung. Die grau-getigerte Susi lag auf der Tante und ließ keinen in ihre Nähe. Erst ein Tierfänger konnte das Tier mit einem Netz überwältigen.

Er überlegt. Schaut nach allen Richtungen und steigt dann über den niedrigen Zaun in den Garten, wo vor langer Zeit der Tempel der singenden Katzen stand. Der Weg ist wie früher. Aber Büsche und Bäume sind verwahrlost. In der Mitte wuchert viel Unkraut. Man kann nichts mehr erkennen. Wie auch, nach fast 40 Jahren. Aber hier stand er, der Katzenzwinger mit Rollo, Pussy und den anderen. Er schreitet die Fläche ab, wo er den Standort des Katzenhauses vermutet. Hier war die kleine Tür zur Unterwelt. Nur noch Erde und Unkraut. Der Mann scharrt mit den Füßen. Er kniet sich nieder und nimmt seine Hände zur Hilfe. Hat er da nicht eben Stein gespürt? Sein Herz klopft wie wild als er die erste Stufe zu den Katakomben freilegt. Es dämmert wie damals. Er muss aufhören für heute.

Als der Mann am nächsten Tag wieder vorsichtig über den Zaun klettert, hat er einen Spaten dabei. Das Tageslicht reicht gerade noch so aus. Die wild wuchernden Büsche und Bäume schützen vor den Blicken der Hausbewohner.

Höchstwahrscheinlich begeht der grauhaarige Mann in diesem Moment Hausfriedensbruch, aber das ist es ihm wert. Er braucht über eine Stunde und legt Stufe um Stufe frei. Vor seinem Auge erscheint Onkel Georg vor seinem Bullerofen, der ihm lächelnd ein dickes Stück Papier hinhält.

»Mach du den Fidibus an.«

Irgendwo summt es. Der Wind muss sich verfangen haben. Nur der Eingang ist verschüttet, der Ofenplatz ist fast frei von Erde und Geröll. Im Licht seiner Taschenlampe erkennt er den Holzkasten neben dem Ofen. Im Kasten liegt ein kleines Büchlein, das er vorsichtig mit zwei Fingern anhebt. Es ist morsch und knistert, als er es öffnet. Ohne Zweifel erkennt er Tante Gretes Handschrift:

Wir schreiben das Jahr 1964. Aus meiner kleinen Küche dringt das Geräusch klappernder Töpfe und Pfannen ins Esszimmer nebenan. Dieser Raum zwischen Küche und Flur ist nicht nur unser Esszimmer, sondern der zentrale Punkt in der Wohnung. Hier ist im Winter immer geheizt. Im Wohnzimmer wird der Ofen erst am späten Nachmittag angemacht und im Badezimmer nur am Wochenende. Kohle und Briketts sind teuer. Adolphs

1964! Wann soll denn das gewesen sein? Jetzt haben wir schon 2006. Da lebte Theo also schon. Er hat ja Generationen von Katzen überlebt. Kein Wunder, Theo raucht nicht, er trinkt nur ganz wenig von diesem komischen Getränk, was immer so schäumt. Feierabendbier nennt er es. Ulrike Vierauge und er essen kaum Fleisch, die Armen, und sehr viel Salate aus meinem Garten. Da muss man ja so alt werden wie Methusalem. Wir wollen mal ganz ehrlich sein: Man sieht ihm sein Alter an. Ich bin da ganz offen. Da gibt es nichts zu beschönigen.

Theo hat graues Fell auf dem Kopf und graues Fell im Gesicht. Auch wenn er es nicht wahrhaben will, Theo ist nicht mehr der Jüngste. Ulrike hat schönes schwarzes Fell und sieht auch viel jünger aus. Sie nimmt allerlei Cremes und Salben, die sie sich abends ins Gesicht schmiert. Mir reichen Spucke und Pfoten. Theo weigert sich standhaft, wenn Ulrike ihm auch Salben ins Gesicht schmieren will. Es kommt manchmal zu richtigen Ringkämpfen im Badezimmer oder gar im Bett. Meistens gewinnt Ulrike. Aber dieses Getöse dabei ist mir unheimlich.

Gestern hat Theo einen Brief geschrieben. Eigentlich liest man ja keine fremden Briefe. Aber wenn es keiner merkt. Er steckt ja auch nicht in einem Umschlag, der Brief. Sie müssen ihn ja nicht lesen, wenn Ihnen das unangenehm ist. Ich jedenfalls habe keine Skrupel. Hier ist er:

Urlaubsvertretung

Wohin mit der Katze im Urlaub? In die Tierpension? Mal wieder die Nachbarn bitten? Gar nicht verreisen? Was liegt näher, als eine Person des Vertrauens auf ein paar unbeschwerte Tage ins eigene Haus einzuladen, während man sich selbst den lange entbehrten Urlaub gönnt. Denn am wohlsten fühlt sich die Katze in gewohnter Umgebung und bei liebevoller Betreuung.

Liebe Mutter,

wie geht es dir denn? Ich freue mich so, dass du dich bereit erklärt hast, während unseres Urlaubs das Haus und Katze Kümmel zu hüten. Du sollst dich diese drei Wochen so richtig wohlfühlen bei uns. Es ist für alles gesorgt. Die Speisekammer ist gefüllt. Fast alle Rechnungen sind bezahlt. Du brauchst dich um nichts zu kümmern, kannst endlich mal alle Viere von dir strecken und leben wie Gott in Frankreich. Es ist unser erster Urlaub seit mehreren Jahren und wir danken dir sehr, dass du uns eine große Last von den Schultern nimmst. Wer sonst wäre besser geeignet, Haus, Hof und Katze zu hüten, wenn nicht du?

Unser Kätzchen kennst du ja schon und sie dich auch. Also seid ihr euch nicht mehr gar so fremd. Diese kurze Zeit werdet ihr beiden schon überstehen, nicht wahr? Das ihr mir keine Dummheiten macht ... haha.

Ich bin sicher, dass du der perfekte Catsitter bist. Trotzdem möchte ich dir noch ein paar Empfehlungen hinsichtlich Fütterung und Tagesablauf ans Herz legen. Kümmel ist jetzt anderthalb Jahre alt und so richtig im Rabaukenalter. Aber wenn du mit mir fertiggeworden bist, sind diese drei Wochen hier ein Kinderspiel. Sagte ich drei Wochen? Also, ich fände es wirklich schön, wenn du schon eine Woche eher kommen könntest. Vielleicht muss sich Kümmel erst wieder an deinen Geruch erinnern. Manche Katzen sollen ja allergisch gegen Körperpuder sein. Ich möchte jedenfalls jedes Risiko ausschließen. Ihr beiden sollt euch ja gut miteinander vertragen.

Kümmel frisst alles. In der Speisekammer findest du allerhand Dosen und Tüten. Halte dich bitte strikt an den »Futterfahrplan«, den ich dir ans Regal gehängt habe. Manchmal muss man sie schon ein wenig überreden zu fressen. Du weißt ja, wie Jugendliche sein können. Mich musstest du früher auch oft zu meinem Glück zwingen. Heute esse ich ja alles. Außer Hühnerfrikassee. Fettes Fleisch mag ich auch nicht so sehr. Na ja, meine Abneigung gegen Mangold kennst du ja. Bohnensuppe ist auch nicht so mein Fall. Und Pizza mit Schinken habe ich noch nie gemocht. Mit Pilzen ja. Aber nicht mit Schinken. Und erst recht nicht mit Ananas. Aber wem erzähle ich das? Haha ...

Also, entweder du wirfst ein paar Krümel Trockenfutter durch den Flur und misst dich mit Kümmel in der Schnelligkeit, die Krümel zu finden. Das liebt sie. Lass sie ruhig gewinnen. Ihre Krallen sind nämlich schon sehr scharf und sie ist blitzschnell. Oder du hockst dich neben ihr auf den Fußboden und gibst ihr den ersten Brocken Dosenfutter aus deiner Hand. Dazu musst du leise gurren. Das mag sie und frisst den Rest anstandslos aus ihrem Napf. Vorausgesetzt, du bleibst neben ihr hocken und gurrst.

Nach der Mahlzeit geht Kümmel üblicherweise nach draußen und bleibt dann gern ein paar Minuten für sich. Behalte sie trotzdem im Auge. Man weiß ja nie, was passiert. Kater »Toni« von gegenüber ist ihr stets und ständig feindlich gesonnen. Hin und wieder laufen auch große Hunde frei herum oder ein Auto fährt viel zu schnell durch unsere Straße. Aus dem Schlafzimmerfenster im ersten Stock hast du freien Blick über den ganzen Garten und kannst auf sie aufpassen. Trage dir ruhig einen bequemen Sessel nach oben ans Fenster. So kannst du immer sehen, wo die Katze sich herumtreibt. Kommt »Toni« in unseren Garten spaziert, musst du schnell wie der Wind nach unten sausen und diesen Unhold vertreiben. Sonst vertrimmt er Kümmel oder hetzt sie auf einen Baum. Nimm am besten den Straßenbesen oder die Wasserpistole. Sie liegt neben der Vogeltränke. Lass dich aber nicht von den Nachbarn erwischen. Frau Delling-Schnakenburg sieht es nicht gern, wenn ich ihren »Toni« einer Spezialbehandlung unterziehe. Tu einfach so, als würdest du Unkraut jäten oder die Äste des Pflaumenbaums beschneiden. Übrigens, das könntest du wirklich mal angehen, wenn du etwas Langeweile hast.

Diese grässlichen Hunde hinterlassen stets ihre Häufchen genau vor unserer Ausfahrt. Eine Unverschämtheit ist das. Kümmel hält ihre Nase überall rein und könnte sich leicht ein paar Würmer einfangen. Handschuhe, Schaufel und Tüten liegen im

Schuppen. Vergrabe die Häufchen bitte ganz tief irgendwo im Garten. Oder wirf sie nachts der Delling-Schnakenburg über den Gartenzaun.

Liebe Mutter, du wirst nun für vier Wochen der Spielgefährte von Kümmel sein. Kümmel liebt es, durch den Garten gejagt zu werden oder sich im Unterholz zu verstecken. Sei bitte vorsichtig wegen der Rosen, wenn du sie suchst und hinter ihr her kriechst. Zerknicke mir nicht die Gloria Dei. Sie hat ein Vermögen gekostet. Und pass auf deine Brille auf. Kratzer und Schrammen durch zurückschnellende Äste verheilen relativ schnell. Aber ohne deine Brille wirst du Kümmel nicht finden und bist zudem ihren Attacken hilflos ausgeliefert.

Hin und wieder rauft Kümmel gern. Sie ist inzwischen ziemlich kräftig geworden. Spitze Zähne und scharfe Krallen, ja, die hat sie wohl. Wenn sie ihre wilden fünf Minuten hat, ist mein rechter Arm ihr Erzfeind. Ich ziehe immer einen dicken Pullover an und schütze mich, wenn sie gar zu heftig zubeißt. Verdirb ihr nicht die Freude an einem kleinen Ringkampf. Mach ruhig mit und lass sie ordentlich aus der Puste kommen. Wenn es zu stark blutet, steh einfach auf und laufe schnell weg. Sie verliert dann das Interesse und sucht sich eine andere Beschäftigung. Desinfektionsmittel und blutstillende Salbe stehen im Badezimmer auf dem Regal.

Wie oft habe ich schon das übermütige Kümmelchen aus dem Nussbaum gerettet. Klettert im Affentempo den Baum bis ganz nach oben, sitzt da und miaut kläglich. Plötzlich hat sie der Mut verlassen und sie kann allein nicht mehr herunter. Die Baumleiter findest du ganz hinten im mittleren Schuppen. Du musst auch gar nicht viel machen. Du steigst die Leiter bis zur letzten Sprosse hoch und bleibst dort ein paar Minuten reglos stehen. Sieh da, unser Kümmelchen kommt dann von ganz allein und setzt sich auf deine Schultern. Manchmal glaube ich fast, sie sagt »Abwärts, bitte«. Aber vorsichtig, Mutter! Nicht, dass sie das Gleichgewicht verliert.

Pack dir ein paar gute Bücher ein oder bediene dich aus unserem Bücherregal. Du liest doch so gerne. Dann wird dir die nächtliche Warterei auf Kümmel nicht zu langweilig. Sie ist so voller Tatendrang, die Kleine. Und voller Abenteuerlust. Da vergisst sie schon mal die Zeit. Es ist auch nicht schlimm, wenn du über deinem Kriminalroman einnickst. Wir haben doch gottlob die Katzenklingel. Sowie Kümmel am frühen Morgen nach Hause kommt, setzt sie sich auf die Fußmatte vor der Terrassentür und löst so das elektrische Signal aus. Du kannst den Ton nicht überhören. Sie ist immer so schmusig, wenn sie hungrig und übermüdet nach Hause kommt. Gib ihr einen herzhaften Imbiss, entferne Dreck und Zecken aus ihrem Fell und sie wird dich lieben. Danach husch-husch ins Körbchen. Stell dir vor, Kümmel geht schon ganz automatisch hoch ins Schlafzimmer und schafft sich ein bequemes Plätzchen.

Nun noch rasch ihren Napf säubern, sonst riecht es zu sehr im Haus nach Katzenfutter. Dann ist auch für dich der Tag zu Ende.

Ach, Mutter, vielleicht hängen wir auch spontan eine Woche mehr an unseren Urlaub ran. Dann hättest du die kleine Schmusekatze noch ganze acht Tage mehr für dich allein. Bitte danke mir nicht, Mutter. Das ist doch selbstverständlich.

Bevor ich es vergesse: Kümmels Wurmkur ist fällig. Ja, dummerweise genau dann, wenn wir im Urlaub sind. Ich muss dir also diese wichtige Behandlung anvertrauen. Wir haben dazu diesen kleinen Trichter vom Tierarzt bekommen. Die Handhabung ist ganz simpel. Trichter ins Mäulchen stecken und die Pille oben reinwerfen. Mit der linken Hand hältst du Kümmel fest, mit der rechten drückst du leicht auf den Unterkiefer. Sie kann dann gar nicht anders, sie öffnet automatisch ihr Maul. Schnell den Trichter zwischen ihre Zähne und die Pille oben rein. Das ist schon alles. Du weißt ja inzwischen, wo das Desinfektionsmittel steht. Im Badezimmer gleich neben Pflaster und Mullbinden.

Das große Schmetterlingsnetz findest du auf dem Dachboden; ganz freiwillig lässt sich unser Kümmelchen vielleicht nicht einfangen. Vorsicht mit der Leiter zum Dachboden – die ersten vier Sprossen fehlen. Nimm am besten den grünen Hocker, steige auf das Treppengeländer und von dort direkt auf die fünfte Sprosse. So geht es am einfachsten. Nun kann wirklich nichts mehr schief gehen. Dann bleibt mir nur noch, dir ganz herzlich, liebe Mutter, zum Geburtstag zu gratulieren:

HERZLICHEN GLÜCKWUNSCH, ALLES GUTE UND VOR ALLEM GESUNDHEIT ZUM 82. GEBURTSTAG!

Ich verstehe. Meine beiden Assistenten planen also einen Urlaub ohne mich. Ich wäre sowieso nicht mitgekommen. Am liebsten bin ich in unserem Haus und in meinem Revier. Da weiß ich, was ich habe. Sollen sie ruhig fahren. Am besten in den Süden mitten im Sommer. Dann holt sich Graufell wieder einen kräftigen Sonnenbrand und Ulrike wird braun wie Schokolade. Hauptsache, sie kommen wieder.

Gestern bin ich etwas ärgerlich geworden. Nicht wegen dem Urlaub. Der ist ja noch in weiter Zukunft. Nein, wegen Graufell. Manchmal übertreibt es Graufell ganz gehörig mit seiner Fürsorge. Bin ich etwa aus Zucker? Oder aus Glas? Nein.

Es kann schon mal passieren, dass ich mit der Hinterpfote draußen irgendwo reintrete. In der Nachbarschaft wird überall renoviert, überall stehen Farbtöpfe herum. Jedenfalls kam ich gestern Mittag guter Dinge zur Küche herein, schüttelte aber oft mein Hinterbein, weil es irgendwie klebte. Unangenehm war es schon.

Graufell starrte mich an.

»Was hat sie da denn schon wieder?«

Allein für dieses kleine Wörtchen »wieder« hätte er einen Tatzenhieb verdient. Als ob ich jeden Tag mit irgendwelchen Blessuren, Verklebungen oder anderen Unebenheiten im Fell nach Hause käme.

Ich sah, wie Graufell immer nervöser wurde, während Ulrike Vierauge gelassen blieb.

»Vielleicht wo reingetreten.«

Graufell sank zu Boden. Nicht, dass er ohnmächtig wurde. Nein, er kroch mir hinterher und versuchte immer meine linke Hinterpfote festzuhalten. Das war schon lästig, sage ich Ihnen. »Da ist doch etwas«, jammerte Graufell. »Sieht alles verklebt aus. Aber Blut ist es nicht.«

Graufell war bestimmt besorgt, weil ich zufällig an der gleichen Stelle schon mal eine üble Bisswunde hatte. Bis heute rätseln meine beiden Assistenten herum, wer mich da gebissen hat. Natürlich hatte sich die relativ harmlose Bisswunde damals entzündet, ich wurde zum Tierarzt geschleppt und bekam eine Spritze. Von der Spritze habe ich nicht viel gespürt. Aber das die fremde Frau mein Bein rasiert hat, nehme ich ihr heute noch übel. Wie sieht denn so was aus? Oder tragen Sie nur einen Strumpf? Am Schlimmsten waren allerdings die vier Tage Hausarrest, damit die Wunde gut verheilt. Graufell wurde richtig unleidlich, die ganze Zeit musste ich ihn beschäftigen.

Es begann auch damit, dass Graufell mich mal wieder eingehend musterte.
»Da hat sie doch was am Bein!« Er bückte sich. »Guck doch mal.«
Ulrike Vierauge guckte genauer hin.
»Sieht aus wie Blut.«
Graufell erbleichte. »Blut? Unser Kümmelchen ist verletzt!«
Ja, ich gebe zu, mein Bein tat weh und ich konnte auch nicht richtig auftreten. Graufell flatterte um mich herum wie ein aufgescheuchtes Huhn und drehte wie immer, wenn er aufgeregt war, sein Ohr in alle erdenklichen Formen.
»Sie humpelt!« Da hatte er Recht.
»Sie humpelt!«, rief er noch lauter. Davon wurde es aber nicht besser. Selbst die Fliesenleger, die just in dieser Zeit mit der fachmännischen Renovierung meiner Terrasse bemüht waren, horchten auf.

Vorsichtig bewegte ich mich Richtung Rasen, musste mich aber alle paar Meter hinlegen. Es tat inzwischen höllisch weh.
»Da!«
Graufells Stimme überschlug sich.

»Sie kann schon nicht mehr richtig gehen.« Er schien auch schon mal gebissen worden zu sein. Graufell hockte mir gegenüber und beäugte mich mit äußerst sorgenvoller Miene. Zu allem Überfluss kroch in diesem Moment auch noch Kater Toni von gegenüber unter unserer Gartenpforte durch. Damals traute er sich noch, mein Grundstück zu betreten. Vorsichtig kam der dicke Kater näher. Auch Graufell war ihm damals durchaus noch wohlgesonnen.

Ich weiß nicht, war es Übermut oder Machogehabe, jedenfalls machte der blöde Kerl einen Satz und sprang mir auf den Rücken. Ich flüchtete unter großen Schmerzen in meiner Hinterpfote. Graufell stürzte sich auf Toni, der blitzschnell einen Rückzieher machte und sich auf den Gehweg verdrückte. Graufell warf ihm wütend einen Tannenzapfen hinterher.

»Hau ab. Wahrscheinlich hast du Kümmel gebissen.«
Da irrte Graufell, aber zuzutrauen wäre es Toni. Graufell machte ein nachdenkliches Gesicht und schlenderte ins Haus zurück. Das hätte mich stutzig machen müssen. Er kam in wenigen Minuten

mit einem viereckigen Gegenstand zu mir zurück. Und wieder fiel ich auf seinen dummen Trick rein.

Über diesen Gegenstand legte er meine grüne Wolldecke. Vorn war ein Eingang. Meine Neugier übermannte mich. Es sah sehr interessant aus. Ich liebe Höhlen über alles. Also kroch ich hinein, um das Ganze zu untersuchen. Graufell kicherte albern und die Falle schnappte zu. Er hatte sich meine Leidenschaft zu Nutze gemacht und meine Transportbox in eine Höhle verwandelt. Und ich Depp krieche da auch noch hinein.

»Ab zum Arzt.«

Vielleicht war es dieses Erlebnis, was Graufell ein wenig ängstlich und sehr, sehr fürsorglich machte, wenn es um mich ging. Er selbst hat ständig Rückenschmerzen, lehnt aber jede sportliche Betätigung und jede medizinische Behandlung ab. Jetzt war es mal wieder so weit. Graufell witterte überall Bisse, Risse und andere Verletzungen.

»Gib mir mal die Lupe.«

Graufell wedelte herrisch mit der Hand. Ulrike Vierauge tat das einzig Richtige – sie kümmerte sich nicht darum. Ich nutzte die Gelegenheit und verschwand nach oben. Das Wetter war nass und kühl, da liege ich doch lieber ganz oben auf meinem Kratzebaum in Graufells Arbeitszimmer und beobachte den Taubenschlag gegenüber. Die fette Graue da hinten, die würde mir schon gefallen.

Mir fielen gerade die Augen zu, da polterten meine beiden Mitbewohner die Treppen hoch. Wahrscheinlich dachten sie wieder, ich höre sie nicht. Lachhaft. Die Hörgrenze bei uns Katzen liegt bei ca. 50.000 Hertz, bei Menschen bei lächerlichen 20.000 Hertz. Ob Sie es glauben oder nicht, ich höre (und fühle!) die Mäuse draußen unter meinen Pfoten in ihren Höhlen tapsen und piepen. Jedenfalls standen Graufell und Vierauge nun hinter mir und flüsterten. Graufell hatte seine Lesebrille aufgesetzt, zog seine Stirn kraus und nestelte aufgeregt an seinem linken Ohr. »Jetzt hochheben«, gab er das unsinnige Kommando.

Ich hasse das. Ich hasse nichts mehr als hochgehoben zu werden. Man baumelt völlig hilflos in den Händen dieser Menschen. Ulrike Vierauge hob mich also tatsächlich hoch und Graufell fummelte erst an meinem Bein herum, dann auch noch an meinem Bauch.

»Alles verklebt.«

Na und?? Das entklebt sich auch wieder. Ich will auf meinen Hochsitz und weiter von rohen Tauben träumen.

»Da!« Graufells Stimme überschlug sich. »An der Vorderpfote ist auch was.«

Das brachte das Fass zum Überlaufen. Tief aus meinem Inneren ließ ich ein gemeines Knurren ertönen. Das wirkt immer. Graufell wich einen Schritt zurück.

»Sofort absetzen. Sie wird ungehalten.«

Gut erkannt, lieber Freund. Ulrike setzte mich wieder ab, behielt aber diese aufdringliche Nähe. Also noch mal kurz knurren. »Huch.« Na bitte. Kann ich jetzt schlafen? Danke.

Am Abend sah die ganze Sache dann schon viel entspannter aus. Wieder robbte Graufell hinter mir her.

»Nichts mehr zu sehen. Eigenartig.«

Wieso eigenartig? Wir Katzen putzen uns, reinigen unser Fell. Wenn man uns lässt. Im Gegensatz zu euch Menschen sogar mehrmals am Tage. Wir riechen nie streng, nicht wahr, Graufell?

Sie verstehen, was ich meine? Diese ewige aufdringliche Besorgnis. Graufell arbeitet ja nach eigenen Angaben zu Hause. Er schreibt. Ja, wirklich. Manchmal sitzt er tatsächlich an seinem Computer und schreibt Geschichten, die dann irgendwann in Zeitschriften veröffentlicht werden. Ich kann das bestätigen. Oft liege ich auf meinem Kratzebaum über der Heizung und beobachte ihn. Aber an manchen Tagen schreibt er auch nicht. Dann pflegt und hegt er den Garten oder betätigt sich mit wechselndem Erfolg im Haushalt. Inzwischen hat er auch gelernt, dass man nur gleichfarbige Wäschestücke zusammen in die Waschmaschine wirft. Aber lustig anzusehen war es schon, als Graufell und Ulrike vier Wochen lang Unterwäsche in zartrosa trugen. Bei vielen Arbeiten unterstütze ich ihn so gut es geht. Aber ich gehe auch gern eine Runde durch meine anderen Gärten spazieren. Mein Revier, wie Graufell immer sagt. Als ob er eine Ahnung von Revieren hätte.

Im Sommer hockte ich gerne unter dem schattigen Busch in Nachbars Garten und döste so vor mich her. Kann auch sein, dass ich ein paar Minuten eingeschlafen bin. Die Hitze war schier unerträglich und hier ließ es sich aushalten. Muss ich denn jetzt alle 30 Minuten Meldung bei General Graufell machen? Eben. Von meinem Beobachtungsposten sah ich Graufell, wie er immer nervöser wurde. Er guckte alle drei Minuten mal in diese, mal in jene Richtung. Dann ging er ins Haus und wenig später sah ich sein Gesicht oben am Schlafzimmerfenster. Von dort aus hat man nämlich einen guten Überblick über den gesamten Garten. Dann spazierte Graufell von einem Ende des Gartens zum anderen und unterhielt sich auffällig laut mit Nachbar Erich. Ich wusste natürlich, dass er mich durch den Klang seiner Stimme aus meinem Versteck locken wollte. Aber Pustekuchen. Ich sah keine Veranlassung, jetzt schon aufzutauchen. Vor mir hockte ein Grashüpfer, den ich mir schnell einverleibte. Die Erde war schön kühl und der Busch schützte mich vor der prallen Sonne. Wozu sich also bewegen?

Jetzt stand Graufell mitten auf dem Rasen und klimperte mit seinem Schlüssel. Im Allgemeinen mag ich dieses Geräusch und lasse mich dann schon mal blicken. Schon damit Graufell Ruhe hat. Heute war mir nicht danach. Noch ein Viertelstündchen.

Graufell stand am Gartenzaun und sein Blick kreiste wie der Lichtkegel eines Leuchtturms in alle Richtungen. Jetzt rief er auch noch nach mir.

»Kümmelchen!«

Herrschaften, hat man denn nie seine Ruhe? Ulrike Vierauge kam von der Arbeit angeradelt.

»Kümmel ist seit Stunden unauffindbar!« Graufell stotterte schon leicht. Ulrike war wesentlich ruhiger. Sie ist immer ruhiger.

»Die pennt irgendwo und kommt schon wieder.«

Recht hat sie. Graufell war anderer Meinung.

»Da stimmt doch was nicht.«

Wenn ich diesen Spruch schon höre. Was soll daran nicht stimmen, wenn sich eine Katze bei 30 Grad im Schatten mal nicht bewegen möchte? Graufell hingegen bewegte sich ziemlich schnell. Er saß nämlich auf seinem Fahrrad und startete eine seiner üblichen Suchexpeditionen, die noch niemals von Erfolg gekrönt waren.

»Ich drehe mal eine Runde. Vielleicht sehe ich sie irgendwo.«

Ich fürchte nicht, lieber Freund.

Als Graufell dann nach einer Viertelstunde schweißgebadet zurückkam, hatte ich Erbarmen mit dem armen Mann und kroch

aus meinem Gebüsch. Es war inzwischen etwas kühler geworden. »Da ist sie ja!« jauchzte Graufell. »Wie niedlich. Sie reagiert auf das Klickern meiner Gangschaltung.«
Ich sah noch, wie Ulrike Vierauge sich an die Stirn tippte. Wie recht sie doch hatte. Hunger hatte ich. Das war alles.

Nicht mal nachts hat man seine Ruhe. Vielleicht ist es noch nicht zu Graufell durchgedrungen, aber wir Katzen sind vorzugsweise nachtaktiv. Und besonders im Sommer, wenn man es tagsüber vor Hitze nicht aushalten kann. Da wissen wir die Kühle der Nacht durchaus zu schätzen. Und Graufell sollte eigentlich in seinem Bett liegen und schlafen, damit er am nächsten Morgen wohlgelaunt neue Geschichten für seine Zeitschriften schreiben kann. Aber weit gefehlt. Ich saß damals auf meinem Beobachtungsposten auf der Gartenmauer und behielt den Feldweg unter Kontrolle. Der Mond schien und es war endlich angenehm kühl. Es gab absolut keinen Grund, jetzt ins stickige Haus zu gehen und Atembeschwerden zu provozieren. Kein Zweibeiner auf der Straße. Hunde auch nicht. Die Menschen würden sagen, es ist drei Uhr morgens, ich sage, es war genau die richtige Zeit für mich. Ich empfehle Ihnen, sich auch mal nachts auf die Lauer zu legen. Würden Sie mir glauben, wenn ich Ihnen versichere, einen Fuchs gesehen zu haben, der sich vorsichtig Nachbars Hühnerstall näherte? Wissen Sie, dass Marder auch für Katzen gefährlich sein können? Ich muss es wissen, mich hatte damals ein Marder frech ins Bein gebissen. Und nicht Kater Toni. Ja, und Marder lachen. Jedenfalls hört es sich so an. Als ob kleine Kinder unentwegt kichern.

Auch einen Waschbären habe ich schon gesichtet. Sah groß und gefährlich aus, aber mit seiner Brille auf der Nase doch auch irgendwie lächerlich. Ich rührte mich nicht und er zog seiner Wege. Und jede Menge Artgenossen sah ich. Den dicken Toni von gegenüber, die gemeine schwarze Katze und sogar den roten Streuner. Mit all diesen Raufbolden wollte ich keine nähere Bekanntschaft machen und blieb schön auf meiner Mauer sitzen. Das war im Nachhinein betrachtet doch ein Fehler. Toni schlich vorbei, aber die schwarze Katze hatte mich erspäht. Denn plötzlich sprang sie von hinten auf die Mauer, mitten auf mich drauf und verpasste mir einen Tatzenhieb. Ich kreischte weniger vor Schmerz als vor Schreck auf und sprang auf den Boden. Zur Sicherheit kreischte ich gleich noch mal. Die schwarze Katze belauerte mich von oben, da wo ich eben noch gesessen hatte und ich hockte unten und ließ das Biest nicht aus den Augen.

Plötzlich machte die Schwarze einen riesigen Buckel und verschwand fauchend im Gebüsch. Wie ein Gespenst tauchte nämlich Graufell auf und fuchtelte mit seiner Taschenlampe herum. Ich beneide die Zweibeiner um ihre Fähigkeit zu lachen. Das hätte ich in diesem Moment auch gerne getan. Graufells Miene drückte höchste Besorgnis aus, seine Haare standen wirr nach allen Seiten ab. Da stand mein Mensch nun barfuß auf der Einfahrt, dünne Storchenbeine ragten aus einer knallroten kurzen Hose heraus und oben herum trug er eine Art quergestreiftes Hemd.

»Wenn ich diesen Toni in die Finger kriege«, brabbelte er vor sich her, ohne mich zu sehen. Augen auf, Meister. Es war nicht Toni, es war die schwarze Katze.

»Kann die Zicke nicht mal pünktlich nach Hause kommen?« Damit meinte er wohl mich. Pünktlich ist dehnbar. Keep cool, Graufell und geh in dein Bett zurück. Graufell lehnte seinen knochigen Oberkörper über den Zaun, guckte in alle Richtungen und trollte sich wieder ins Haus. Wie soll der Mann tagsüber wach und munter tolle Geschichten schreiben, wenn er sich nachts auf den Straßen herumtreibt?

Ich wechselte meinen Standort und hockte mich ganz oben auf den Zaunpfosten. Ich liebe es, oben zu sitzen und die Welt aus dieser Perspektive zu beobachten. Langsam wurde es dann aber doch Zeit für ein Schläfchen im Haus. Ich machte noch einen letzten Kontrollgang durch meine Gärten, betrachtete ein paar Minuten lang die leckeren Vögel in Nachbars Voliere, hangelte nach seinen Fischen im Teich, erledigte noch schnell meine Notdurft im frisch geharkten Bohnenfeld und sprang so gegen halb fünf müde, aber wohlgelaunt auf meine Klingelmatte. Ich gebe zu, hier hat Graufell mit seiner Fürsorge nicht übertrieben. Ich klingele, er öffnet. Egal, zu welcher Uhrzeit.

Graufells Sorge um meine Ernährung ist auch so ein leidiges Thema. Verhungern muss ich in diesem Hause und in diesem Garten nicht. Und wer es nicht selbst gesehen hat, der glaubt es nicht. Die Regale in der Speisekammer biegen sich. Nur das Beste vom Besten hat Graufell für mich besorgt. Leckersten Thunfisch, wohlriechende Geflügelhäppchen und nahrhaftes Herzragout.

Und auch diese knusprigen Kroketten, nach denen man immer fürchterlichen Durst bekommt, lagern in der Speisekammer. Die bekomme ich allerdings nicht mehr gar zu häufig. Angeblich werde ich dick davon. Das behauptet jedenfalls Graufell.

Allerdings steht der Winter vor der Tür und zur Vorbereitung auf die kalte Jahreszeit legen wir Katzen eben ein wenig zu. Von dick kann überhaupt keine Rede sein. Ich fresse gern. Das gebe ich zu. Aber das war auch mal ganz anders. Letzten Sommer zum Beispiel. Ich habe wenig gefressen und das meiste, was mir mein Graufell servierte, mochte ich nicht. Zumindest nicht zu diesem Zeitpunkt. Ich kann nicht fressen, wenn wir Temperaturen über 25 Grad haben. Die Hitze schlägt mir auf den Magen. Ist doch nicht schlimm. Ein paar von diesen Kroketten, viel Wasser und in der Kühle der Nacht dann eine Maus oder mal etwas Dosenfutter. In dieser Zeit jedenfalls hatte ich mein Idealgewicht. Wie üblich war Graufell anderer Meinung. Nicht hinsichtlich meines Gewichts, sondern über meine Futtermenge.

Er unternahm übermenschliche Anstrengungen, damit ich mehr fressen sollte. Aber jeden Tag Thunfisch oder bestimmte Geflügelhäppchen sind auch langweilig. Also machte Graufell ein regelrechtes Entertainment aus meiner Fütterung: Auf der Terrasse, aus seiner Hand, im Schuppen, in seinem Arbeitszimmer, in der Speisekammer. Da unten war es wenigstens schön kühl und ich habe tatsächlich zugelangt. Graufell jubelte.

»45 Gramm auf einen Schlag!«

Jetzt im Winter reicht das gerade als Appetithäppchen. Im Sommer war es mehr als genug.

Aber vielleicht kennen Sie das ja: Plötzlich sagt Ihnen Ihr Instinkt, jetzt muss mehr gegessen werden. Es kommen schlechte Zeiten. So war es jedenfalls bei mir.

Mitte September überkam mich Heißhunger. Auf alles. Jawohl, auf alles, was ich den ganzen Sommer verschmäht habe. Graufell jubelte, als er feststellte, dass ich gut fresse. Als ob das ganze Leben aus Fressen bestünde. Graufell servierte. Ich fraß. Graufell strahlte. Ich fraß. Graufell stolperte in die Speisekammer und holte Nachschub. Ich fraß. Alles schmeckte ausgezeichnet.

Eines Tages hatten wir Besuch von Ulrikes Mutter. Wie immer versuchte sie mich zu streicheln und wie immer wich ich der fremden Hand aus. Ich will von fremden Menschen nicht berührt werden.

»Die ist aber ganz schön moppelig geworden«, sagte Ulrikes Mutter. Und das aus dem Munde einer Frau, die auch nicht gerade eine Bohnenstange ist. Ulrike schlug sogleich in die gleiche Kerbe.

»Hab ich doch gesagt.«
Graufell fummelte erst an seinem Ohr und gab dann seine Meinung zum Besten.

»Sie bekommt Winterfell.«
Mutter Vierauge widersprach. »Nein, sie ist dick.«
Also, ich bin nicht dick im herkömmlichen Sinne. Tatsächlich bekam ich Winterfell. Aber es ist in der Tat nicht von der Hand zu weisen, dass ich zugelegt habe. Mutter Vierauge hatte so Unrecht nicht. Ich bin an manchen Stellen runder geworden.

»Das werden wir sogleich testen.«
Graufell stürmte aus dem Zimmer und kam mit der Personenwaage wieder.

»Tut mir leid, Kümmel. Aber ums Hochheben kommen wir nicht herum.«
Na, wenigstens entschuldigte er sich. Ging auch ganz schnell. Erst wir beide auf der Waage, dann der dürre Graufell alleine. »Hm«, sagte er. Und gleich danach: »Oho.« Ja, und? Bitte die Resultate, mein Herr.

»Gib mir mal den Taschenrechner.«
Herrschaftszeiten, so was muss man doch im Kopf ausrechnen können.

»Kümmel wiegt 4.800 Gramm.« Er schüttelte sein graues Haupt. »Das ist wirklich etwas zu viel.«
Ich muss heute noch grinsen, wenn ich an die »Diät« denke, die mir Graufell verpasste. Aber davon später. Da habe ich wirklich abgenommen. Nun wollen wir mal gucken, ob wir hier in der grünen Mappe nicht noch eine von Graufells Geschichten finden. Aha, sieh an, was haben wir denn hier?

Fachgespräch

»Barfen ist doch eine feine Sache.«

»Sie sagen es. Diese biologisch artgerechte Rohfleischfütterung ist absolut natürlich für unsere Katzen. Kommt ja, glaube ich, mal wieder von den Amerikanern. Aber die nennen es bones and raw food.«

»Denen ist nichts zu teuer, wenn es um ihre Lieblinge geht.«

»Gar so teuer ist das Barfen nicht. Auf jeden Fall kommt man deutlicher billiger weg, als wenn man nur Dosenfutter nimmt.«

»Wie Recht Sie haben. Was da alles drin sein soll. Da laufen dem verantwortungsbewussten Tierhalter ja Schauer des Entsetzens über den Rücken. Schlachtabfälle sollen in den Dosen sein. Sogar Federn und Krallen.«

»Na ja, wenn die Katze in der Natur einen Vogel fängt, sortiert sie Krallen und Federn auch nicht aus.«

»Ich bitte Sie. Das ist doch kein Vergleich.«

»Natürlich nicht. Wie dumm von mir.«

»Wer seiner Katze etwas Gutes tun will, der bereitet das Futter eben selber zu. Ein wenig Rindergulasch, Putenherzen oder Lammfleisch. Es muss einem doch die Tränen in die Augen treiben, wenn die Katze schnurrend ihren Napf ausleckt. Geht es Ihnen nicht auch so?«

»Nicht wirklich. Wir haben keine Näpfe.«

»Woraus frisst Ihre Katze?«

»Von Tellern. Von kleinen Tellern. Wenn Sie einen Napf benutzen, also die Katze, kann es passieren, dass sie mit den Barthaaren den Rand vom Napf berührt. Das empfindet sie als unangenehm. Deswegen sind wir auf kleine flache Teller ausgewichen.«

»Ich staune. Auf was man alles achten muss. Und was machen Sie dann mit den Näpfen?«

»Wir verwenden sie als Behältnisse für Schrauben. Schrauben braucht man immer.«

»Ich wusste gar nicht, dass Sie gerne basteln.«

»Ich nicht. Meine Frau bastelt gern und führt auch kleinere Reparaturen im Haus durch. Ich bin für die Katze zuständig. Ausschließlich.«

»Es findet sich für alles eine Verwendung. Man kann sich ja gar nicht mehr erlauben, etwas wegzuwerfen. Die Preise sind enorm gestiegen. Speziell für Biofleisch.«

»Wie kommen Sie jetzt auf Biofleisch?«

»Ein richtiger Barfer kauft grundsätzlich Biofleisch für die Ernährung seiner Katze. Artgerechte Haltung ohne Zusätze, die das Wachstum beschleunigen sollen.«

»Natürlich. Das wollte ich gerade sagen, bevor wir über Schrauben sprachen. Bei seinen Katzen darf man nicht jeden Pfennig drei Mal umdrehen.«

»Cent. Sie meinen bestimmt Cent. Pfennig und Mark gehören der Vergangenheit an. Aber wenn es nach mir ginge... Aber mich fragt ja keiner.«

»Doch. Ich frage Sie...«

»Wonach? Nach den Zusätzen?«

»Ähm ..., ja.«

»Fleisch allein reicht nicht. Sie müssen das Fleisch mit bestimmten Zusätzen anreichern. Kalzium, Phosphor, Natrium, Taurin, Vitamine. Sonst leidet ihre Katze womöglich eines Tages unter Mangelerscheinungen.«

»Wem sagen Sie das. Wenn nur dieser Aufwand nicht wäre.«

»Ich bitte Sie. Das nennen Sie Aufwand? Einmal die Woche zwei Kilo Fleisch portionieren, in Plastikdosen umfüllen und einfrieren?«

»Ja, und die Zusätze?«

»Ist doch ein Kinderspiel. Sie nehmen Ihre Feinwaage und wiegen sie auf den Millimeter genau ab, damit Ihr hausgemachtes Futter wirklich ausgewogen ist. Ausgewogen und artgerecht. Das kostet Sie nicht mehr als vier Stunden pro Woche. Sie merken den Unterschied schon nach wenigen Monaten. Glänzende Augen, dichtes seidiges Fell...«

»Die Katze meiner Nachbarin hatte auch glänzende Augen.«

»Sehen Sie, wahrscheinlich eine Vollblutbarferin.«

»Die Katze hatte Fieber. Eine böse Infektion. Aber sie hat es überlebt. Antibiotikum sei Dank.«

»Immer diese Chemie.«

»Manchmal geht es nicht ohne. Taurin als Zusatz ist auch künstlich.«

»Gibt es kein natürliches Taurin?«

»Doch, aber dazu bräuchten Sie täglich ein paar Hundert Mäuse, um genügend Taurin herauszufiltern. Zu kompliziert. Zumal es gar keine Apparate dafür gibt.«

»Das wäre doch eine lukrative Marktlücke. Natürliches Taurin frisch aus Mäusen gefiltert.«
»Und wer soll die Mäuse fangen?«
»Die Katze natürlich.«
»Dann kann sie die Mäuse auch gleich fressen.«
»Sie finden auch in jeder Suppe ein Haar.«
»Der Vetter zweiten Grades meines Hausmeisters hat eine Maschine entwickelt, mit der man problemlos zerbrochene Scheiben reparieren kann.«
»Ach?«
»Ja, man zerbricht auch noch den Rest in kleine Stücke und wirft alles in den Trichter seiner Erfindung.«
»Und dann?«
»Seien Sie nicht so ungeduldig. Es entwickelt sich eine enorme Hitze, alle Scherben schmelzen und kommen am hinteren Ende als handliche Quadrate wieder heraus. Selbst ein Laie wie Sie kann die Stücke dann wie in einem Mosaik wieder zusammensetzen.«
»Wieso ich? Warum sollte ich ein Laie sein. Waren nicht Sie es, der zu ungeschickt war, eine Katzenklappe ins Kellerfenster einzubauen?«
»Wer, ich?«
»Jedenfalls ging das Gerücht durch die gesamte Nachbarschaft.«
»Ich habe die Schrauben gehalten. Außerdem war die ganze Arbeit sinnlos. Unsere Katze lehnt die Klappe ab.«
»Vielleicht sollten Sie die Klappe entriegelt lassen.«
»Wir haben schon alles versucht. Durchschieben, mit Katzenminze bestreichen, mit Leckerbissen durchlocken ..., alles für die Katz.«
»Konsequenz ist auch hier die oberste Richtlinie.«
»Davon können Sie ja ein Lied singen. Wollten Sie nicht Ihrem Sohn verbieten, immer meine Briefe aus dem Schlitz zu angeln, nur weil er Briefmarken sammelt?«
»Der Junge muss früh lernen, sich zu behaupten.«
»Ich möchte meine Briefe gerne mit Briefmarke lesen.«
»Auf der Briefmarke steht doch sowieso nichts drauf. In den Briefen schon.«
»Er kann sie ja später bekommen.«
»Mein braver Sohn interessiert sich nicht für Schreiben von Anwälten.«

»Die Briefmarken!«

»Mein Sohn sammelt keine Briefmarken.«

»Und wozu stiehlt er dann meine Briefe?«

»Meine Finger sind zu klobig. Ich selbst bin leidenschaftlicher Briefmarkensammler. Ganze Nächte sitze ich über meinen Alben.«

»Ich weiß. Ihre Frau hat es mir erzählt. Sie hätten gar nicht gemerkt, dass sie stundenlang weg war.«

»Ein Mann kann sich nur auf eine Sache konzentrieren. Manchmal muss er sich entscheiden. Zum Beispiel zwischen Kalziumnitrat und Eierschalen.«

»Ich verstehe nicht.«

»Wir sprechen doch über artgerechte Katzennahrung.«

»Ja, und?«

»Als Zusatz für rohes Fleisch nehmen Fachleute lieber zermahlene Eierschalen als Kalziumnitrat. Es ist natürlicher und die Wirkung ist gleich.«

»Wir essen selten Eier.«

»Sie brauchen ja auch nur die Schale.«

»Wäre dann Knochenmehl nicht besser?«

»Warum wollen Sie Knochenmehl essen?«

»Nicht ich. Die Katzen. Besser als Eierschalen, meine ich. Und einfacher.«

»Warum einfacher? Nur weil Sie nicht wissen, was Sie mit dem Inhalt der Eierschalen machen sollen. Sie können ihn mir vorbeibringen. Meine Frau backt gerne und verbraucht viele Eier.«

»Aber die Kuchen Ihrer Frau stoßen nicht immer auf einhellige Begeisterung.«

»Woher wissen Sie das?«

»Diese neuen Nachtferngläser sind ihr Geld wirklich wert. Es war nicht sehr nett von Ihnen, dass Sie den Schokoladenkuchen an die Wand geworfen haben. Ihre Frau stand über drei Stunden in der Küche.«

»Sie gucken in unsere Wohnung?«

»Nur, wenn die Vorhänge nicht zugezogen sind. Und wenn der Raum ausreichend beleuchtet ist. Ich sehe nämlich schlecht. Ohne meine Brille wäre ich blind wie eine Fledermaus.«

»Eine Fledermaus ist nicht blind.«

»Ich dachte, Fledermäuse orientieren sich mit einer Art Echoortung.«

»Tun Sie doch auch. Aber Augen haben Sie trotzdem.«

»Ich habe ja auch nicht bestritten, dass sie keine Augen hätten. Nur blind sind sie.«

»Dann hätte die Natur ihnen doch gar keine Augen geben brauchen.«

»Mutter Natur ist immer noch der perfekte Lehr- und Baumeister. Eine perfekte Architektin des Lebens. Deshalb lege ich so viel Wert auf natürliches Katzenfutter.«

»Ein wundervoller Anblick, wenn die Katze konzentriert an einem saftigen Stück Fleisch nagt. Nebenher noch die perfekte Zahnreinigung. Eintagsküken werden auch immer gerne genommen.«

»Darf ich Ihnen beim Tragen helfen?«

»Nein, nein. Es geht schon. Sind ja nur Lebensmittel. Nur das Nötigste.«

»Sie haben schon zum dritten Mal die Hand gewechselt. Sie ist schon ganz blau, Ihre Hand.«

»Ich sagte nein.«

»Nun lassen Sie sich doch helfen, Sie störrischer Maulesel. Geben Sie mir Ihre Tasche. Sie geben mir jetzt augenblicklich Ihre Tasche.«

»Bitte sehr. Wenn Sie so hartnäckig darauf bestehen. Aber Sie lassen die Tasche zu. Ich sagte, zu lassen!«

»Da! Ich habe es doch geahnt. Katzenfutter in Dosen. Sie Verräter! Von wegen natürliche Fütterung mit Rohfleisch.«

»Das ist doch viel zu kompliziert und aufwändig. Fleisch kaufen, durch den Wolf drehen, Zusätze kaufen und drüber streuseln, portionieren und einfrieren. Wer hat denn die Zeit dafür? Ich nicht, lieber Herr. Im Fertigfutter ist alles drin, was die Katze braucht.«

»Endlich traut sich mal einer, die Wahrheit zu sagen. Würden Sie mir ein paar Dosen abgeben, lieber Freund?«

Mir soll es recht sein. Hauptsache, mein Magen ist gefüllt. Mir egal, ob rohes Fleisch oder eine schmackhafte Zubereitung aus der Dose. Schnell muss es gehen, wenn ich Hunger habe. Ich habe meine Zeit ja schließlich nicht in der Lotterie gewonnen.

Also, das was mir vor kurzem passiert ist, muss ich Ihnen unbedingt erzählen. Glück und Unglück liegen ja so nahe beieinander. Sehr nahe sogar. Da fällt schon mal eine Gans vom Himmel und dann erschlägt sie mich fast. Katzen sind perfekt. Aber manchmal wünsche ich mir, ich wäre etwas größer.

Ich schlenderte gerade so ohne besonderes Ziel über meine Terrasse, sprang ins Rosenbeet und hörte plötzlich einen unbekannten Lärm hoch über mir. Zuerst bekam ich einen Riesenschreck. Ich kenne schließlich alle Geräusche, die zu meinem Haus und zu meinem Revier gehören, aber dieses war mir fremd. Beim zweiten Hinhören jedoch war es doch nicht mehr so fremd. Es klang wie Flügelschlagen. Mein Nachbar Erich hat Hühner, Enten und Gänse. Und dieses Federvieh schlägt oft mit den Flügeln, wenn ich vorbeihusche. Manchmal rennt der Hahn auch hinter mir her und hackt nach mir. Aber diese kindischen Attacken lassen mich kalt. Das nächste Mal kläre ich den Tölpel mal über seine Zukunft auf.

Aber dieses Geräusch kam von meinem Dach. Dort oben leben keine Vögel. Ganz aufgeregt sprang ich auf den Rasen, von wo ich besser nach oben gucken kann. Sie werden es mir vielleicht nicht glauben, aber hoch oben auf dem Dach kämpfte tatsächlich eine fette Gans um ihr Gleichgewicht. Sie verlor. Ich erkannte sie natürlich. Es war Erichs Gans. Was diese dumme Gans allerdings auf meinem Dach zu suchen hatte, werde ich wohl nie erfahren. Ich starrte nach oben und beobachtete das hilflose Treiben aus scheinbar sicherer Entfernung. Das Federtier schlug wie wild mit den Flügeln, zappelte und suchte mit seinen unförmigen Füßen auf den Dachschindeln nach Halt. Immer tiefer rutschte die Gans, hielt sich noch ein paar Sekunden an der Dachrinne fest und trudelte dann wie im Schlaraffenland zu Boden. Leider direkt auf mich zu.

Wo war Graufell wieder, wenn man ihn brauchte? Er hätte diese Fallgans vielleicht aufhalten können. Muss man denn immer alles selber machen? Ich sprang zur Seite. Die Gans änderte ihre Richtung und hatte mich wieder im Visier. Während sie dem Erdboden immer näher kam, schlug sie weiter sinnlos mit den Flügeln. Tja, weniger fressen, dann klappt es auch mit der Fliegerei. Ehrlich gesagt, die Gans war unförmig fett. Niemals würde so ein Brocken mit seinen dünnen Flügelchen fliegen können. Eine Windböe änderte schon wieder ihre Flugrichtung. Ich huschte nun doch leicht irritiert unter einen Busch und Sie glauben es nicht – nur einen Meter entfernt plumpste die Gans ins Blumenbeet. Ich hätte tot sein können. Ich sah schon meine eigene Todesanzeige vor meinem geistigen Auge:

> **Wir trauern um Katze Kümmel.**
> **Erschlagen aus heiterem Himmel von**
> **einer übergewichtigen Gans.**
> **Kümmel, wir danken dir für**
> **dieses dicke Federtier.**

Gottlob, war ich doch schneller als der Sturzflug der Gans. Der Bruchpilot quakte kurz und rappelte sich wieder auf. Es schien mir, als wäre sie etwas orientierungslos. Eigentlich ja kein Wunder. Warum wollte die Gans fliegen, wenn sie es gar nicht kann? Wieder ein ungelöstes Rätsel aus der Tierwelt. Etwas unheimlich war mir schon. Ich machte einen langen Hals und versuchte den Geruch meiner Gans aufzunehmen. Roch wie Gans eben. Federn, Fleisch und Knochen. Ich fresse gern Geflügel. Das kann Graufell bestätigen. Aber so ein Brocken und dann im Stück? Gut, für eine Amsel oder einen Sperling brauche ich maximal fünf Minuten und weg ist der Happen. Aber an dieser Gans würde ich Tage zehren.

Ich war noch am Überlegen, da kam Graufell völlig aufgelöst angelaufen.
»Kümmel, alles klar?«
Immer wenn er mich mit meinem vollen Namen anspricht, ist er wirklich in Sorge. Oder böse auf mich.
»Wo hast du denn die Gans her?«
Ich habe selten so eine dumme Frage gehört. Na, vom Himmel gefallen ist sie.
»Sie kann doch nicht einfach vom Himmel fallen.«

Manchmal ist es zum Verzweifeln mit Graufell. Ich umkreiste vorsichtig das Federvieh, das inzwischen meinen Rasen untersuchte und mir nicht gerade unglücklich vorkam. Vielleicht war die Gans ja froh über die gelungene Flucht? Vielleicht hat sie mitgehört, dass bald Weihnachten war? Bekanntlich empfinden Gänse das Weihnachtsfest als unangenehm und sind froh, wenn sie dem alljährlichen Trubel entfliehen können.

Ich setzte mich gemütlich hin und dachte über den Nährwert einer kompletten Gans nach, da kam Nachbar Erich an den Zaun.

»Da ist ja das Luder!« Er meinte doch wohl nicht mich? »Ständig haut sie ab.«
Sie wird schon ihre Gründe haben, Erich.

»Beim Nachbarn auf der anderen Seite war sie auch schon. Hilfst du sie einzufangen, Theo«?

Moment, meine Herren, da habe ich doch auch noch ein Wörtchen mitzureden. Ich habe sie schließlich gefunden und habe bereits Pläne mit ihr. Sie soll es gut haben bei mir. Vorerst jedenfalls. Die beiden Männer ließen sich nicht beirren und versuchten die Gans einzukreisen. Ich sprang auf den Pflaumenbaum und hatte eine ausgezeichnete Sicht auf das ganze Spektakel.

Die Gans watschelte den beiden Vogelfängern einfach davon. Beide sind nicht die Schnellsten, aber sich von einer dicken Gans abhängen lassen – ich weiß nicht. Erich blockierte ihr mit ausgebreiteten Armen den Rückzug und Graufell trieb sie mit ebenfalls ausgebreiteten Armen auf Erich zu. Die Gans erkannte sofort ihre Notsituation, täuschte einen Ausfall nach rechts vor und schlüpfte zwischen Erichs Beinen hindurch. Ich amüsierte mich prächtig.

»In den Nacken beißen!«, rief ich. Aber sie hörten nicht auf den Rat einer erfahrenen Jägerin. Erich fluchte. Graufell fluchte auch. Sie nahmen nach einer kurzen Beratung die Verfolgung des Flüchtlings auf. Neben dem Geräteschuppen sollte die Falle zuschnappen.

»Du treibst, ich packe sie an den Flügeln«, keuchte Erich. Leider war die Gans damit nicht einverstanden. Sie nahm ihre ganze Kraft zusammen, sprang halb und flog halb, genau auf die umgedrehte Regentonne und von da ins Erdbeerbeet. Ich wäre vor Lachen bald vom Baum gefallen. Wie können sich zwei erwachsene Menschen nur so ungeschickt anstellen?

Die Fluchtgans brach sich einen Weg durch die letzten Studentenblumen in diesem Jahr, Erich hinterher und zertrampelte mit seinen klobigen Holzschuhen die letzten Überlebenden. Graufell hielt sich auch nicht an die Wegeordnung und kürzte quer durch das Mangoldfeld ab. Die Gans erreichte indes wohlbehalten den Dunghaufen. Meine Herren, etwas mehr Einsatz! Schnelligkeit ist doch keine Hexerei. Erich schnaufte und Graufells Stimme zitterte schon etwas.

»So geht es nicht. Wir müssen sie überraschen.«

Na, da bin ich ja mal gespannt. Ich liebe Überraschungen. Beide Männer spazierten scheinbar im Gespräch vertieft über den Rasen, kümmerten sich überhaupt nicht um die Gans, die jetzt eingehend unsere Küchenreste untersuchte. Wie kann man in einer derartigen Situation an Nahrungsaufnahme denken? Wäre ich die Gans, wäre ich längst über alle Berge. Sollen die braven Leutchen doch zu Weihnachten ein mageres Hähnchen verspeisen.

Wie von ungefähr trennten sich die beiden Herren, der eine ging nach links, der andere nach rechts. Für mich wirkte es schon sehr gestellt, aber der Gans fiel das durchsichtige Manöver nicht auf.

»Jetzt!«

Nach diesem Kommando stürzten sich Graufell und Erich wie zwei American Football Spieler auf ihren Gegner, im heutigen Spiel eine harmlose schwerfällige Gans. Ich musste mich am Ast meines Baumes festhalten, sonst wäre ich vor Lachen heruntergefallen. Denn gar so schwerfällig war die Gans jetzt gar nicht mehr. Mit einem kleinen Anlauf hüpfte sie auf den Misthaufen, schlug dort mächtig mit den Flügeln und – ich glaubte zu träumen – flog davon. Erich und Graufell prallten zusammen und blieben benommen neben dem Komposthaufen liegen. Die Gans kam auch nicht viel weiter und schlidderte fliegend und laufend ohne Bremsung mitten in die Rhododendren. Sie sollte sich wirklich entscheiden, ob sie fliegen oder laufen wollte. Beides zusammen macht keinen Sinn. Erich und Graufell klopften sich den Staub aus ihren Hosen und rieben sich Schultern und Arme. Mein Graufell war ganz schmutzig im Gesicht und Erichs Hose am Knie zerrissen. Der Gans ging es gut, soweit ich das von hier beurteilen konnte.

Sie kehrte auf meinen Rasen zurück. Ich glaube, sie fühlte sich mit Rasen unter ihren breiten Füßen wohler als in Ulrikes Blumenbeeten. Ich für meine Person tobe auch liebend gern über dichten Rasen. Vorzugweise im Sommer. Wenn ich guter Laune bin, mache ich Bocksprünge kreuz und quer über die Grasfläche. Das kann eine Gans überhaupt nicht. Erich und Graufell dachten sich eine neue Strategie aus. Graufell rannte schnell ins Haus, während Erich darauf achtete, dass meine Gans unseren Garten nicht verließ. Es wäre auch zu peinlich gewesen, wenn sich diese Treibjagd durch den ganzen Ort gezogen hätte. Meine beiden Helden sahen jetzt schon wie Strauchdiebe aus. Graufell kam schwer atmend zurück und schwenkte einen Plastikbeutel in seiner schmutzigen Hand.

Gar nicht mal so dumm. Er brachte Brotstücke mit und legte diese in einer schnurgerade Linie über die Grasdecke bis zur schattigen Tanne. Hinter deren Stamm kauerte Erich und wartete auf seine Chance.

In aller Seelenruhe picke die Gans ein Stückchen nach dem anderen und näherte sich munter schnatternd der Falle. Graufell stand stocksteif und wagte nicht zu atmen. Die Gans sollte sich absolut sicher fühlen. Also, wenn Sie mich fragen, die beiden treiben viel zu viel Unfug mit der Gans. Oder ist es ein Ganter? Es kann doch nicht so schwierig sein, eine Gans einzufangen. Für den Fuchs ist das ein Kinderspiel. Und dabei ist der Fuchs deutlich kleiner als diese beiden ungeschickten Männer in ihren verschmutzten Hosen. In Indien gilt die Gans ja bekanntlich als Verkörperung von Weisheit und Reinheit. Deswegen werden indische Gelehrte auch gern als »Großgans« bezeichnet. Andere Länder, andere Ehrungen. Aber weder unsere lokale Gans noch ihre beiden Jäger verdienten diesen Titel. Wir sind hier ja auch nicht in Indien. Man stelle sich einmal vor, unsere Studenten nennen ihre Professoren »Großgans«. »Oh, Großgans, Ihre Vorlesung war wieder sehr lehrreich.«
Inzwischen näherte sich die (unstudierte) Gans der Tanne, hinter der Erich hockte. Bis auf einen Meter war sie schon am Baum dran. Warum stürzte sich Erich jetzt nicht mit oder ohne Gebrüll auf seine Gans und brachte sie in seinen Garten zurück? Erich hockte mit angewinkelten Knien auf der Erde und rührte sich nicht. Auch Graufell guckte fragend. Die beleibte Gans pickte

den letzten Brotkrumen auf und befand sich immer noch in Freiheit.

»Was ist los?«, fragte Graufell zu Recht.

Erich deutete auf die Straße. »Da ist gerade Hannes vorbeigelaufen. Der will bestimmt zu mir. Ich hoffe, er hat mich nicht gesehen.«

»Hast du ihm seine Frau ausgespannt?«

»Nein. Ich habe ihm statt eines Taubenpärchens zwei Täuberiche angedreht. Und er wartet verzweifelt auf Nachwuchs. Bestimmt hat er es gemerkt.«

Das war ja zum Fellraufen. Hier war offenbar sachkundige Hilfe einer richtigen Jägerin erforderlich. Ich stellte einen Augenkontakt zu Graufell her und machte ihn auf meine Absichten aufmerksam. Ganz alleine konnte ich die Gans auch nicht dingfest machen. Graufell verstand. Erich blieb vorerst in seinem Versteck. Und dann sprang ich mit diesen grotesken Sprüngen wie im Sommer, wenn ich übermütig bin, auf die Gans zu. Ich sehe dabei aus wie ein geföhnter Handfeger, den man in die Luft wirft. Gesträubtes Fell, aufgeplusterter Schwanz, böser Blick. Das Federvieh erstarrte augenblicklich zur Salzsäule. So etwas hatte es bestimmt noch nie gesehen. Graufell erkannte den günstigen Moment, schlich näher und packte die Gans am Hals. So einfach geht das, wenn man sich Mühe gibt.

Lange Rede, kurzer Sinn. Erich wartete noch ein paar Minuten bis die Luft rein war, packte dann seine Gans an den Flügeln und trollte sich wieder.

Jeden Tag erlebe ich solche Abenteuer, verteidige mein Revier und musste mich auch schon meiner Haut wehren. Feinde gibt es nämlich überall. Davon kann Kater Mikesch ein Lied singen. Aber lesen Sie selbst:

Katzen haben sieben Leben

Hubert träumt vom großen Geld. Aber dazu muss Margot in die Scheidung einwilligen. Also hilft Hubert ein wenig nach.

Hubert guckte hasserfüllt.
»Dich krieg ich noch.«
Er raschelte auffällig laut mit seiner Zeitung. Der zusammengerollte Kater spitzte nur kurz die Ohren, streckte seine Hinterläufe und schlief weiter. Hubert stand lautlos auf und ging auf Zehenspitzen in Richtung Couch. Ein paar lange Sekunden starrte er den grau-weiß getigerten Kater an, der wahrscheinlich gerade von einer erfolgreichen Mäusejagd träumte. Hubert kam so nah, der er schon fast das warme Fell an seiner Hand spürte.
»Das ist mein Platz. Und irgendwann werde ich hier wieder Zeitung lesen, Du Biest.«
Seine Hand schwebte über dem Nacken des Tieres...
»Hubert!« Margots schneidende Stimme durchtrennte die Stille.
    »Du lässt auf der Stelle Mikesch in Ruhe.«
Hubert schreckte auf. Er hatte seine Frau gar nicht kommen hören.
    »Das wird ja immer schlimmer mit dir.«
Sie stellte sich zwischen Hubert und das hellbraune Sofa. Huberts Blick flackerte.
    »Ich kann ihn nicht mehr sehen. Nicht mehr riechen.«
Er wich langsam zurück. »Er sabbert. Und er findet sein Katzenklo nicht mehr.«
Hubert presste seine Lippen zusammen.
    »Dieses Tier hasst mich.« Er präsentierte ihr eine Schramme auf seiner Hand. »Ich kann bald für nichts mehr garantieren. Er oder ich.«
Margot legte ihm ihre schmale Hand auf die Schulter.
»Wann hast du deine nächste Sitzung bei deinem Therapeuten?«
Sie seufzte.
    »Macht ihr denn Fortschritte? Findet er die Ursache für deinen Hass auf Katzen? Oder ist es nur unser Mikesch?« Sie strich Hubert nachsichtig über die Wange. »Du kannst ja nichts dafür. Grüß Dr. Krusethaler schön von mir.«

»Wenn ich ihn sehe, könnte ich ihn auf der Stelle umbringen. Ich hasse ihn und er hasst mich.«

Hubert knetete seine klobigen Finger und schaute Dr. Krusethaler Hilfe suchend an.

»Dabei liebt meine Frau unseren Mikesch doch abgöttisch. Ich habe ja selbst keine Erklärung für meine Hassgefühle dem Tier gegenüber.« Er schlug die Hände vor sein Gesicht. Eine Haarsträhne hing ihm wirr in die Stirn. Dr. Krusethaler notierte eifrig mit einem Bleistift die immer stärker werdenden Symptome seines Patienten. Er strich sich über seinen gepflegten dunklen Vollbart.

»Wir kriegen die Sache schon in den Griff, Herr Sadowski. Wenn wir erst mal den Auslöser für Ihren Hass gefunden haben, sehe ich ausgesprochen gute Chancen für eine vollständige Heilung.« Der bekannte Therapeut erhob sich.

»Dann bis zur nächsten Sitzung.« Er lächelte ein wenig überlegen. »Nur Mut.«

Hubert strich sich seine Frisur zurecht und reichte ihm die Hand. Seine Mundwinkel verzogen sich müde. »Ja, wir schaffen das schon, Herr Doktor.«

Draußen zog er seine Seidenkrawatte gerade und schaute auf seine teure Armbanduhr. Ein Geschenk von Margot. Seine Stimmung hob sich. Er musste sich etwas beeilen, wenn er zu seinem nächsten Termin nicht zu spät kommen wollte.

Zärtlich strich Hubert mit dem Zeigefinger über ihre sanft geschwungene Nackenpartie. Die grünen Augen seiner Geliebten schlossen sich dabei halb. Andrea schnurrte wie eine Katze. Hubert grinste gemein.

»Bald habe ich Margot so weit.« Seine Finger spielten abwesend mit den langen Haaren der jungen Frau. Andrea öffnete ihre Augen.

»Es wird auch langsam Zeit, Hubert. Ich kann und will nicht mehr warten.« Huberts große Hände umschlossen ihre Finger. »Etwas Zeit brauche ich noch, Schatz.« Er lachte.

»Aber bevor ich ihren geliebten Kater umbringe, wird sie lieber die Scheidung beantragen. Und dann steht mir laut Ehevertrag die Hälfte ihres Vermögens zu.«

Er sprang auf, schlug mit den Armen und rollte mit den Augen. »Schließlich werde ich langsam verrückt. Und sehe in ihrem

Kater meinen Todfeind. Selbst Dr. Krusethaler ist ratlos. Ich sehe es an seinem mitleidigen Blick.«

Voller Energie sprang Hubert in seinen teuren Sportwagen, öffnete das Verdeck und warf Andrea eine Kusshand zu. Dann drehte er das Radio laut und holte alles aus der teuren Anlage heraus. Die Musik versetzte ihn in eine euphorische Stimmung. Seine Finger trommelten rhythmisch auf dem Lenkrad und manche Passagen sang er sogar laut mit. Er wurde immer perfekter in seiner Rolle. Und der überaus zerstreute Dr. Krusethaler würde alles amtlich bestätigen. Nur noch ein paar Drohgebärden gegen den Kater, vielleicht ein harmloser Schlag auf dessen Hinterteil und Margot würde die Konsequenz ziehen. Eine Konsequenz, die ihn unendlich reich machen würde.

Hubert döste in der Hollywoodschaukel vor sich hin und nahm hin und wieder einen Schluck von seinem erfrischenden Früchte-Cocktail. In Hörweite werkelte Margot an ihren Rosen. Hubert wusste, dass trotzt der scheinbar gelassenen Stimmung all ihre Sinne auf ihn gerichtet waren. Besonders seit heute Morgen, als sie ihn überrascht hatte, als er sich mit einem Kissen in der Hand dem schlafenden Mikesch näherte.

Der große Kater steckte seinen runden Kopf durch die Hecke und trottete gemächlich über den säuberlich gestutzten Rasen. Hier war sein Revier. Sein Weg führte ganz nah an der Hollywoodschaukel vorbei. Hubert atmete hörbar lauter und schwerer. Die Situation war perfekt für seine schauspielerische Glanzleistung. Er sprang so heftig auf, dass die Angeln der Schaukel quietschten. Margot drehte sich um. Hubert ergriff den Rechen, den der Gärtner liegen gelassen hatte. Margot schrie auf. Mikesch spitzte die Ohren. Sein Nackenfell sträubte sich und er fauchte wild...

»Meinst du, dass er gelitten hat?« Margots Stimme zitterte etwas. »Nein, Liebes. Ganz sicher nicht. Die Spritze führte zum sofortigen Herzstillstand.«
Margots schmale Hand strich über den dichten gepflegten Vollbart. Dr. Krusethaler dachte an die letzte Sitzung nach der brutalen Attacke mit dem Gartenrechen und gab ihr einen liebevollen Kuss auf die Stirn.
»Einer Scheidung hätte Hubert nie und nimmer zugestimmt«, sagte sie wie zur Entschuldigung.

»Jetzt ist alles vorbei. Er hatte ja schon immer ein schwaches Herz«, erwiderte Dr. Krusethaler und kraulte Mikesch, der schnurrend auf seinen Knien lag, liebevoll hinter den Ohren.

Sehen Sie, wer ist in jedem Fall der Gewinner? Die Katze natürlich. Wir sind nicht nur Gewinner, sondern richtige Überlebenskünstler. Mit den richtigen Gefährten werden wir ziemlich alt. Sogar die alten Ägypter kannten und liebten uns schon. Jawohl. Die alten Ägypter. Forscher haben Zeichnungen gefunden, die beweisen, dass wir Katzen friedlich und gemütlich mit den damaligen Zweibeinern zusammenlebten. Vor immerhin 3000 Jahren. Die wussten, was sie an uns haben. Nicht wie dieser Zweibeiner namens Hubert. Ein unmöglicher Mensch, wenn Sie mich fragen.

Wir Katzen legen gesteigerten Wert auf eine gute Ernährung. Ein wenig Abwechslung darf unser Speiseplan auch haben. Lesen Sie, was Theo Graufell darüber denkt:

Die Katze frisst nicht

Auch Katzen brauchen Abwechslung in der Nahrung, sind aber manchmal störrisch wie Maulesel, wenn der gewohnte Weg verlassen wird. Dann muss der verantwortungsbewusste Katzenhalter mit ein paar Tricks nachhelfen.

»Theo, komm sofort her!«
Wenn Ulrikes Stimme diese Tonlage erreicht hat, ist äußerste Eile geboten.
»Guck, was deine Katze wieder anschleppt.«
Ich guckte. Kümmel ist eine gute Jägerin geworden und brachte dieses Mal eine Amsel mit nach Hause, die halb so groß wie sie selbst war. Eine ganz erstaunliche Leistung. Ich war stolz auf mein Kümmelchen.
Ulrike presste sich an die Küchenwand.
»Da stimmt doch irgendetwas nicht. Sie kann doch nicht immer Hunger haben.«
Kümmel suchte inzwischen einen ruhigen Platz zum Zerlegen ihrer Beute. Auch wenn mich der gesunde Instinkt unserer kleinen Katze hoch erfreute, umbringen und verzehren sollte sie ihre Opfer doch lieber draußen. Glücklicherweise war diese Amsel schon tot. Mit geübtem Griff nahm ich unsere Grillzange und passte den optimalen Zeitpunkt zum Eingreifen ab. Als Kümmel den toten Vogel unter den Küchentisch ablegte, schlug ich zu. Ein Griff und der Leichnam klemmte in der Zange. Ein schneller Schritt und ich war im Freien. Kümmel war aufgebracht, dass ihr der Lohn der Arbeit so frech entrissen wurde und zeigte ihren Unwillen durch anhaltendes Miauen. In solchen kritischen Momenten kann man nur eines machen: dem braven Tier eine feine Belohnung geben. Ulrike handelte geistesgegenwärtig und pickte ein großes Stück Putenfleisch aus der Verpackungsschale und hielt es Kümmel vor die Nase. Roh versteht sich. Nicht nur die Katze mag Geschnetzeltes, auch wir essen es gerne. Gegart versteht sich.
Das Ablenkungsmanöver nutzte ich, um den Vogel rasch in die Mülltonne zu werfen. Aus den Augen, aus dem Sinn. Das Grundproblem jedoch blieb bestehen. Kümmel war offensichtlich mit ihrem hochwertigen Futter nicht mehr zufrieden und

versorgte sich lieber selbst. Also setzten wir Drei uns zusammen und beratschlagten die weitere Vorgehensweise.

»Kümmel, bist du mit deinem Futter unzufrieden?«
Kümmel klimperte mit ihren gelben Augen.

»Hab ich es doch gesagt!«, entfuhr es Ulrike Vierauge.
Ich bohrte weiter. »Kümmel, möchtest du ein Alternativfutter?«

Kümmel warf sich auf den Boden, streckte sich und hangelte mit ihren Pfoten nach meinem linken Fuß.

»Eindeutig. Sie ist einverstanden.« Frauen verstehen sich auch ohne große Worte. Bitte schön. Dann besorge ich eben ein gutes und teures hochwertiges Alternativfutter.

Dank der Übersetzungskunst von Ulrike Vierauge servierte ich bereits am nächsten Abend einem völlig ausgehungerten Kümmelchen das neue Premiumfutter. Danach taten Ulrike und ich so, als ob wir stark beschäftigt wären, um Kümmel eine störungsfreie Nahrungsaufnahme zu gewährleisten. Sie lässt sich immer so leicht ablenken. Nicht, dass wir Dankbarkeit erwartet hätten. Aber diese Reaktion hatten wir auch nicht erwartet. Kümmel schnupperte an dem neuen Futter, zog erst ihre Nase kraus, dann ihre Stirn und guckte mich anklagend an.

»Kümmel, lecker Futter. Sauteuer. Nur hochwertige Zutaten. Selbst für menschlichen Verzehr unbedenklich.« Kümmel gurrte in der ihr eigenen Art und Weise und scharrte mit ihren kleinen Pfötchen neben ihrem Napf. Deutlicher konnte die Ablehnung nicht sein. Ich erbleichte und presste meine Hand auf die Stelle, wo ich mein Herz vermutete. Was sollte ich jetzt mit den 24 Dosen anstellen, die ich günstig in Bertas Tierparadies gekauft hatte? Dem Tierheim spenden? Ignorieren? Kater Toni schenken? Das arme Kümmelchen durfte nicht verhungern. Ich öffnete ihr gewohntes Futter, das unser Kätzchen behaglich schmatzend verschlang und danach den Napf säuberlich ausleckte. Das neue Futter spülte ich die Toilette hinunter.

Am nächsten Tag suchte ich Rat bei Berta Siedentopf persönlich. Frau Siedentopf ist bekannt für ihre Weisheit und Erfahrung im Umgang mit Katzen. Sie genießt den unanfechtbaren Ruf einer Expertin.

»Unsere kleine Katze Kümmel lehnt das neue Futter ab. Warum ist das so, oh Freundin aller Katzen?« An diese Floskel am Ende eines Satzes musste ich mich auch erst gewöhnen, aber Berta Siedentopf legte gesteigerten Wert auf diese Anrede. Bevor sie mir antwortete, versank sie ein paar Sekunden in innerliche Entspannung und schwankte dabei ein wenig nach rechts und links. Dann öffnete sie eines ihrer Augen und sprach wie folgt: »Haben Sie das alte mit dem neuen Futter vermischt?«

Ich schämte mich zu Tode. Natürlich nicht. Berta fuhr fort, da sie meine Antwort ja schon kannte.

»Am ersten Tag mischen Sie 20% des neuen Futters unter das gewohnte Futter. Am zweiten Tag dann 40%, am nächsten 70%. Danach haben sie ihre Katze sanft auf die neue Nahrung umgestellt.«

Ich bedankte mich artig und radelte fröhlich pfeifend nach Hause. Den Abend konnte ich kaum erwarten. Unter den skeptischen Blicken von Ulrike und Katze Kümmel mischte ich wie befohlen 20% neues Futter unter das bisherige Futter. Kümmel war begeistert. Grunzend verschlang sie die 80% des alten Futters und ließ die restlichen 20% einfach liegen. Ich spülte. So ging es also nicht.

Am nächsten Tag rief ich unter einem Vorwand meine Tierärztin an. Ich fragte nach, ob das Verzehren von toten Vögeln gefährlich wäre. Also für Katzen. Natürlich weiß ich, dass man eine Beutefresserin alle drei Monate entwurmen muss, aber das war ja auch gar nicht der eigentliche Grund meines Anrufes. »Ach, was mir gerade durch den Kopf geht: Ich möchte Kümmel auf ein neues Futter umstellen.«

Stolz verwendete ich den erlernten Begriff »umstellen«. »Fast unmöglich«, kam die medizinische Antwort. »Hat sich die Katze erst mal an ein Futter gewöhnt, grenzt es an ein Wunder, ihr ein anderes schmackhaft zu machen.«

Ich presste die Lippen zusammen. Das wollen wir ja mal sehen.

»Es hat nicht geklappt.« Berta Siedentopf zeigte keinerlei Reaktion. Ich schlug mir an die hohe Stirn. Wie dumm von mir.
»Es hat nicht geklappt, oh Freundin aller Katzen.«
Berta nickte wohlwollend. Dann zog sie mich am Ärmel meiner Jacke tief ins Dunkel ihres Ladens. Zwischen verstaubten Regalen gab sie mir einen narrensicheren Tipp.
»Rinderfett. Streuen Sie Rinderfettpulver über das neue Katzenfutter. Da kann keine Katze widerstehen.« Zufällig hatte sie ein Tütchen Rinderfett auf Lager. Ich bezahlte den Preis, der mir

sehr hoch vorkam, anstandslos und trollte mich nach Hause. Am Abend war es dann wieder soweit. Ich ging besonders raffiniert vor. Erst mischte ich das Futter wieder im Verhältnis 20:80 und als Krönung streute ich das Rinderfettpulver über das leckere Gericht. Kümmel kam, schnüffelte und scharrte. Ich spülte.

Jeden zweiten Mittwoch treffen sich die Katzenfreunde unserer Nachbarschaft, tauschen Leid und Erfahrungen aus und legen die neuen Ausgangspläne der Freiläufer fest.

»Berti geht ausschließlich bei Einbruch der Dämmerung los. Ich bitte dies zu berücksichtigen. Zuerst bewegt er sich Richtung Norden«, begann Frau Weber. Berti versteht sich nicht mit Blacky, dem weißen Kater der Familie Sottenbohm. Um üble Revierkämpfe zu vermeiden, legen wir alle zwei Wochen neue Ausgangspläne fest.

»Gut«, sagte Herr Sottenbohm. »Dann lass ich Blacky den ganzen Tag draußen und sehe zu, dass er zum Abend im Haus ist.«

»Aber von 10 bis 12 müssen wir alle aufpassen«, warf Frau Doktor Baumgarten ein. »Dann hat meine alte Amira Ausgang. Und die versteht sich mit gar keinem.«

»Das kriegen wir schon hin.« Hubert Hoppenstedt war bekannt für seine Flexibilität. »Ich bin bereit, in der Zeit Wache zu schieben, damit Amira ein paar Mal ums Haus laufen kann.«
Der nächste Punkt unserer Tagesordnung war Futter. Hier passte mein Problem gut hin.

»Wie schaffe ich es, dass Kümmel eine andere Sorte Futter akzeptiert?«
Frau Dr. Baumgarten lächelte nachsichtig. »Mischen Sie altes und neues Futter im Verhältnis 80:20. In den nächsten Tagen erhöhen Sie das Mischverhältnis, bis nur noch das neue Futter im Napf ist. Damit überlisten Sie jede Katze.«
Das kam mir sehr bekannt vor. »Welche Möglichkeiten gibt es noch?«, fragte ich in die Runde. Frau Dr. Baumgarten lehnte sich beleidigt zurück und gab das Feld frei für Herrn Sottenbohm.

»Ich habe den absoluten Geheimtipp. Hat bei mir wahre Wunder gewirkt. Blacky frisst einfach alles.«
Ich war sehr interessiert. »Streuen Sie Rinderfettpulver über das neue Futter. Ihre Kümmel wird es verschlingen.«

Die Freundin aller Katzen, Frau Berta Siedentopf, war wirklich sehr rührig in unserer Nachbarschaft. Allen gelang die Umstellung. Allen. Nur mir nicht.

Nun mischte sich Fritz von Kottsieper, ein pensionierter Stadtrat und Hinterbänkler im Bundestag ein.

»Schon die alten Ägypter hatten einen ganz besonderen Bezug zu Katzen...«

Wir alle lehnten uns zurück. Bei diesem Anfang wussten wir, dass es etwas länger dauern würde. Einige von uns riefen schnell per Handy zu Hause an und kündigten ihre Verspätung an. Nachdem von Kottsieper die wichtigsten Punkte in der Entwicklung der Menschheit abgehandelt hatte, kam er auf einen wirklich interessanten Punkt.

»Wir dachten auch erst, dass unser Mohrle in der Futterfrage wählerisch wäre. Es lag aber eindeutig an seinem Napf.«

Nun hätte man das Barthaar einer Katze zu Boden fallen hören.

»Jawohl«, bekräftigte von Kottsieper und genoss die Aufmerksamkeit. »Mohrles Napf war zu klein. Seine empfindlichen Barthaare berührten den Rand.«

Er machte eine kleine Pause, um seine gewichtigen Worte ein wenig einwirken zu lassen.

»Wenn die Barthaare der Katze den Napf berühren, kann es zur völligen Futterverweigerung kommen. Die Nervenenden am Ende der Schnurrhaare signalisieren dem Tier, dass es hier zu eng ist. Und in engen Verhältnissen mag keine Katze gern fressen.«

Das war messerscharf analysiert. Für mich völlig klar. Der Ankauf eines neuen Fressnapfes mit einem Durchmesser von mindestens 16 cm war nur noch eine reine Formsache.

»Ich sehe, mein Bruder Fritz hat eines seiner Geheimnisse preisgegeben«, sagte Frau Berta Siedentopf, als sie eine Unsumme für Kümmels neuen Fressnapf in die Kasse eingab.

»Sie sind wohl mit meinen Empfehlungen nicht zufrieden...«

Ich errötete und murmelte irgendetwas von »neue Wege gehen« und verschwand gesenkten Blickes. Am gleichen Abend noch füllte ich das neue Futter in Kümmels neuen Napf. Kümmel schnüffelte und setzte sich hin. Danach scharrte sie und ich spülte.

Also sprach ich am nächsten Tag wieder bei Berta Siedentopf vor.

»Oh, Freundin aller Katzen, meine kleine freundliche Katze Kümmel verweigert immer noch das neue Futter, oh Freundin aller Katzen.«

Vielleicht konnte ich ihr mit der zweimaligen Anrede ein noch geheimeres Geheimrezept entlocken und die Freundin aller Katzen gnädig stimmen. Frau Siedentopf schaute sich nach allen Richtungen um und zerrte mich in einen Teil ihres Ladens, den man weder von drinnen noch von draußen einsehen kann. Überall standen Tüten mit der Aufschrift »Rinderfettpulver«.

»Sie haben es aber nicht von mir«, begann sie und presste mir ihren Finger auf die Lippen. Er roch ein wenig nach Rinderfettpulver.

»Nehmen Sie Dorschöl«, wisperte sie. »Dorschöl gibt es in kleinen Gelkapseln. Stechen Sie ein Loch in die Kapsel und träufeln drei Tropfen auf das verschmähte Futter. Katzen lieben den leicht fischigen Geruch.«

Ich war so dankbar. »Haben Sie zufällig Dorschöl vorrätig, oh Freundin aller Katzen?«

Zufällig hatte sie. Der Kauf verzögerte sich, weil ich nicht so viel Geld dabei hatte und erst zum Bankautomaten rennen musste.

Sowie es dämmerte und Katze Kümmel sich von Nachbars Voliere losreißen konnte, eröffnete ich die Aktion »Dorschöl«. Vorsichtig piekte ich ein Loch in die Kapsel und träufelte genau drei Tropfen auf Kümmels neues Futter. Ulrike saß schweigend am Küchentisch und trank Beruhigungstee. So, als wäre es das Normalste der Welt, stellte ich unserer kleinen Katze das beträufelte Futter vor die Nase. Dann rührte ich mich nicht mehr. Kümmel schnupperte und leckte am Futter! Sie zeigte tatsächlich Interesse. Aber nur für knappe fünf Sekunden. Danach scharrte sie und verließ offensichtlich beleidigt die Küche. Ich spülte.

»Jetzt reicht es!« Ulrike griff nach der Dose. »Welche Sorte willst du ihr denn eigentlich eintrichtern?«

»Pute mit Shrimps«, erwiderte ich. Ulrike drehte die Dose um und machte sich mit den Zutaten vertraut.

»Pute?«

»Ja, Pute«, bestätigte ich. «Steht sogar vorne drauf.« Der letzte Teil meiner Antwort klang schon ziemlich schnippisch.

»Hast du gelesen, dass deine Pute zu 85% aus Rindfleisch besteht und der Putenanteil lachhafte 4% beträgt?«

Mir wurde schwindelig. Kümmel hat noch nie in ihrem Leben Rindfleisch gefressen. Sie hasst Rindfleisch. Ulrike stand auf und holte aus den Tiefen des Küchenschrankes eine mir unbekannte Dose hervor.

»Ich habe hier etwas besorgt. Ein neues Katzenfutter. Reines Geflügel.«

Ulrike öffnete erst die Dose und dann die Terrassentür und schlug einen Teelöffel an Kümmels neuen Napf. Sofort kam die so Gerufene angesaust, schnupperte an den »Geflügelhäppchen« und ließ nicht ein Bröckchen übrig.

»So geht das«, flötete Ulrike.

Die nächste Nachbarschaftssitzung konnte ich gar nicht erwarten. Nachdem wir die neuen Ausgangspläne festgelegt hatten, legte ich mich innerlich auf die Lauer. Dann war es soweit. Frau Delling-Schnakenburg seufzte und sagte: »Toni ist ein wenig wählerisch geworden. Wie kann ich ihm ein neues Futter schmackhaft machen?«

Das war mein Stichwort. Ich erhob mich und antwortete gelassen: »Mit Kümmel war es ähnlich. Aber ich habe das absolute Geheimrezept, dem keine Katze widerstehen kann. Sie nehmen einen halben Teelöffel Bierhefeflocken und vermengen ihn mit ein paar Brocken Trockenfutter, die sie vorher zermahlen haben. Diese Mischung streuen Sie über das neue Futter und erwärmen alles auf 36,8 Grad. Kümmel war begeistert.«

Seitdem ist mein Ruf als Katzenfutterfachmann in der Nachbarschaft imposant angestiegen, ich halte Sprechstunden jeden Donnerstag von 17 bis 18 Uhr und lege Wert auf die Anrede »Oh, grundgütiger Helfer und Ratgeber«. Soviel Zeit muss sein.

Der Angeber. Was weiß ein Zweibeiner schon, wie und wann wir Katzen fressen möchten? Es soll zwar Artgenossen geben, die alles in sich hineinschlingen, was man ihnen vorsetzt, aber die meisten von uns sind doch etwas wählerischer. Ich habe sogar von Katzen gehört, die kein rohes Fleisch fressen. Nur Dosenfutter. Dabei sind wir doch von Natur aus Carnivoren, also reine Fleischfresser. So ein blutiges Putenherz ist ein absoluter Hochgenuss. Eine Delikatesse. Finden Sie nicht auch? Ach, ich vergaß, ihr felllosen Zweibeiner gehört ja zu den Omnivoren, den Allesfressern. Was Graufell und Ulrike Vierauge betrifft, kann ich das bestätigen. Meine beiden Mitbewohner fressen, pardon: essen fast alles. Fleisch allerdings nicht roh, sondern gebraten, gebacken oder irgendwie anders gegart. Die wissen gar nicht, was ihnen entgeht. Ulrike bevorzugt frische Salate, Obst und Gemüse. Wegen den Vitaminen, sagt sie immer. Theo löst stattdessen eine kleine Brausetablette in Wasser auf und trinkt das Glas in einem Zuge leer.

»Jetzt habe ich auch meine Vitamine für einen Tag«, tönt er dann immer. »Grünzeug brauche ich nicht. Bin doch kein Kaninchen.« Recht so, Theo, zeig uns Frauen die männliche Überlegenheit. Woher hat der Mann nur diese Kenntnisse der Ernährungswissenschaft?

»Das habe ich irgendwo mal gelesen.« Das ist seine übliche Antwort, wenn Ulrike und ich höflich nachfragen, woher er denn wüsste, dass eine Vitamintablette pro Tag ausreicht. Außerdem sind frische und natürliche Vitamine viel gesünder als dieses chemische Zeug. Aber diese Argumente prallen an Theo ab wie der Regen an der Öljacke.

Eines Tages brachte Ulrike als Überraschung holländisches Bier für Theo mit. Da hätten Sie unseren Fachmann mal erleben müssen.

»Holländisches Bier? Das ist nicht nach dem Reinheitsprinzip gebraut. Da sind jede Menge chemischer Zusätze drin. Geschmacksverstärker und so.«

Er verschränkte seine Arme und wurde zur Statue.

»Das trinke ich nicht.«

Ich hockte auf dem Stuhl und lauerte auf Vierauges Antwort.

»Aber du trinkst doch auch aufgelöste Vitamintabletten. Meinst du, das sind aus Apfelsinen herausgefilterte und in Tablettenform gepresste Vitamine? Das ist reine Chemie.«

Schlüssige Argumente, die Theo mit einer einzigen Handbewegung vom Tisch fegte.

»Das ist doch was ganz anderes.«

Ulrike und ich wechselten einen einzigen Blick. In ihrem stand »Männer«, bei mir »Kater«. Der Rest war identisch.

Genauso wichtig wie eine ausgewogene Ernährung ist ein ruhiger tiefer Schlaf. Menschen schlafen nachts. Ich nicht.

Wo ist Kümmel?

»Was meinst du, wann Kümmel nach Hause kommt?«
Ulrike wirkte etwas unwirsch. »Das ist jetzt das dritte Mal in einer Stunde, dass du mir diese Frage stellst.«
Und ungefähr 500 Mal mir selbst. Ulrike hatte natürlich Recht. Zu viel ist zu viel. Ich ließ meinen Blick aus dem Fenster schweifen. Keine Spur von Kümmel.
»Wo kann sie nur stecken?«
»Sie kommt schon zurecht. Sie wird schon nicht von einer Python-Schlange verschlungen worden sein. Sie ist kein kleines Kätzchen mehr und kennt unsere Gegend wie ihre Westentasche«, antwortete Ulrike. Als ob Katzen Westentaschen hätten. Python-Schlangen sind in Florida zu einer richtigen Plage geworden. Bei uns weniger. Neulich hat eine Python dort in Florida einen Alligator verschlingen wollen. Da waren die Augen größer als der Magen. Die Schlange platzte und der Alligator erstickte. Keiner weiß, woher plötzlich so viele Python-Schlangen kommen. Hängt vielleicht mit dem anwachsenden Zustrom amerikanischer Rentner zusammen. Florida ist ja das Rentnerparadies schlechthin.
»Hör jetzt auf, über diese blöde Python-Schlange nachzudenken!« Warum können Frauen manchmal Gedanken lesen?

Unsere Straße lag ruhig da. Ich habe immer Angst um unsere nicht mehr gar so kleine graue Katze Kümmel. Zum Glück fuhr gerade kein Auto. Es wäre auch sehr ungewöhnlich, wenn in unserer Gegend morgens um drei Autos führen. Der Zeitungszusteller kommt erst um vier.
»Nun komm endlich wieder ins Bett. Ich muss morgen arbeiten. Was rede ich? Heute!«
Ulrikes Stimme hatte eindeutig ein wenig an Schärfe zugenommen.
»Du kannst ja liegen bleiben. Ich nicht.«
Das war mal wieder typisch. Nur weil ich als Schreiberling zu Hause arbeite, wurde das gleich wieder mit Bequemlichkeit verknüpft. Der Sommer war sehr heiß und die Nächte brachten wenig Abkühlung. Ganz im Gegenteil, in unserem Schlafzimmer im ersten Stock war es stickig. Wer kann bei 28 Grad schon schlafen? Kümmel schon mal nicht. Ich auch nicht. Kümmel

hatte den ganzen Tag lang unter einem schattigen Gebüsch gelegen und war gegen Abend aufgebrochen. Sie liebte die Kühle der Nacht mehr als die brütende Hitze des Tages. Um zehn Uhr abends schaute sie noch mal vorbei, schnüffelte an ihrem Futter und nahm ein winziges Häppchen. Keine Ahnung, wovon sich die Katze im Sommer ernährt. Seitdem war sie verschwunden.

Ich guckte wieder zur Uhr. Fünf Uhr in der Früh! Ich hockte immer noch am Fenster und mir waren die Beine eingeschlafen. Wenigstens ein Teil von mir hatte Schlaf gefunden. Ich legte meinen Kopf auf Kümmels flauschige Fensterbankliege und döste ein. Punkt sechs wurde ich unsanft aus meinem Halbschlaf geholt. Ulrikes Wecker klingelte. Sie guckte mich an. Ich schüttelte den Kopf.

»Keine Spur von Kümmel.«
Ulrike krabbelte aus ihrer Betthälfte. »Dann geh sie suchen. Nach dem Frühstück. Du hast ja Zeit.« Schon wieder.

Nach dem Frühstück fuhr Ulrike zur Arbeit und ich machte mich auf die Suche nach Katze Kümmel. Es war inzwischen fast halb acht. Da stimmte doch etwas nicht. An der Gartenpforte kehrte ich wieder um. Eine geniale Idee hatte sich in meinem Kopf ausgebreitet. Die Nachbarn werde ich fragen. Dazu steckte ich mir ein Foto von Kümmel ein und marschierte los. Gleich gegenüber wohnte Familie Delling-Schnakenburg. Kater Toni gehörte auch dazu und es war eher unwahrscheinlich, dass sich Kümmel in Feindesgebiet begibt. Frau Delling-Schnakenburg werkelte in ihrem bis gestern vorbildlich gestalteten Vorgarten. »Alles umgegraben!« Meine Nachbarin richtete sich auf und stützte sich auf ihre Harke.

»Jede Nacht. Mir steht es bis hierhin.« Sie machte eine entsprechende Handbewegung.

Ich guckte etwas ratlos.
»Das waren Katzen«, gab sie erregt Auskunft. »Das sieht man doch. Die ganzen Beete verwüstet und überall Löcher in der Erde.« Sie umklammerte den Stiel ihrer Harke, dass ihre Knöchel ganz weiß wurden.

»Reicht nicht ein Loch, damit die Biester ihr Geschäft erledigen können?«
Ich wollte gerade antworten, da gab Frau Delling-Schnakenburg sich wie immer selbst die Antwort.
»Nein, es müssen erst ein paar Probelöcher gegraben werden.«

80

»Vielleicht war es ein Waschbär? Oder eine Python-Schlange«, gab ich zu bedenken. Die Information, dass Kümmel gerne mehrere Löcher gräbt, bevor sie ihr Geschäft erledigt, behielt ich vorerst für mich.

»Oder vielleicht war es auch Toni.«

Frau Delling-Schnakenburg war empört.

»Toni? Wohl kaum. Der hat noch nie sein Geschäft in unserem Garten erledigt.«

»Wo dann?«, hakte ich sofort nach.

»Ich muss jetzt weitermachen. Guten Tag.« Frau Delling-Schnakenburg lenkte vom Thema ab.

Hier bin ich also nicht fündig geworden. Außerdem wäre mein Kümmelchen beim vertrauten Klang meiner Stimme sofort aus ihrem Versteck gekommen. Also weiter. Bei Bergmanns wurde auf mein Klingeln nicht geöffnet, also ging ich gleich zum nächsten Haus.

»Ich möchte...«

»Wir kaufen nichts!«

Die Tür wurde wieder zugeklappt. Ich drückte meinen Finger wieder auf den Klingelknopf. Die Haustür öffnete sich erneut.

»Ich möchte...«

»Mit mir über Gott sprechen. Ja, ich weiß. Die Erde geht bald unter. Aber trotzdem: Wir wollen nicht den Zeugen Jehovas beitreten.«

Der Hauseigentümer, ein unrasierter Kerl im karierten Hemd, wollte weder zuhören noch aufhören zu schimpfen.

»Haben Ihre Kollegen mich letzte Woche vielleicht missverstanden?«

»Nein, aber...«

»Sehen Sie. Das kommt, weil Sie einfach nicht zuhören. Wir kaufen keine handgefertigten Bürsten, unsere Messer sind alle wunderbar geschliffen und wir wollen auch keine Erleuchtung aus dem Wachtturm«.

Der aufbrausende Mensch knallte so wuchtig die Tür ins Schloss, dass mir vom Dach ein wenig Staub in den Kragen rieselte. Ich musste wissen, ob er meine kleine Katze Kümmel gesehen hatte. Vielleicht reagierte er allergisch auf den Klingelton; also klopfte ich ausdauernd an die Tür.

Er öffnete mit hochrotem Gesicht. Bevor er zuschlagen konnte, hielt ich ihm Kümmels Foto unter die Nase.

»Ich suche meine Katze.«

Die rote Gesichtsfarbe verblasste, er wurde wieder kleiner und ein Lächeln entstand wie von selbst auf seinem freundlichen Gesicht. Wie eine Katze doch die Menschen verzaubern kann. »Ihre Katze ist das.«

Es war keine Frage, es war eine Feststellung.

»Ja, sie ist noch nicht nach Hause gekommen. Vielleicht haben Sie unser Kätzchen gesehen.«

Herr Kleinknüppel – so stand es auf seinem Namensschild – machte eine einladende Armbewegung nach rechts.

»Kommen Sie, wir gehen in den Garten.«

Ich war voller Hoffnung.

»Kümmel ist in Ihrem Garten?« Er antwortete nicht direkt. »Ach, Kümmel heißt das Kätzchen.«

Wie konnte ich mich in Herrn Kleinknüppel anfangs nur so getäuscht haben. Wer »Kätzchen« sagt, muss ein feiner Mensch sein. Es bot sich mir der übliche Anblick: Rasen, Sträucher, Bäume. Nichts zu sehen von Kümmel. Hinten rechts stand eine Hundehütte. Mein neuer Freund ergriff freundlich meinen Arm und geleitete mich genau dorthin. Was interessierte mich seine Hundehütte?

»Hier wohnt Rudi.«

»Wer ist Rudi?« Er drückte meinen Arm etwas stärker.

»Rudi ist mein kleiner Hund. Ein Zwergpudel. Er kommt nicht mehr aus seiner Hütte.«

Jetzt presste Herr Kleinknüppel meinen Arm regelrecht.

»Bis gestern Abend war Rudi ein fröhlicher aufgeweckter Hund.«

Er machte eine Pause und schnaufte dabei, als hätte er Atemnot. Dann nahm sein Gesicht wieder diese ungesunde rote Farbe an.

»Bis Ihre Katze Kümmel hier auftauchte.«

Das Wort »Kümmel« klang aus seinem Mund so, als hätte er »Pest« gesagt.

»Immer wieder und immer wieder hat sie meinen Rudi überfallen. Sprang auf ihn rauf. Biss in seinen Schwanz.«

Tränen schimmerten in Kleinknüppels Augen.

»Erst dachte ich, die Beiden spielen. Aber dann fing Rudi an zu winseln. Ihre Katze hatte sich in seinem Ohr verbissen.«

Ich lachte laut auf. »Aber doch nicht meine kleine Schmusekatze, Herr Kleinknüppel.«

Wortlos nahm er mir das Foto von Kümmel aus der Hand und hielt es vor den Eingang der Hundehütte. In der Hütte brach das kläffende und winselnde Inferno los. Die Holzhütte schwankte nach rechts, dann nach links. Rudi kam nicht zum Vorschein. Wie auch? Der Eingang war ja blockiert.

»Und nun sehen Sie zu, dass Sie Land gewinnen!«, schrie Kleinknüppel. »Bevor ich mich vergesse.«

Er sank neben der Hundehütte zu Boden und schluchzte. Ich konnte zumindest einen Teilerfolg verbuchen. Kümmel war hier gewesen.

Inzwischen war ich doch recht besorgt. Ich wechselte die Straßenseite, hielt meinen Schlüsselbund über jeden Gartenzaun und klimperte. Nichts. Ein paar Meter weiter sah ich im Gespräch über den Gartenzaun vertieft Frau Sadowski, die Gattin unseres Friseurs und Frau Brathering, Inhaberin unserer kleinen Bäckerei. Schon von weitem hörte ich erste Gesprächsfetzen.

»Ich kann den Jungs hinstellen, was ich will. Peter und Paul werden immer dünner.«

Peter und Paul sind die beiden Kater von Frau Brathering. »Gestern Abend Punkt 21 Uhr habe ich meinen beiden Schmusetigern einen großen vollen Napf auf unsere Terrasse gestellt«, fuhr sie fort. »Um halb elf fing erst Paul an zu klagen und zu barmen, wenig später folgte Peter.«

Sie schüttelte den Kopf.

»Ich musste sie noch mal füttern. Als ob sie am Verhungern wären.«

Ich witterte einen Zusammenhang. Ich hatte mich schon oft gewundert, dass Kümmel relativ wenig fraß, aber dennoch immer wohlgenährt aussah.

»Vielleicht hat sich ein anderes Tier über den Fressnapf hergemacht«, wandte Frau Sadowski ein.

»Vielleicht ein Marder. Oder andere Katzen.«

Hier wimmelt es ja nur so von Katzen.«

Frau Sadowski machte ein grimmiges Gesicht.

»Fressen klauen geht ja noch. Ich werfe gestern Abend einen Blick aus dem Fenster und was sehe ich da?«

Frau Sadowski machte eine Kunstpause.

»Eine Katze. Kommt dieses Luder in unseren Garten, schnüffelt kurz an meinem Badeanzug, der zum Trocknen auf dem Gartenstuhl hing, dreht sich um, hebt ihren Schwanz kerzengerade nach oben und … ähm … wie nennt man das?«

»Markieren nennt man das. Katzen kennzeichnen damit ihr Revier. Der stechende Geruch bleibt ewig. Konnten Sie das Biest erkennen?«

»Nicht wirklich. Sie schlich immer zwischen den Gartenstühlen umher. Es dämmerte ja schon. Vielleicht war sie grau.«

»Der Halter dieser Katze muss Ihnen den Badeanzug ersetzen, liebe Frau Sadowski.«
Wenn man ihn dann findet, den Halter. Ich hatte genug gehört. Das Foto von Kümmel versteckte ich hinter meinem Rücken, schlenderte an den beiden Damen vorbei und grüßte freundlich. Sie gingen mir wie geplant in die Falle.

»Na, haben Sie auch so viel Ärger mit Fremdkatzen?«
Ich lächelte gequält. »Oh ja, der dicke Toni von gegenüber kommt jeden Abend und klaut meiner kleinen Kümmel das Futter aus dem Napf. Kümmel ist schon ganz verschüchtert.«
Frau Brathering saugte meine Information auf.

»Ach, der Toni. Ja, der ist richtig dick. Kein Wunder.«
Sie presste die Lippen aufeinander.

»Der Delling-Schnakenburg werde ich mal was erzählen.«
Sie stapfte davon.
»Und dieses ewige Markieren.«
Frau Sadowski wurde hellhörig.
»Direkt in unsere Küche«, legte ich nach. Mit den Worten »Schönen Tag noch« spazierte ich weiter.

Ich hatte zwar weitere Spuren von meinem Kümmelchen gefunden, aber die Katz an sich blieb unsichtbar. In dem Moment ertönte ein unbeschreiblicher Lärm ein paar Häuser weiter. Ein Kind kreischte, eine Stimme fluchte und es polterte. Erst vor wenigen Wochen waren genau dort neue Eigentümer eingezogen. Sie wollten weg aus der Großstadt. Suchten Ruhe und Frieden in einer ländlichen Gemeinde. Die Kinder sollten im Grünen aufwachsen. Klaus Gottschlich werkelte jede freie Minute an seinem Eigenheim. Ich ahnte Schlimmes und stürmte los.

Der Ruhe suchende Herr Gottschlich hockte wie ein Häufchen Elend auf seinem Gerüst und weinte hemmungslos. Neben und unter ihm Hunderte von Schrauben, Nägeln und Stiften in verschiedenen Größen und Formen.

»Es war alles sortiert. Nach Größe und Länge.« Zwei Meter entfernt im Gras lag die leere Schraubenbox. Sortiert? Nach Längen und Größen? Wie kann man nur so penibel sein.

»Sie kamen ganz plötzlich«, stammelte er. »Es waren zwei. Eine graue und eine schwarze. Wie die wilde Jagd über den Rasen, das Gerüst hoch und wieder runter.«

Er fasste sich ans Herz. »Meine Farbtöpfe haben sie auch umgeschmissen.«

Er erbleichte. »Florian?«

Florian ist sein kleiner Sohn. Ich half dem zitternden Herrn Gottschlich von seinem Gerüst herunter und wir folgten einfach dem Kindergeschrei.

»Florian!«

»Ruhig Blut, Herr Gottschlich. Kinder weinen oft. Das muss nichts heißen.«

Florian lag rücklings auf dem Rasen und schrie aus Leibeskräften. Er war über und über mit roter und grüner Farbe in Form von merkwürdigen Tupfen bedeckt. Eine ganz spezielle Form. So als hätten eine oder mehrere Katzen Pfotenspuren hinterlassen.

»Diese Teufel!« Gottschlich hob drohend seine Faust zum Himmel. »Ich finde heraus, wo ihr wohnt.«

Der brave Vater hob seinen weinenden Sohn in die Höhe und schaukelte ihn hin und her. Ganz langsam beruhigte sich Florian wieder. Der Frieden dauerte nicht lange. Es klang wie ein Orchester, das nur aus Beckenspielern bestand und kam aus dem übernächsten Grundstück. Ich bedankte mich artig für die nette Unterhaltung und ließ Vater Gottschlich mit seinem brüllenden Sprössling alleine.

Roswitha Allerhand, eine pensionierte Studienrätin und Mitglied unseres Sportvereins, stand in ihrem Vorgarten und schlug unablässig zwei Topfdeckel aneinander.

»Wollt ihr wohl verschwinden!«

Wieder dieser ohrenbetäubende Klang.

»Katzenbande!«

Dann: »Oh, nein, meine Laken.«

Frau Allerhand stand fassungslos neben ihrer Wäscheleine. »Alles heruntergerissen haben sie.«

Auf der Erde lagen zwei ehemals frisch gewaschene Bettlaken, die jetzt über und über mit roten und grünen Punkten bedeckt waren. Die Laken erinnerten mich irgendwie an den kleinen Florian

Gottschlich. Frau Allerhand rannte zornbebend in ihren Schuppen und kam sofort wieder mit dem Wasserschlauch in der Hand ins Freie.

»Wenn ich euch Katzenpack erwische! Eine Python-Schlange soll euch holen.« Sie war wirklich sehr erbost.
Ich fand, es war an der Zeit, heimzugehen.

Eine weitere Suche erschien mir sinnlos. Ich wurde noch Zeuge eines Handgemenges vor dem Haus der Delling-Schnakenburgs und schloss leise die Gartenpforte hinter mir. Warum können drei erwachsene Frauen nicht vernünftig und friedfertig miteinander umgehen?

Ach, mein Kümmelchen, wo steckst du nur?
Mein Kümmelchen lag zusammengerollt neben der Katzenklappe auf dem weichen Lager, was ich ihr eigens eingerichtet hatte, wenn sie mal zu nächtlicher Stunde nach Hause kommt. Die Katzenklappe benutzt sie allerdings sehr selten, weshalb ich sie hier gar nicht erst gesucht habe. Lieber hüpft sie auf ihre Matte mit der Katzenklingel und weckt das ganze Haus. Sie schlief tief und fest. Vielleicht hatte mein braves Kätzchen schon die ganze Nacht hier gelegen? Möglicherweise verdächtigte ich sie zu Unrecht all der schrecklichen Taten, die ich mitgekriegt hatte. Schließlich ist meine Katze kein Untier.

Kümmel schnurrte und rollte sich im Schlaf, als ich sie sanft streichelte. Ihre kleine Tatze drückte sie gegen meine Wange. Niemals ärgert Kümmel kleine Hunde und schmeißt Farbtöpfe um.
Ich legte mich auch hin und schlief ein Weilchen. Das hatte ich mir verdient. Am späten Nachmittag empfing ich wie gewohnt Ulrike an der Gartenpforte. Meine liebe Frau lächelte und wischte mit der Hand über meine Wange.

»Du Fleißiger, hast du endlich die Schuppentür gestrichen? Hast ja noch Farbe im Gesicht. Grün finde ich sehr schön.«

Ich als Katze bin völlig unschuldig. Das müssen Sie mir glauben! Alles nur Indizien. Eine Verkettung unglücklicher Zufälle. Und schon denkt die ganze Welt schlecht von einem. Ein schrecklicher Irrtum. Jeder kann sich mal irren. Ein Irrtum kommt selten allein. Es gibt gute und schlechte Irrtümer. Vor ein paar Wochen war ich drauf und dran, meine Koffer zu packen und wegen eines Irrtums dieses Haus zu verlassen. Nachdem ich mich wieder etwas beruhigt hatte, setzte ich mich in Ruhe auf meine Lieblingsdecke und habe pro und contra abgewogen.

Natürlich überwogen die Gründe hier zu bleiben – ich habe es ja nicht schlecht getroffen mit Graufell und Vierauge – aber die Beleidigung hat mich tief getroffen.

Ich hockte vor ein paar Wochen in der warmen Herbstsonne auf der Terrasse und überlegte, wie ich mir den Tag gestalte.
Sollte ich lieber Erichs Enten erschrecken oder mich auf die Lauer nach Mäusen legen? Beides hat seine Reize. Die Terrassentür stand offen. Graufell und Ulrike werkelten in der Küche herum, klapperten mit Tellern und Tassen. Plötzlich fühlte ich mich irgendwie beobachtet und drehte mich um. Meine beiden Mitbewohner standen hinter mir und starrten auf meinen Rücken.
»Kümmel ist zu dick.«
Diese gemeinen Worte trafen mich wie ein Keulenschlag. Graufell hatte sie ausgesprochen.

»Guck mal«, fuhr er fort. »Sie ist hinten richtig in die Breite gegangen.«

Ulrike strich mir sanft mit der Hand über den Rücken. »Meinst du wirklich? Das ist doch bestimmt alles nur Winterfell. Im Herbst bereiten sich alle Tiere auf den bevorstehenden Winter vor.«
Recht hat sie! Natürlich sorge ich für den harten Winter vor und lege mir ein wärmendes Winterfell zu, was mich ein wenig pummelig erscheinen lässt. Natürlich habe ich auch ein paar Gramm zugelegt, wie es sich für die Winterzeit gehört. Aber jetzt gleich das Wort »dick« zu benutzen, ist eine Unverschämtheit. Theo Graufell und Ulrike Vierauge sind beide nicht dick. Ulrike hat ihr Idealgewicht. Theo betont es unermüdlich. Sie ist groß, schlank und sportlich. Theo hingegen ist dürr. Nach eigenen Angaben hat er dank gesunder Ernährung und viel Bewegung an der frischen Luft in zwei Jahren über zehn Kilo abgenommen. Das kann man auch sehr deutlich sehen.
Seine alten Jeans umflattern seine dünnen Beinchen wie Segel im Wind und der Hosenbund ist zusammengeschnürt wie ein Kartoffelsack. Wenn ich die zehn Kilo wieder dazu zähle, kommt er auf ein Gewicht, was sich bei seiner Körpergröße im oberen Normbereich ansiedelt. Aber selbst dann ist er immer noch nicht dick im herkömmlichen Sinne. Und nun behaupten meine beiden

dünnen Experten, ich wäre zu dick. Im direkten Vergleich zu den Beiden ist jeder dick.

»Das haben wir gleich«, sagte Theo und verschwand. Wenig später kam er mit der Personenwaage wieder. Auf diese Prozedur kann ich gut und gerne verzichten. Ich bin nicht zu dick. Ulrike mischte sich ein.

»Theo, warte einen Moment ...« Aber wie alle Männer kann Theo unmöglich zwei Sachen gleichzeitig machen.

»Behalte dein Wort, Schatz. Erst wiegen. Dann bin ich ganz Ohr.«

Und überhaupt, wenn wir Katzen etwas plüschiger aussehen, dann will Mutter Natur es auch so. Theo bestand darauf, mich bzw. uns zu wiegen. Jawohl, uns. Denn so einfach bleibe ich ja nicht auf dieser langweiligen Waage stehen. Theo kam also langsam näher, wobei er alberne Laute ausstieß.

»Na, wo ist denn mein Kümmelchen?«

Bist du blind? Hier vor dir. Dazu gurrte er und erfand Buchstabenkombinationen, die keinen Sinn ergaben.

»Hutschi, butschi.«

Das alles, damit ich nicht abhauen sollte. Graufell darf mich immer anfassen, streicheln und liebkosen. Das habe ich gern. Fremde lasse ich ja gar nicht erst in meine Nähe. Aber wenn ich eines hasse, dann ist es hochgehoben zu werden. Graufell respektiert gewöhnlich meine Abneigung, aber wenn wir uns wiegen, geht es nicht anders. Bitteschön. Wenn es sein muss. Graufell schob also erst seine Hand unter meine Hinterläufe, hielt mich mit der anderen Hand an der Brust fest und hob mich hoch. Dann stieg er auf seine Personenwaage, murmelte eine Zahl und ließ mich auch gleich wieder herunter. Sehr nett. Dann stieg er ein zweites Mal ohne mich auf die Waage, brummelte wieder eine Zahl in seinen Bart und griff nach seinem Taschenrechner.

Der Taschenrechner wanderte von einer Hand zur anderen. Erst starrte Theo wortlos auf das Ergebnis, dann Ulrike.

»Das kann doch nicht stimmen«, sagte Graufell tonlos.

»Hör mir doch mal zu...«, sagte Ulrike. Aber Graufell war viel zu sehr mit meinem Übergewicht beschäftigt.

»Ich hab es doch geahnt. Die Kleine ist zu dick.«

Mit der Kleinen meinte die Bohnenstange Theo vermutlich mich.

»5200 Gramm!«, posaunte Theo das Ergebnis in die Welt. Na, wenn schon, mir geht's gut. Im Frühjahr fresse ich dann weniger und erreiche in Null-komma-nichts wieder mein Sportgewicht. Das ist dem Herrn dann auch wieder nicht recht. Was hat Theo letzten Sommer für Anstrengungen unternommen, damit ich etwas mehr fresse. Theo stellte meine Näpfe an allen möglichen und unmöglichen Orten auf, um mir die Nahrungsaufnahme so interessant wie möglich zu gestalten. Im Schuppen, im Freien unter der Tanne, in der Speisekammer. Da unten war es wenigstens schön kühl und ich hatte etwas mehr Appetit.

»45 Gramm!«, jubelte mein besorgter Freund damals. »Ganze 45 Gramm.«

Ganz ruhig. Ich fresse eben nicht so gern bei 30 Grad im Schatten. Hin und wieder einen Happen, das reicht. Ich nehme mir schon, was ich brauche. Jetzt haben wir bald Schnee und eisige Temperaturen. Da brauche ich meine wärmende Fettschicht und lasse nicht einen Brocken im Napf. Eine Dose pro Tag verdrücke ich mit Leichtigkeit. Das sind 200 Gramm. Die brauche ich aber auch bei meinem Bewegungsdrang. Und nun bin ich angeblich fett. Wer denkt bei solchen ungerechten Äußerungen nicht an einen Umzug, frage ich Sie.
Theo ging auf Nummer sicher.

»Wir ermitteln mal schnell Kümmels Body Mass Index.« Graufell, es ist unhöflich, über eine anwesende Katze in der dritten Person zu reden. Sprich mich doch direkt an, wenn es mich betrifft. Und was soll denn dieser Body Mass Index sein? Glücklicherweise stellte Ulrike Vierauge die gleiche Frage.

»Genau heißt es FBMI. Feline Body Mass Index. Anhand zweier Körpermerkmale kann man genau ermitteln, ob die Katze Übergewicht hat oder nicht«, dozierte Theo mit wichtiger Miene. »Man misst Brustumfang und die Länge des Unterschenkels. Dann schaut man in einer Tabelle nach, wo die beiden Werte sich kreuzen.«
Ulrike schaute genauso ungläubig wie ich selbst.

»Hast du noch alle Tassen im Schrank?«
Besser hätte ich es auch nicht ausdrücken können. Theo war unbeeindruckt.
»Der FBMI wurde in einem Forschungszentrum entwickelt und ist wissenschaftlich bewiesen. Wo ist das Maßband?«

Wenig später kroch Theo auf allen Vieren und mit dem Maßband in der Hand hinter mir her. Wenn ich es nicht besser wüsste, müsste ich annehmen, Theo raucht irgendetwas. Oder schnüffelt zumindest Klebstoff. Er hielt mir frech dieses komische Band mit den vielen Zahlen direkt ans Bein. Ich zog mich zurück. Das war mir unheimlich. Er ließ nicht locker.

»13 Zentimeter!« Er wagte es wirklich und legte mir sein Band um den Leib. »38 Zentimeter.«

Alles Muskeln und Sehnen, Theo. Graufell blätterte in seiner Tabelle. »Da haben wir es ja.«
Pause. Was haben wir?

»Der Beweis. Kümmel hat Übergewicht.«
Trotz dieser Beleidigung zog ich nicht weg, sondern blieb und mein lieber Theo entwickelte einen ausgeklügelten Diät- und Bewegungsplan. Als erstes räumte er sämtliche Tüten mit Trockenfutter aus meinem Schrank und versteckte alles in der Speisekammer.

»Viel zu gehaltvoll. Gestrichen.«
Der hat doch eine Macke.

»Jetzt gibt es nur noch Light Trockenfutter. Wenn überhaupt.«
Hauptsache, ich werde satt, Mann!

»Deine Hauptnahrung wird Dosenfutter sein. Maximal 200 Gramm am Tag, Kümmel.«
Du weißt gar nicht, wie egal mir das ist. Ich muss fressen, das ist jetzt wichtig. Ich grinste in mich hinein. Wenn ich hier nicht genug kriege, fange ich mir eben eine Maus oder einen Vogel. Du hast es ja so gewollt. Vor ein paar Tagen brachte ich auch eine feine Beute mit nach Hause. Es war dunkel und ich sah Graufell in der Küche. Er telefonierte. Das Fenster war angekippt und ich konnte verstehen, was er sagte. Meine Beute legte ich auf die Fußmatte und begehrte Einlass.

»Um Gottes willen, jetzt bringt sie eine Ratte mit. Ich muss aufhören!«
Ich sah Panik in Graufells Gesicht, als er in der Küche herumhüpfte, mit der Grillzange in der Hand vorsichtig die Tür öffnete und dann ziemlich dumm glotzte. »Was willst du denn mit dem Blatt? Das sah im Dunkeln von der Größe wie eine Ratte aus. Wo hast du das her, Kümmel?«
Aus Erichs Fischteich. Nun lob mich schon, du unsensibler Mensch. Und setze deine Brille auf, damit du ein Teichblatt von

einer Ratte unterscheiden kannst. Da ist er schön reingefallen. Aber meistens bringe ich wirklich etwas Lebendiges mit. Mäuse. Vögel. Ratten nicht. Die sind mir unheimlich.

Meine Diät begann. Graufell führte über meine gesamte Nahrungsaufnahme penibel ein Futtertagebuch. Jedes Gramm wurde in die entsprechende Spalte eingetragen. Damit ich ja nicht zu viel fresse.

»60-70-60 lautet das Motto.« Theo tippte Zahlen in seinen Taschenrechner ein. Kann der Mann nicht im Kopf rechnen?

»60 Gramm morgens, 70 Gramm mittags und 60 Gramm abends. Dann vor dem Schlafen gehen bekommst du noch dein Dental Trockenfutter. Ist gut gegen Zahnstein, Kümmelchen.«

Er muss es ja wissen. Graufell hätte in seiner Jugend auch diese leckeren kleinen Kügelchen kauen sollen, dann hätte er heute nicht seine Zahnprobleme. Ulrike dagegen hat ein gesundes kräftiges Gebiss. Fast so schön wie meins. Nur ohne spitze Zähne. »200 Gramm am Tag von deinem hochwertigen teuren Futter sind genug.«

Ich hatte es mir schlimmer vorgestellt. Pünktlich auf die Minute gab es fortan drei schmackhafte fleischige Mahlzeiten am Tag. Jeden Tag eine andere Sorte. Einmal die Woche gab es sogar Hühnerherzen oder Gulasch für mich. Ab und zu ein Schälchen Trockenfutter, dafür dann aber kein anderes Futter. Ich muss gestehen, ich war überhaupt nicht unzufrieden. Hin und wieder fing ich eine Maus, spielte mit ihr, bis ich keine Lust mehr hatte und verspeiste sie dann. An diesen Mäusen ist ja kaum was dran. Mir schleierhaft, wie man ausschließlich von Mäusen leben kann. Es soll Katzen geben, die kein richtiges Zuhause haben. Die Armen müssten ja den lieben langen Tag Mäuse jagen und auch fangen, um satt zu werden.

Die rote Streunerin ist so eine heimatlose Katze. Jeden Winter kommt sie und legt sich auf meine Sessel, meckerte Nachbar Erich. Seit Jahren schon. Er will sie schon überall gesehen haben. Ich habe da so meine Zweifel. Es gibt bestimmt mehr als eine rote Katze in unserer Gegend. Erich sagt immer, sie wäre gelb. Aber ich habe noch keine richtig gelbe Katze gesehen. Ihr Fell hat, sagen wir, einen gelblich-rötlichen Farbton. Nicht safrangelb, eher quittengelb mit Tendenz zum Rot. Sie verstehen bestimmt, was ich meine.

Eines Tages lungerten Graufell und ich am Gartenzaun herum und beobachteten unseren fleißigen Nachbarn schräg gegenüber. Nicht die Mitbewohner von Kater Toni, sondern ein Haus weiter. Graufell hatte mal wieder keine Aufträge und schlug mit mir zusammen die Zeit tot. Er jagte mich, ich jagte ihn. Dann balgten wir uns etwas auf der schönen weichen Rasenfläche. Jetzt ließ Graufell seine Arme über den Gartenzaun baumeln und ich hockte ganz oben auf dem Pfeiler. Nachbar Erich kam angeschlendert und gesellte sich zu uns.

»Dein Kümmelchen ist ja ganz schön umtriebig.«

Ich spitzte die Ohren. Was bin ich? Erich fuhr fort.

»Hab ihn heute Morgen um vier Uhr in der Früh auf der Straße gesehen.«

Ich bin eine Dame! Weiblich. Doch kein Kater. Meine Güte. Lernt Erich das nie? Theo stutzte.

»Um vier Uhr morgens siehst du Kümmel draußen?«

»Na klar. Ich werde doch wohl Kümmel erkennen.«

Graufell schüttelte den Kopf. »Nee, nee, mein Lieber. Da musst du dich irren.«

»Kümmel kenn ich. Lässt du ihn die ganze Nacht draußen«?

»Kümmel war nicht draußen.«

War ich auch nicht. Ich muss es wissen.

»Kommt er gar nicht rein abends?«

Graufell atmete tief durch. Ich auch. »Es war nicht Kümmel. Kümmel hat geschlafen. Im Haus.«

Erich ignorierte alle Einwände. »Habe ihn an seinem gestreiften Fell erkannt.«

Noch einmal und ich springe dir ins Gesicht, Erich. Ich bin eine weibliche Katze!

»Kümmel ist weiblich. Und gestreiftes Fell haben viele Katzen.«

»Da mitten auf der Straße saß er. Morgens um vier.«

»Kümmel hat neben mir auf dem Bett geschlafen. Es war nicht Kümmel!«, röhrte Graufell.

»Nicht, dass er dir mal wegläuft.«

Nun frage ich Sie, wie zuverlässig ist die Auskunft dieses Mannes, der den gelb-roten Streuner schon überall gesehen haben will?

Wir ließen Erich stehen und gingen ins Haus zurück. Soll er doch auf meinen Doppelgänger warten. Lachhaft.

Abends nach meiner sorgfältig abgewogenen 60-Gramm Mahlzeit saßen wir alle drei auf der Couch. Graufell erzählte Ulrike von meinem Doppelgänger.

»Erich hat sich geirrt«, schloss er seinen Bericht. Irren ist menschlich, sagen die Menschen immer.
Wissen Sie eigentlich, wie Graufell zu seinem ersten und einzigen wissenschaftlichen Artikel kam? Er schreibt ja sonst nur Werbetexte, Krimis und Liebesromane für bunte Zeitschriften. Aber aufgrund eines Irrtums hat er tatsächlich einen Artikel in einem wissenschaftlichen Magazin mit weitreichenden Folgen geschrieben. Hören Sie mal zu:

Graufell hatte es sich in den Kopf gesetzt, seinem Großvater eine Flasche Nordseewasser zu schenken. Er hat seinen Großvater Adolph nie kennen gelernt. Das ist auch kein Wunder, denn Großvater Adolph starb im Sommer 1945 und liegt auf dem Soldatenfriedhof in Meran begraben. Das ist in Südtirol, mitten in den Dolomiten. Opa Adolph war aber ein Kind der Nordsee und lebte in Wilhelmshaven. Graufell war der Meinung, seine Seele würde sich wohler fühlen, wenn er bzw. sie salziges Nordseewasser schnuppern könnte. Ganz schön kurios, aber irgendwie auch einfühlsam. Auf diese absonderliche Idee kam Graufell, als er zusammen mit Ulrike Vierauge das Grab seines unbekannten Großvaters in Meran besuchte.
»Mitten in den Bergen liegt er«, soll Graufell gesagt haben. »Der kann sich doch nicht wohlfühlen hier. Wenigstens etwas Nordseewasser soll er kriegen.«
Also machte sich Graufell nach seiner Rückkehr auf den Weg nach Wilhelmshaven, der Heimatstadt seines Großvaters.

Eine salzige Brise umwehte seine Nase und wies ihm die Richtung. Graufell kannte die Nordsee sehr gut. Er verlebte glückliche Tage bei Tante Grete, der Schwester von Opa Adolph. Nur noch ein paar Schritte. Das Meer. Unendliche Weiten und Lebensräume, die nie zuvor ein Mensch betreten hat. Hier stand er nun am Geniusstrand, hielt die Plastikflasche in der Hand und atmete tief die würzige Luft ein. Wir alle wissen, dass das Meer ca. 71% der Erdoberfläche bedeckt und der größte Lebensraum der Erde ist. Es ist die Wiege des Lebens. Fische, Krebstiere, Stachelhäuter, Schnecken, Muscheln und Quallen. Einige Lebewesen haben im

Laufe der Jahrmillionen auch die Erde erobert, andere wie der Rutenangler leben in den Tiefen der Weltmeere und haben noch nie Tageslicht gesehen. Es ist so dunkel dort unten, dass diese urzeitlichen Fische nicht einmal Augen benötigen. Die meisten dieser geheimnisvollen Lebewesen gehen Hochseefischern aus Versehen ins Netz, wenn auf Dorsch, Grenadierfisch oder Rotbarsch gefischt wird. Da staunen Sie, was eine Katze alles weiß, was?

Millionen von Wattvögeln leben an den Küsten der Nordsee oder gehen hier zu Zugzeiten auf Nahrungssuche. Wer von uns hat nicht schon mal eine Küstenseeschwalbe, einen Großen Brachvogel oder den Sandregenpfeifer gesehen oder gehört? So stand Graufell mehrere Minuten völlig bewegungslos auf einer Sanddüne und lauschte dem Rascheln des Strandhafers. In diesem Moment konnte er sehr gut verstehen, warum Opa Adolph sein Meer so liebte.

Theo Graufell hielt die Hände über seine Augen und starrte wie der Mann im Ausguck in die Ferne. Der Mann im Ausguck suchte Land. Er suchte das Meer. Denn es war Ebbe.

Soweit das Auge reichte, sah er Watt. Das Wasser war dem ewigen Rhythmus der Gezeiten gefolgt und war nicht da. Und so wie es aussah, würde es auch die nächsten Stunden nicht zurückkommen. Mein Graufell fand das ziemlich ungerecht. Da kommt er extra den langen Weg an die Nordsee und das Wasser ist gar nicht da. Aber ein Mann wäre nicht ein Mann, wenn ihm die Natur nicht die Kunst des Improvisierens implantiert hätte. Jeder andere hätte jetzt womöglich die mitgebrachte Flasche auf den Strandboden geschmissen und hätte seinen Plan in den salzigen Wind geschrieben. Nicht so mein Graufell.

Als erstes schmiss er die mitgebrachte Flasche auf den Strand, fluchte laut und hielt dem Watt drohend seine Faust entgegen. Das Watt murmelte so etwas wie »Gezeitenplan, Gezeitenplan«, aber er überhörte das alberne Gewäsch. Seit wann kann ein Watt murmeln oder gar Worte artikulieren? Er war verzweifelt. Er brauchte Nordseewasser. Opa Adolph brauchte Nordseewasser. Wenn Graufell seinen Großvater schon so lange Jahre ignoriert hatte, diesen Wunsch wollte er ihm erfüllen.

Er setzte sich in den Sand und versuchte, das höhnische Gelächter der Möwen, die über der Wattwüste kreisten, zu überhören. Sie machten es ihm nicht leicht. Dann mit einem Windstoß aus

Nord/Nordost kam ihm die Erleuchtung. Kommt das Meer nicht zu mir, gehe ich eben zum Meer, dachte Graufell. Auf keinen Fall hatte er Lust, hier die nächsten Stunden zu warten. Fröhlich pfeifend marschierte er los und spürte schon bald die vom ablaufenden Wasser geformten Rippelmarken unter seinen Schuhen. Ein paar Meter nur. Ein merkwürdiges Gefühl über den Meeresboden zu wandern. Er hätte zu gern gewusst, wie Moses damals die Ägypter ausgetrickst hatte. Möglicherweise hatte er einen Gezeitenplan gehabt. Andererseits gibt es doch im Roten Meer weder Ebbe noch Flut. Oder doch? Neueste Erkenntnisse sprechen von einem Riff, das zufällig durch einen Sturm freigelegt wurde und so den Kindern Israels eine sichere Passage mitten durch das Meer bot. Dann kamen die ahnungslosen Ägypter, der Wind pfiff aus der anderen Richtung und die zurückgeblasenen Wassermassen begruben die gesamte ägyptische Armee unter sich. Merkwürdige Zufälle gibt es. Manche Wissenschaftler behaupten ja, es hat nie einen Auszug aus Ägypten gegeben, aber die Story an sich ist gut.

Fünf Minuten spazierte er so über das menschenleere Watt. Im Herbst ist es eher ruhig und einsam an der Nordsee. Das war die Zeit, in der Tante Grete am liebsten schwimmen ging. Bei Flut versteht sich. Die Frau war abgehärtet. Immer noch kein Wasser in Sicht. Graufell hielt inne und schaute sich suchend um. Kleine Pfützen glitzerten in der Herbstsonne. Leider nicht genug Wasser, um seine Flasche zu füllen. Aber gut, dass er sich noch an viele Einzelheiten seiner Kindheit erinnern konnte. Er hockte sich hin und buddelte mit den Händen ein Loch. Nicht sehr groß, aber groß genug, dass sich Wasser darin sammelte und er seine 1,5 Liter Flasche füllen konnte. Mit Füßen und Händen half er dem herumliegenden Wasser, sich in seine Falle zu begeben. Nordseewasser ist Nordseewasser. Es war nicht notwendig, von mannshohen Wellen überrollt zu werden, nur um eine Flasche zu füllen. Es ging doch auch so. Hier zeigte sich wieder einmal die Überlegenheit des Menschen, der die Naturgesetze zu nutzen weiß.

»Das dürfen Sie nicht.«
Eine Kinderstimme unterbrach seine Tätigkeit. Drohend schraubte Theo Graufell seine 180 cm aus der Hocke nach oben.

Ein ca. 10jähriger Steppke in dickem Pullover schaute ihn vorwurfsvoll an.

»Das dürfen Sie nicht«, wiederholte er.

Kinder brauchen eine Autorität, damit sie ihre Grenzen erkennen und respektieren. Hilfreich, wenn man weder Lust noch Zeit für pädagogische Erklärungen hat, sind Titel.

»Ich bin Meeresbiologe, mein Junge. Ich darf das.«

Der Knabe glotzte Graufell noch ein paar Sekunden an, machte kehrt und rannte dann zum Strand zurück. Na bitte. Theo hockte sich wieder hin und nahm seine Arbeit da auf, wo sie von dem gehorsamen Buben unterbrochen wurde. Der Wind hier übertönt vieles, so dass er doch etwas überrascht war, als eine andere Stimme sagte: »Sie sind also der Meeresbiologe?«

Es war keine Knabenstimme.

Graufell drehte sich langsam um und überlegte dabei seine neue Strategie. Zuerst sah er direkt auf zwei Paar Knie. Er hatte die Besitzer gar nicht kommen hören. Hier nutzte das langsame drohende Aufrichten nichts. Vor ihm standen Rübezahl und Goliath mit stahlblauen Augen und quittegelben Öljacken.

»Wir haben schon auf Sie gewartet. Am besten, Sie kommen gleich mit.«

Dieser Vorschlag klang, als ob erklärender Widerspruch ungehört im Wind verhallen würde. Ungünstig für Graufell war, dass er zwischen den beiden Herren stand. Die beiden gelben Leuchttürme marschierten los und zogen ihn einfach mit.

Noch tiefer ins Watt zu gehen, war ihm unheimlich, aber Widerstand erschien zwecklos.

»Na, worauf warten Sie?« Der Wortführer packte Theos Arm. »Soll erst die Flut kommen? Wir brauchen Sie doch.«

Theos hilfsbereites Herz und seine Neugier übernahmen die Führung. Trotzdem schwor er dem Bengel Rache, der ihn an die beiden Strandräuber verkauft hatte. Dann helfe ich eben, ein paar angespülte Bretter zu bergen oder einen Sack Muscheln zu schleppen und die liebe Seele hat Ruhe, dachte Graufell in seiner Not. Sie müssen ja nicht unbedingt erfahren, dass ich den Jungen angeschwindelt habe. Auch wenn es pädagogisch notwendig war. »Wohin gehen wir?«

Er fand, seine Frage war berechtigt. »Wir sind gleich da.«

Unbeirrt drangen die drei Wattläufer in die Tiefen des Meeres vor, durchschritten Wasserlachen, umgingen Wattlöcher und

96

traten auf Muscheln. Rübezahl und Goliath machten unbeteiligte Gesichter, Graufell kletterte langsam schwarze Verzweiflung bis in die Kehle.

»Wir sind da.«

Wo denn? Weit und breit war absolut nichts zu sehen, außer einer kleinen Vertiefung im Meeresboden.

Die beiden zeigten in die Vertiefung.

»Dann mal los.« Dort drin lag und wand sich ein glitzerndes Wesen und guckte anklagend. Es konnte sprechen.

»Na, endlich!«

Es war männlich. Jedenfalls dem Klang der Stimme nach zu urteilen. Ansonsten sah es wenig menschlich aus. Eher wie eine Riesenwurst in einer Art Frischhaltefolie. Graufell schickte ein Stoßgebet zum Himmel. Voraussichtlich sein erstes und letztes. »Ja, gut«, sagte er dann, um die lähmende Stille zu überbrücken. »Untersuchen Sie ihn«, forderte ihn Rübezahl freundlich auf und entblößte eine charmante Zahnlücke zwischen seinen Schneidezähnen. Goliath guckte nur wie eine sterbende Qualle.

»Dann wollen wir mal«, erwiderte Theo frohgemut und hockte sich hin. Dort lag ein Mann in einer Art Matschloch, nur mit Badehose bekleidet und stramm in eine durchsichtige Frischhaltefolie gewickelt.

»20 Minuten über der Zeit!« Er war ungehalten, aber ernsthaft, was konnte mein Graufell dafür? Der menschliche Wurm rollte sich in seinem Loch hin und her.

»Ich mache drei Kreuze, wenn alles vorbei ist?«

Was vorbei???

»Liegen Sie schon lange hier?«

Etwas Besseres fiel Graufell nicht ein.

»Was soll die blöde Frage?« Irgendetwas Unheimliches ging hier vor. »Wie lange muss denn noch geforscht werden? Wo ist Dr. Bühler?«

Rübezahl und Goliath taten unbeteiligt und mein Theo kannte keinen Dr. Bühler.

Ich weiß, diese Geschichte klingt absurd. Aber sie wurde ja noch viel absurder.

Eine Windböe trieb schnaufenden Atem und klatschende Schritte zu dem kleinen Grüppchen.

»Ich bin im Stau stecken geblieben. Tut mir leid.«

Der Unbekannte hockte sich sogleich hin und betrachtete eingehend den menschlichen Wurm. Dann befreite er das arme Wesen langsam aus seiner Pressfolie und überprüfte am Handgelenk seinen Puls.

»Soweit alles in Ordnung.«

»Ein Glück, dass Sie noch gekommen sind, Dr. Bühler.«

Der gepresste Wurm im Matschloch entpuppte sich langsam als junger Mann. Als begeisterter Star Trek Gucker hatte sich Theo Graufell ein Wurmloch ganz anders vorgestellt. Aber in diesem Moment wünschte er sich nichts sehnlicher als ein Raumschiff mit doppelter Lichtgeschwindigkeit und ein Wurmloch, so wie er es kannte. Goliath und Rübezahl konnten Gedanken lesen, sie rückten etwas näher an meinen Gefährten heran.

Dr. Bühler zerrte ein großes Handtuch aus einem Köfferchen und reichte es dem befreiten Wurm. Jetzt erst wandte er sich an Theo.

»Wer sind denn Sie?« Er guckte erst Theo, dann den fröstelnden Wurm und dann das Wattenmeer-Duo fragend an.

»Er hat gesagt, er wäre der Meeresbiologe.«

Warum musste Rübezahl derartige Lügen verbreiten? Ausgerechnet jetzt?

»Wie bitte?«

Dr. Bühler war zu Recht empört.

»Der Meeresbiologe?« Er staunte. »Eigentlich bin ich der Meeresbiologe und leite die Erforschung der sozialen Strukturen des Wattwurms.«

Er deutete auf den halbnackten jungen Mann.

»Immer bei Ebbe liegt Hans-Peter in seinem Loch und später dann notiert er seine Empfindungen. Wie fühlt sich ein Wattwurm? Welche Ängste und Sorgen plagen ihn? Die Wurm-Kolonien sind überall.«

Er hob seine Stiefel.

»Wahrscheinlich zertreten wir in dem Moment ganze Generationen.«

Graufell hatte in seinem ganzen Leben noch nie so einen Schwachsinn gehört.

»Das ist ja hochinteressant«, sagte er deshalb und haute Hans-Peter, dem Wurm, freundschaftlich auf die Schulter.

»Er hat Sven gesagt, er ist Meeresbiologe.«

Rübezahl ließ nicht locker. Graufell lachte laut auf.

»Ach, was die Kinder immer so verstehen. Ich sagte nur, ich interessiere mich für Meeresbiologie.« Clever gekontert, Theo. Er hob einen Seestern auf und beäugte ihn mit Sachverstand. Dr. Bühler nahm vorsichtig eine andere Position ein und gab so den Würmern unter seinen Stiefeln Gelegenheit zur Flucht.

»Und was genau machen Sie hier?«
Die wahre Geschichte ging keinen etwas an. »Ich schreibe«, antwortete Theo wahrheitsgemäß.
Dr. Bühlers Gesicht wurde rot und rund wie ein Luftballon kurz vor seinem Ende.
»Habe ich nicht deutlich gesagt: Keine Presse?« Er stampfte mit seinem Stiefel auf das Watt, bereute aber diese Handlung umgehend, wie man seinem Gesichtsausdruck entnehmen konnte.

»Die Öffentlichkeit ist noch nicht reif für meine Forschungen. Für welches Käseblatt schreiben Sie denn?«
Graufell überlegte fieberhaft. Dr. Bühler guckte ihn zweifelnd an.

»Sind Sie wirklich Journalist oder schmücken Sie sich schon wieder mit fremden Federn?«
Die Unverschämtheiten mitten im Meer nahmen kein Ende. »Wollen Sie vielleicht meinen Journalistenausweis sehen?«
Natürlich würde Dr. Bühler jetzt dankend abwinken.

»Ja bitte.« Also zückte Graufell seinen Presseausweis, den ihm die Gewerkschaft fälschlicherweise ausgestellt hatte. Er hatte sich als Werbetexter und Autor registrieren lassen, aber geriet an den falschen Sachbearbeiter. Auf seine Frage, ob Theo auch einen Presseausweis bräuchte, murmelte dieser Unverbindliches vor sich her und kam so in den Besitz eines Presseausweises.
Dr. Bühler verschränkte die Hände auf seinem Rücken und wippte mit dem Fuß.

»Vielleicht ist es doch nicht so verkehrt, wenn wir mit unseren Forschungen langsam an die Öffentlichkeit gehen.«
Er wischte ein paar Sandkörner von seinem Ölmantel und drehte nachdenklich an seiner Kappe mit aufgestelltem Rand. Es sah aus, als würde eine Regenrinne um seinen Kopf laufen. Er stach mit spitzem Finger in Theos Richtung.

»Sie haben doch beste Verbindungen.« Ja? »Sie berichten exklusiv. Wenn Sie schon mal hier sind.«
Und so kam mein Graufell dank mehrerer Irrtümer an die exklusive Berichterstattung über Dr. Bühlers bewegende Forschungen im Wattenmeer. Der Artikel schlug in der Fachwelt wie eine

Bombe ein und gipfelte in einem zehnminütigen Dokumentarfilm beim lokalen Fernsehsender »Nordsee TV«.
Es blieb allerdings Theos einziger wissenschaftlicher Artikel. Er schreibt doch lieber leichte Unterhaltung. Ich kenne ihn doch.
Praktisch im Vorbeigehen füllte Theo seine Plastikflasche mit Nordseewasser. Er hielt Wort, wenn man das so nennen darf, reiste bei der nächsten Gelegenheit wieder nach Meran und träufelte das Wasser über das Grab seines Großvaters.

Ich gähnte auf meinem Sofa. Theo gähnte auch und Ulrike Vierauge war schon vor dem Fernseher eingeschlafen. Ich bekam noch meine Kroketten gegen Zahnstein und dann gingen wir alle drei schlafen.

Am nächsten Freitag war es dann wieder soweit. Ich wurde gewogen. Wieder die gleiche Prozedur. Auf den Arm. Zusammen auf die Waage. Wieder runter vom Arm. Theo wog sich alleine und hantierte mit seinem Taschenrechner herum. Er rechnete ungewöhnlich lange. Ich war schon ganz gespannt. Ulrike guckte Graufell eher gleichgültig über die Schulter. Theo jauchzte.

»Nur noch 4200 Gramm! Ihre Diät schlägt an.«
Ulrike schüttelte Theo so heftig an seinen schmalen Schultern, dass ich einen Moment lang befürchtete, sein Schädel würde sich lösen.

»Theo, überleg doch mal. Sie soll ein Kilo in einer Woche abgenommen haben? Unmöglich.«
Theo hypnotisierte seinen Taschenrechner.

»Ich habe es dir schon letzte Woche sagen wollen«, fuhr Ulrike fort. »Aber du lässt mich ja nicht zu Wort kommen.«

»Was denn? Sprich doch!«
Ulrike seufzte tief. »Unsere Waage ist defekt. Ich habe mich fünf Mal gewogen und sie hat mir fünf verschiedene Gewichte angezeigt. Einmal wog ich 180 Kilo, das andere Mal 23 Kilo.« »Die Waage ist defekt«, wiederholte Graufell. »Dann ist Kümmel gar nicht zu dick.«
Na, Meister, diese Erkenntnis hat aber sehr lange gedauert. Winterfell! Warum glaubt er mir nicht?
Theo kaufte sofort eine neue Präzisionswaage und ermittelte für mich ein Gewicht von 4200 Gramm.

»Für den Winter ist das doch voll in Ordnung.«

Das finde ich auch, Dummkopf. Wieder ein "guter Irrtum". Ich will gar kein Trockenfutter mehr und halte problemlos meine sportliche Figur.

Es gibt Artgenossen von mir, die haben eben keine sportliche Figur. Sie sind eher plump, haben überhaupt keine Taille mehr und ein rundes Mondgesicht. Aber führen sich auf wie der Sultan von Katzanistan. Toni von gegenüber ist so ein Exemplar. Hier ist Graufells Bericht:

Tonis letzte Invasion

Toni muss nicht erst vorgestellt werden. Kater Toni ist der lokale Platzhirsch, wenn man Kater überhaupt als Hirsche bezeichnen darf. Toni ist vierschrötig, rücksichtslos, kompakt und schwarz-weiß gefleckt.

Zweibeiner duldet er in seinem Revier, Artgenossen werden bei Sicht verfolgt, gestellt und vermöbelt. Ich selbst war im Frühjahr Augenzeuge, als Toni der berüchtigten »Schwarze Katze«, die auch nicht gerade zu den Pazifisten zählt, ein paar saftige Ohrfeigen verpasst hat. Die schwarze Katze schlenderte, wahrscheinlich nach ein paar üblen Untaten, müde auf Tonis Straße Richtung Heimat. Sie lebt nur ein paar Straßen weiter und durchquert gelegentlich Tonis Revier, was natürlich streng verboten ist.

Toni hockte auf der Fensterbank und hatte so einen vorzüglichen Überblick. Sein Blick wurde gemein, er reckte seinen Hals. Er hatte die Frevlerin entdeckt. Toni nahm sofort die Verfolgung auf, stellte die Grenzüberschreiterin in einer Garageneinfahrt, aus der es kein Zurück gab und ging drohend auf sie los. Mit gesträubtem Fell standen sich die Beiden gegenüber und gaben knurrende und scheinbar klagende Laute von sich. Wie auf Kommando setzen sich die Kontrahenten dann auf die Hinterläufe und begannen mit den Vorderpfoten rhythmisch aufeinander loszuschlagen. Dabei flogen ihnen ganze Fellwolken um die spitzen Ohren. Nach wenigen Augenblicken hatte die schwarze Katze genug und machte einen Ausfall links die Böschung hoch. Sheriff Toni sah seine Aufgabe als erfüllt an und verschwand nach rechts.

Irgendwann des Nachts im Sommer klingelte Kümmels Katzenklingel. Ein rascher Griff nach links überzeugte mich, dass Kümmel nicht klingelte, ein milder Hieb nach rechts zeigte mir, dass auch Ulrike Vierauge anwesend war. Ich war sofort hellwach, rollte mich aus der Decke, registrierte noch schnell Kümmels und Ulrikes fragende Blicke und huschte auf leisen Sohlen nach unten. Wer malträtierte da um drei Uhr morgens die Katzenklingel? Ich hätte sie gleich nach Kümmels Heimkehr abstellen sollen. Es hörte gar nicht auf. Im Pyjama stand ich in der Küche und sah durch die Scheibe der Terrassentür ein schwarz-weiß geflecktes Hinterteil mit eifrig tretelnden Hinterläufen sowie einen steil aufgerichteten Schwanz. Toni, dieser Halunke, markierte unseren Eingang und löste durch das Auf und Ab seiner Pfoten ein wahres Klingelkonzert aus.

Ich führe es heute darauf zurück, dass ich schlaftrunken war, als ich wutentbrannt die Terrassentür öffnete und den unverschämten Kater auf den Mars wünschte. Ich hätte die Türe besser nicht geöffnet. So lief all das, was Toni zu Markierungszwecken aus seinem Leib an die Tür gepumpt hatte, direkt in unsere Küche. Es war sehr viel und stank erbärmlich. Haben Sie schon mal morgens um kurz nach drei ihre Küche gewischt und die Terrassentür mit Fensterputzmittel bearbeitet? Dann wissen Sie ungefähr, wie sympathisch mir Toni in dieser Nacht war.

Der Auslöser für meinen erbarmungslosen Kampf gegen freche Kater und böse Katzen in unserem Garten war jedoch ein anderer. Nur ein paar Nächte später weckte mich wiederum zur Unzeit markerschütterndes Katzengekreisch. Kümmel in höchster Bedrängnis! Aus dem Schlafzimmerfenster sah ich im fahlen Mondlicht meinen »Freund« Kater Toni mit nervös zuckendem Schwanz vor unserem Tannenwäldchen auf- und ablaufen. Von Kümmel indes nichts zu sehen. Leise, aber hurtig stolperte ich die Treppen herunter und vertrieb den Eindringling durch heftiges Händeklatschen. Von Kümmel vorerst keine Spur. Dann plötzlich erklang ein klägliches Miau von irgendwo aus dem Himmel. So jedenfalls schien es mir. Katze Kümmel hockte im höchsten Wipfel unserer Tannen und fürchtete sich. Vor dem Raufbold würde ich als Katze auch Angst haben. Mit viel Überredungskunst und meiner handlichen Leiter gelang es mir bei Einbruch der Dämmerung, Kümmel zu überzeugen, dass es auf dem Erdboden wieder sicher sei.

In dieser Nacht reifte in mir der Plan, aus unserem Garten Kümmels Sicherheitszone zu machen. Hier sollte sie sich absolut sicher fühlen und nicht durch marodierende Fremdkatzen belästigt oder gar verletzt werden. Gartenfeind Nummer eins war Toni.

Gleich am nächsten Tag fing ich an, in unserem Garten an strategisch wichtigen Ecken Verteidigungsstützpunkte einzurichten. Kümmel half eifrig mit, untersuchte gründlich jeden Gegenstand, den ich vorbereitete und verschwand nur gelegentlich im Garten von Toni und seiner Familie, den Delling-Schnakenburgs, um dort ihr Geschäft zu verrichten oder Blumenzwiebeln auszugraben. Es ist allerliebst anzusehen, wie eifrig Kümmel mit ihren kleinen Pfoten schöne tiefe Löcher graben kann. Vorne am Zaun stand ein voller Eimer Wasser, unser Gartenschlauch lag wie eine heimtückische Schlange einsatzbereit auf dem Rasen, neben dem Wacholderbusch stand ein Karton mit Tannenzapfen und gleich neben dem Walnussbaum hatte ich einen weiteren Eimer positioniert. Hier wartete meine wohlpräparierte Geheimwaffe auf ihren nächtlichen Einsatz: Mit Wasser gefüllte Gefrierbeutel. Außerdem trug ich stets und ständig eine Trillerpfeife um den Hals. Ich war bereit.

Im Grunde meines Herzens bin ich ein sehr friedfertiger Mensch. Ich kann keiner Menschenseele ein Leid zufügen. Sogar die gefräßigen Nacktschnecken, die regelmäßig den größten Teil unserer Salaternte vernichten, verschone ich und werfe die klebrigen Dinger lieber über unseren Zaun in die angrenzenden Gärten. So edelmütig bin ich, ich kann nicht aus meiner Haut. Aber um meine kleine Katze Kümmel zu beschützen, war mir jedes Mittel recht.

Die Sommernächte waren lau und hell und Kümmel stromerte lieber draußen herum, als im stickigen Haus in ihrem Pelz zu schwitzen. Es war also nur eine Frage der Zeit. Dann in einer sternenklaren Nacht war es soweit. Wieder schlug der gemeine Toni zu und attackierte Kümmel. Sie kreischte. Natürlich war ich sofort hellwach, blickte aus dem Schlafzimmerfenster und sah Kümmel aus dem Garten der Delling-Schnakenburgs hasten, dicht gefolgt von Kater Toni. Die wilde Jagd ging unter unserer Gartenpforte durch, dann die lange Auffahrt hoch und endete wieder bei den Tannen. Kümmel mit ihrer drahtigen Figur war natürlich deutlich schneller als Toni der Klops. Gelassen und ohne Hast verließ ich erst das Schlafzimmer, dann das Haus und zwar nicht durch die Terrassentür, sondern durch den Haupteingang. Ich kam auf diesem Wege nahezu geräuschlos und unsichtbar für den pelzigen Unhold in den Garten. Er sollte ja nicht zu früh flüchten.

Toni sah mich kommen. Das sollte er jetzt auch. Er ließ Kümmel sausen, die wahrscheinlich wieder in der Tanne saß und schien zu überlegen. In meinem Pyjama und mit meinen ruhigen Bewegungen sah Toni wohl keine allzu große Gefahr in mir. Ich ließ ihn in diesem Irrglauben. Mit langsamen Bewegungen führte ich meine Trillerpfeife an den Mund und blies kräftig hinein. Nur ein einziges Mal. Dieses Geräusch sollte nur eine Ablenkung sein.

Toni tat das, was jede Katze bei schrillen Geräuschen tut: Er lief davon. Nicht schnell, eher gemütlich. Den Weg, den er gerade gekommen war. Ich lief hinterher. Erst nur etwas schneller, dann viel schneller. Toni sollte merken, dass er verfolgt wurde. Ich kam an den Tannenzapfen vorbei, nahm im Vorbeilaufen zwei Stück, warf sie dem flüchtenden Kater hinterher und blieb stehen. Ich wiegte Toni damit in Sicherheit, denn meine Hauptattacke stand uns beiden noch bevor.

Völlig geräuschlos steckte ich mir zwei weitere Tannenzapfen in den Hosenbund. Auf ganz leisen Sohlen erreichte ich den Eimer mit den Wassertüten. Zwei würden reichen. Toni glaubte inzwischen, seinen Verfolger abgeschüttelt zu haben und hockte selbstgefällig auf dem Fußgängerweg auf unserer Seite der Straße. Ganz leise schlich ich näher. Er hörte mich nicht. Dann stand ich direkt über ihm auf unserer Seite des Gartenzauns. Er sollte wissen, woher die nun folgende Lektion stammte. Deshalb schnalzte ich leise mit der Zunge. Mit großen Augen blickte er erschrocken auf. Langsam hob ich meinen Arm. Ich fühlte den Wasserbeutel in meiner Hand, ließ aber kein Auge von Toni. Dann begriff Toni, dass ihm Unheil drohte. Er wetzte los. Mit lautem Gebrüll warf ich den Wasserbeutel nach ihm, traf aber nur den Baumstamm unserer schönen Linde. Auch gut. Toni würde trotzdem eine gehörige Portion Wasser abbekommen und mit dieser Erinnerung nie wieder unseren Garten betreten. Aber mein Plan hatte einen Haken. Die Tüte zerplatzte nicht. Dieses Qualitätsprodukt prallte unbeschädigt ab und rollte in den Rinnstein.

Toni schoss über die Straße, ich hinterher. Er verschwand um die nächste Ecke. So leicht sollte er mir nicht entkommen. Im Lauf schleuderte ich meinen zweiten Wasserbeutel hinter ihm her ins Dunkle. Ich hörte den Aufprall und im nächsten Moment ein Heulen, das Tote aufwecken konnte. Aber so richtig nach Katze klang es nicht. Ich hatte das Auto von Delling-Schnakenburg Junior getroffen und die Alarmanlage ausgelöst.

Überall gingen in den Häusern die Lichter an. Der Alarm heulte weiter und durchschnitt die Stille der Nacht. Mürrische Gesichter erschienen an den Fenstern und wie aus der Erde gestampft stand Junior persönlich vor mir. Der Sohn der Delling-Schnakenburgs ist sehr groß und kräftig. Ich bin eher nicht kräftig. Schriftsteller müssen auch nicht kräftig sein.

»Ich breche dir alle Knochen«, begrüßte mich Junior. Zum Glück tauchte nur wenig später ein Streifenwagen auf. Der Beamte befreite mich aus Juniors Würgegriff, bedankte sich bei ihm und schubste mich unsanft in das Polizeiauto.

»Auf frischer Tat. Endlich.«

Zwei Stunden schmorte ich in der Zelle. Weitere zwei Stunden brauchte ich, um dem Reviervorsteher den tatsächlichen Sachverhalt glaubhaft zu schildern. Dann durfte ich im Licht eines neuen Morgens nach Hause gehen. Mein Aufzug, ich trug immer noch meinen Pyjama und die Trillerpfeife, erregte zuerst etwas Aufsehen, aber Gott sei Dank, ist der Weg nicht sehr weit.

Ich gab Ulrike Vierauge, die gerade zur Arbeit radeln wollte, einen Kuss, spürte eine gewisse Verschlossenheit und verzichtete in diesem Moment auf komplizierte Erklärungen. Kümmel war inzwischen eigenständig aus der Tanne geklettert und schlief zusammengerollt auf ihrem Lieblingssessel.

Seitdem gab es kein Gekreische mehr. Zumindest nachts meidet Toni unseren Garten und lässt Kümmel in Ruhe. Nun muss er nur noch begreifen, dass auch tagsüber Kümmels Garten für ihn tabu ist.

»Denk an deinen Termin!«
Ulrike Vierauge winkte und radelte zum Dienst. Was interessieren mich heute solche profanen Dinge wie Termine. Außerdem bin ich kein kleines Kind und kann mich gut selbst organisieren.

Heute galt es Toni davon zu überzeugen, dass er auch tagsüber in unserem Garten nichts mehr zu suchen hat. Ich würde ihn endgültig in seine Schranken weisen. Einen kleinen Vorgeschmack hatte er ja schon bekommen. Das Verhältnis zu den Delling-Schnakenburgs hatte speziell zum Sohnemann einen kleinen Knacks bekommen; ich konnte die braven Leutchen aber davon überzeugen, dass ich Juniors neues Auto nicht hatte stehlen wollen.

Der Tag der Abrechnung war da. Tonis Frauchen war wie jeden Dienstag den ganzen Tag nicht da; konnte sich also über meine Erziehungsmethoden gar nicht erst empören. Zumal sie nicht glauben wollte, dass Toni in fremden Gärten seine Markierung setzt und als Hobby Attackieren anderer Katzen pflegt. »Unser Toni?« Sie schüttelte den Kopf. »An Ihre Küchentür? Nie und nimmer.«

»Ich habe es mit eigenen Augen gesehen, liebe Frau.«
Ihre Miene verhärtete sich.

»Toni liegt in seinem Körbchen und schläft.« Aha, Muttis Liebling schläft im Körbchen. Weichei.
Heute jedoch war er draußen und das sollte sein Verhängnis werden. Ich nahm meine kleine sehr aufgeweckte Katze Kümmel beiseite und erläuterte ihr meinen Plan. Sie war recht angetan, denn der ungezogene Toni ging ihr auch mächtig auf die Nerven. Wir warteten ein Weilchen, bis »Mutti« abgefahren war und ganz sicher nichts vergessen hatte. Die Luft war rein. Toni lag auf seiner Terrasse, döste und äugte gelegentlich in unseren Garten. Vielleicht ergab sich ja mal eine schnelle Gelegenheit, Kümmel ein paar Backpfeifen zu verpassen. Aber nur, wenn die dünne zweibeinige Katze nicht da war. Dünn, aber unheimlich schnell und gerissen.
Ich bereitete unseren Plan strategisch vor und dann begann die Ouvertüre.

»Jetzt, Kümmel«, zischte ich und versteckte mich hinter dem Gartenpfosten. Der Pfosten war gut 1,50 m hoch, rechteckig und aus Beton. Man verschwand dahinter und war für Katzenaugen unsichtbar. Ich selbst hatte alles im Blick.

Kümmel tänzelte ein wenig auf unserer Einfahrt hinter dem Gatter herum, räkelte sich und gähnte herzhaft. Stand wieder auf und wedelte mit ihrem gestreiften Schwanz. Toni gegenüber beobachtete argwöhnisch Kümmels Treiben. Er hockte sich hin und machte einen langen Hals. Sehen konnte er nur Kümmel. Ich atmete ganz ruhig und tastete nach meinen »Waffen.« Alles klar.
Kümmel sprang hinter einer Fliege her und brachte Tonis Geduldsfass zum Überlaufen. Schlangengleich glitt Toni die Treppe herunter und überquerte in erzieherischer Absicht unsere Holperstraße. Soviel Provokation auf einmal konnte sich unser Revierwächter nicht gefallen lassen. Ein paar Ohrfeigen würden Kümmels Mütchen dämpfen. Ich schwitzte in meinem Versteck.
Ich konnte schon Tonis alberne schwarz-weißen Flecken erkennen, rührte mich aber immer noch nicht. Doch dann.
Toni war nur noch einen Meter von unserer Einfahrt entfernt. Kümmel grinste ihn frech an. Toni machte seinen letzten Schritt.
Ich sprang wie der Kasper aus der Box hinter meiner Säule hervor, pfiff schrill auf der Trillerpfeife und drehte wie wild die knatternde Rassel in meiner Hand. Dazu wedelte ich mit meinen Ar-

men und sprang auf und nieder. Tonis Augen waren schreckgeweitet, eine Pfote verharrte in der Luft. Einen Moment schien er wie zur Salzsäule erstarrt. Kümmel war zwar eingeweiht, hatte sich aber sicherheitshalber bei den ersten Geräuschen ins Gebüsch verdrückt. Toni drehte sich auf dem Absatz um und raste in seinen Garten zurück. Verfolgt von meiner Trillerpfeife und dem Ohren betäubenden Geräusch der Rassel. Ich glaube, diese Drehrasseln sind inzwischen sogar auf den Fußballplätzen verboten.

»Entschuldigung?«
Ich drehte mich unwirsch um.

»Was?!« Ich hatte mich tatsächlich etwas erschrocken.
»Ich möchte weder Postkarten noch handgefertigte Bürsten kaufen und möchte auch nicht bekehrt werden.«
Zwei Herren in gepflegten Business-Anzügen musterten mein Namensschild an der Gartenpforte und dann ausgiebig mich.

»Wir kommen von der Werbeagentur Schmoller, Schmoller & Friends. Ich bin Schmoller Senior«, sagte der Herr mit der Goldrandbrille. Er deutete auf seinen brillenlosen Begleiter, der dafür eine Löwenmähne bis tief in den Nacken trug.

»Herr Terhalle, unser Art Director.«
Ich schluckte und erbleichte. Oder umgekehrt. Mein Termin. Als freiberuflicher Werbetexter ist man nicht gerade auf Rosen gebettet und muss um jeden Auftrag kämpfen.

»Wir wollten uns in Ihrem Umfeld kennen lernen. Sie erinnern sich?«
Jetzt ja.
»Könnten Sie vielleicht kurz aufhören, Ihre Rassel zu drehen?«
Schmoller Senior zog die linke Augenbraue hoch.

»Für unser neues Projekt suchen wir einen Werbetexter mit absolut seriöser Denkweise.« Er räusperte sich. »Ich denke, wir haben genug gesehen, nicht wahr, Terhalle?«
Seitdem meidet Kater Toni unseren Garten wie eine Tierarztpraxis. Schmoller, Schmoller & Friends haben ihr Interesse zurückgezogen. Ulrike war wütend.

»Erst reißen die sich ein Bein aus, lassen sich die genaue Anfahrskizze mailen und dann kommen die Herren erst gar nicht.«
Ulrikes Zorn war nur zu gerecht.
»Keine Absage? Nichts?«

Ich schüttelte den Kopf und guckte in die andere Richtung. »Das finde ich höchst unseriös.«
Sie warf einen Blick nach gegenüber.

»Wo ist übrigens Toni? Kümmel und Toni sind ja seit kurzem ein Herz und eine Seele. Richtig unzertrennlich. Gestern haben sie sich ausgiebig gegenseitig das Fell geleckt.«

Ja, das ist mein Graufell, wie er leibt und lebt. Stets bemüht und mit viel Begeisterung bei der Sache. Über die Frage nach dem Erfolg seiner Aktionen möchte ich allerdings lieber den Mantel des Schweigens decken. Aber er hat ein gutes Herz uns Vierbeinern gegenüber. Er hasst auch Kater Toni nicht wirklich; er ist eben nur vorsichtig und möchte nicht, dass Toni mich ärgert oder gar schlägt. Keine Sorge, Graufell, ich haue schon ab, wenn es zu brenzlig wird.

Letzten Sommer habe ich einen wirklich aufregenden Fund gemacht. Am frühen Abend eines schönen Sommertages spazierte ich ohne besonderes Ziel über den Bürgersteig. Graufell und Ulrike gossen die Blumenbeete. Das fand ich ziemlich frech oder haben Sie es gern, wenn jemand ihre Toilette ständig mit Wasser berieselt. Man kriegt ja nasse Pfoten. Hin und wieder warf mir Graufell einen argwöhnischen Blick zu. Schon gut, ich weiß, ich soll den Garten nicht verlassen. Zu gefährlich, sagt Graufell immer. Aber mir war eben danach.
Und plötzlich sah ich es. Mitten auf dem Bürgersteig. Klein, braun und mit einem großen buschigen Schwanz. Es lebte, aber bewegte sich nicht. So ungefähr stelle ich mir das Schlaraffenland vor. Man geht spazieren und vor einem liegt unaufgefordert ein leckerer Happen. Wo gibt es denn so was? In der großen Stadt, sagen Sie? Ja, ich habe von diesen Hamburger-Restaurants schon gehört, aber vergleichbar ist das nicht.
Hier lag also direkt vor mir mein Abendessen. Ich berührte es vorsichtig mit meiner Vorderpfote. Es bewegte sich doch! Ich legte mich daneben und rollte mich vor Freude hin und her. Irgendwie sah es aus wie ich. Nur viel kleiner. Aber ich hatte Graufells Sorge um mich und seine friedliche Gesinnung nicht berücksichtigt. Schon stand er neben mir. Er kann nicht anders. Er muss immer wissen, was ich gerade treibe.

»Kümmel!« Ein scharfer Tonfall verheißt nichts Gutes.
»Lass das Eichhörnchen in Ruhe.«

Ach, das ist ein Eichhörnchen. Ulrike kam hinzu.

»Ein Junges. Ist wohl vom Baum gefallen.«

Umso besser. Muss ich nicht raufklettern. Und wieder: »Kümmel!« Nur weil ich wieder meine Pfote nach dem Eichhörnchen ausgestreckt hatte. Nichts darf man. Graufell blickte sich um.

»Wir müssen es vor Kümmel in Sicherheit bringen.«

Wie bitte? Hier ist es doch sicher. Vorerst jedenfalls.

Ulrike bückte sich, nahm das kleine Eichhörnchen und trug es vorsichtig in unseren Garten. Graufell versuchte mich abzulenken. Ohne Erfolg.

»Hol einen Eimer!«, rief Ulrike Vierauge.

Graufell rannte los und kam mit einem großen Eimer zurück. »Den stülpen wir über das Eichhörnchen und überlegen erst mal.«

Was gibt es da zu überlegen? Graufell trat an den Gartenzaun. »Erich!«

Unser Nachbar teilt sein Grundstück und sein Leben mit allen möglichen Tieren. In sehr gewagter Sommerkleidung kam Erich an den Zaun geschlendert. Graufell hob kurz den Eimer an.

»Ein Eichkater«, stellte Erich fest. Bitte? Das soll ein Kater sein? Das weiß ich aber besser.

»Vom Baum gefallen. Ich komm mal rum.«

Erich entfernte den Eimer und nahm den kleinen Gesellen vorsichtig in seine große Hand.

»Den kriegen wir auch noch groß. Auf ein Tierchen mehr oder weniger kommt es auch nicht an.«

Ich protestierte zwar heftig, aber ohne Erfolg. Dann will ich zumindest einen Finderlohn. Das ist nur recht und billig. Erich schlurfte mit dem Findling davon und ich stand mal wieder mit leeren Pfoten da. Gut, dann hol ich mir eben eine Maus.

Und, was soll ich Ihnen sagen? Wer hat jetzt den ganzen Ärger von dieser Aktion? Ich natürlich. Erichs Aufzucht mit einer speziellen Mischung aus Milch und Babybrei war erfolgreich. Der sogenannte Eichkater wuchs prächtig heran, wurde in die Freiheit entlassen und hatte es sich zu seinem Lebensziel gemacht, mich zu ärgern. Etwas mehr Dank hätte ich schon erwartet. Gerade gestern erst trieb es der Eichkater mal wieder auf die Spitze. Hoppelte quietschvergnügt in meiner Einfahrt hin und her und führte allerlei Tänze auf. Ich konnte ihn deutlich sehen. Er kletterte auf das Tor, dann wieder herunter. Blieb auf dem Rasen sitzen und wedelte mit seinem albernen Schwanz. Ganz klar, er provozierte mich. Ich schlich flach auf den Boden gedrückt über die Terrasse, glitt geräuschlos die Treppen hinunter und bewegte mich Zentimeter um Zentimeter auf das Eichhörnchen zu. Die Jagd ist mein Hobby und dort war meine Beute.

Es war spät und ich vielleicht nicht ganz bei der Sache. Das Eichhörnchen entdeckte mich und meine Absichten und sauste den Lindenstamm hoch. Ich wie vom Katapult geschossen hinterher. Das Eichhörnchen verschwand im Geäst ganz oben. Nein danke, es reichte mir schon, dass ich hier in drei Metern Höhe nicht gerade sehr anmutig am Stamm klebte. Hoch geht immer ganz einfach. Runter ist schon schwieriger. Aber als eine der wenigen Katzen beherrsche ich die Technik des Absteigens. Den Po schwer machen und Stück für Stück den Baum hinuntergleiten.

Lobe ich meinen Graufell zu sehr wegen seiner Tierliebe? Hebe ich ihn zu früh in den Olymp? Es gibt nämlich noch eine andere Seite meines Gefährten. Er hat sie selber gut erkannt, diese dunkle Seite:

Alle Vögel sind schon da

Ich möchte nicht falsch verstanden werden. Ich mag Vögel sehr. Pünktlich zur Dämmerung beginnen die gefiederten Gesellen ihr Morgenkonzert und läuten den neuen Tag ein. Es zwitschert und piept, dass man sich unbedingt auf den neuen Tag freuen muss. Die Vorfreude ab halb vier bis zum tatsächlichen Beginn kann einem dann allerdings recht lang vorkommen und schmälert die Bereitschaft zur Freude schon etwas, aber wir wollen mal nicht gar so zimperlich sein.
Andererseits würde ich gern mal ungestört bis halb sieben schlafen können. Es gibt Menschen, die schlafen sogar neben dem Kampfgetöse ausgewachsener Kater oder man kann sie auf eine Kanonenkugel geschnallt zum Mond schießen. Diese glücklichen Menschen wachen nicht auf. Meine Ulrike gehört zu diesen Tiefschläfern.

Ich leider nicht. Ich höre das Räuspern eines Igels und bin sofort wach. So ein Amselkonzert in den frühen Morgenstunden ist sehr ausdauernd. Ausdauernder sind nur noch die Vögel in Nachbar Erichs Voliere. Hier tun sich besonders zwei Exemplare hervor, die ich anhand ihrer Stimmen gut auseinander halten kann.

Der eine krächzt, dass vor Schreck sogar die Amseln verstummen, der andere trällert in wunderbaren Tonlagen - ein Zeichen für die Amseln weiterzumachen. Die Voliere ist Luftlinie 50 Meter von meinem Bett entfernt, der stille frühe Morgen schärft die Sinne und verdreifacht die Lautstärke.
Im Frühjahr erst hatte ich Erich zur Rede gestellt, als eine Art Trompete frühmorgens meinen Schlaf zerstörte.

»Das ist nur der Silberfasan«, beschwichtigte mich Erich. »Der hat jetzt Balzzeit.«
Die Bemühungen des Fasans hatten keinen Erfolg, also stellte er nach ein paar Wochen seine Bemühungen ein. Doch wer balzt jetzt?

Gestern Abend traf ich vorbeugende Maßnahmen zur Verlängerung meines Schlafes. Ich zog ins benachbarte Gästezimmer um. Ulrike kann sehr gut bei offenem Fenster schlafen, ich der lieben Ruhe willen sehr gut bei geschlossenem Fenster.
Um elf Uhr zog sich Ulrike gähnend ins eigentlich gemeinsame Schlafzimmer zurück, ich machte die üblichen letzten Kontroll-

gänge. Katze Kümmel trieb sich noch irgendwo herum und würde verlässlich so gegen halb zwölf auf der Katzenmatte stehen.

Heute jedoch nicht. Lag es am frischen Nachtwind oder an neuen Plätzen, die es zu entdecken galt? Ich weiß nicht. Jedenfalls klingelte sie nicht um halb zwölf, sondern erst frohgelaunt um drei. Die Zeit hatte ich mit einer Art Halbschlaf im stickigen Gästezimmer überbrückt und öffnete ihr nun gern die Terrassentür.

Wir freuten uns beide sehr, Kümmel und ich, und ich stellte ihr eine leichte Nachtmahlzeit hin. Kümmel schnurrte und mampfte, ich schnurrte und stolperte ins Bett zurück. Sonst folgt Kümmel mir nach Beendigung ihrer Mahlzeit und schläft am Fußende. Heute nicht. Ich entdeckte sie mittels meiner Taschenlampe im ehelichen Schlafzimmer. Sie hatte versäumt, nach links abzubiegen und ist schnurstracks wie immer geradeaus durch die offene Schlafzimmertür gelaufen. Nun hockte sie auf meiner leeren Bettseite und putzte sich ausgiebig. Ich konnte sie deutlich im Licht meiner Taschenlampe sehen. Ulrikes wütendes Gesicht allerdings auch.

»Was funzelst du mir nachts um drei im Gesicht herum?«
Sie war sehr ärgerlich. »Deine Katze sitzt hier. Und nun geh schlafen.«
Sie verträgt zwar Lärm jeder Art, aber wenn sie schläft, muss alles dunkel sein. Blitzende Taschenlampen stören sie.
Ulrike rollte sich nach rechts, Katze Kümmel mit sehr viel Platz nach links. Ich trollte mich ins Gästezimmer. Es war kurz vor halb vier.
Es dämmerte bereits. Und dann ging das Getöse los. Amsel, Drossel, Fink und Star, alle Vögel sind schon da. Und zwar direkt vor unserem Haus. Dazu gesellte sich die versammelte Mannschaft aus Erichs Voliere. Angeführt durch den Krächzer und den, der so schön jubilieren kann. Das Konzert drang durch das Schlafzimmerfenster, schlängelte sich am Bett vorbei, huschte durch die geöffnete Tür und fand zielsicher seinen Weg an mein Ohr.
Alle Mühe umsonst. Hätte ich fest geschlafen, hätte ich möglicherweise nichts davon mitbekommen. Aber dank der verspäteten Heimkehr von Katze Kümmel saß ich kerzengerade im Gästebett.

Ich schwitzte. Ich konnte nicht schlafen. Ich fluchte. Mit den letzten klaren Gedanken packte ich das Bettzeug und wanderte ins Erdgeschoss. Auf dem Sofa im Wohnzimmer fand ich endlich gegen vier Uhr ein paar Minuten Ruhe.

Nun fragt man sich, wie hält Nachbar Erich selbst das allmorgendliche Vogelkonzert aus? Sein Schlafzimmer liegt noch viel näher an der Voliere. Erich ist schwerhörig und schläft jede Nacht ohne Störung durch.

Wie gesagt, ich mag Vögel wirklich sehr. Am liebsten Grillhähnchen mit ein wenig frischem Salat und Pommes frites.

Da laufen mir ja Schauer des Entsetzens über mein gestreiftes Fell. Gegrillt. Vögel verzehrt man roh, Graufell! Das weiß doch jede Katze. Aber nicht alle Tiere sind willkommen. Weder roh noch gegrillt. Davon können wir alle ein Lied singen.

Es war im Frühjahr und begann damit, dass Graufell und Ulrike sich auffällig an den Beinen kratzten.

»Was ist denn das?«, fragte Graufell in den Raum hinein.

»Das Jucken hört gar nicht mehr auf.«

Ulrike kratzte intensiv ihren Oberschenkel.

»Ob Kümmel uns kleine krabbelige Gäste mitgebracht hat?«

Diese Vermutung an sich war eine Unverschämtheit. Ich bringe keine Gäste mit.

Ulrike kreischte auf. »Da! Sieh nur.«

Beide Zweibeiner starrten auf eine Stelle an Ulrikes Bein.

»Die typische Bissanordnung. Drei Bisse unmittelbar nebeneinander.«

Graufell wurde noch grauer.

»Flöhe.«

Er kratzte sich den Fuß. »Kümmel, was hast du uns da angeschleppt.«

Ich war das nicht!

Am nächsten Morgen lockte mich dieser gemeine Kerl in meine Transportbox und schleppte mich zum Tierarzt. Ich hasse diese Besuche. Ich will nicht berührt werden! Mein Widerstand jedoch war zwecklos. Ich wurde aus meiner sicheren Box gezerrt und da hockte ich nun. Die Tierärztin kämmte mein Fell mit einem Kamm und schüttelte den Kopf.

»Keine Flöhe. Absolut rein.«

Hab ich das nicht gesagt?

»Ich kriege dann 20 Euro.«
Selbst Schuld.

»Kümmel war es nicht«, sagte Graufell am Abend zu Ulrike
Vierauge und guckte sie skeptisch an. Ulrike war empört.

»Denkst du, ich schleppe Flöhe ein?«
Den Abend verbrachten meine beiden Zweibeiner schweigend
vor dem Fernseher und kratzten sich hin und wieder an den Beinen.

Es wurde eingerieben, es wurde das Bettzeug gewechselt, es wurde stundenlang geduscht. Ulrike und Graufell verdächtigten sich
gegenseitig, Flöhe in unser Haus eingeschleppt zu haben, bis
Nachbar Erich das Rätsel löste.

»Habt ihr auch so viele Erdflöhe?«, rief er über den Gartenzaun.
»Diese Viecher bringen mich dieses Jahr um den Verstand. Hab
mir schon alles aufgekratzt.«

Graufell und Ulrike starrten Erich an.

»Erdflöhe?«, wiederholten beide.

»Bei dem Wetter vermehren sich die Biester explosionsartig. Sie
lieben trockene staubige Erde und beißen zu, wenn es dämmert«,
belehrte Erich meine beiden Flohträger. »Sowie es regnet, sind sie
wieder verschwunden.«

Aber erst die Katze verdächtigen.

Gut. Schwamm drüber. Im Grunde lieben Ulrike und Graufell
mich ja. Mit oder ohne Flöhe. Aber Graufell und Ulrike sind
nicht die einzigen Menschen, die Katzen lieben. Und die anderen
sind noch viel absonderlicher.

Für die Katz

Es ist wirklich unglaublich, was mancher Katzenfreund so alles für seinen vierbeinigen Freund veranstaltet. Die Katze ist und bleibt ein Tier. Ein Raubtier, das gern Mäuse, Vögel und anderes Getier fängt, mit nach Hause bringt und dort mit Fell und Federn verspeist. Das darf man doch nicht vergessen. Da täuschen auch das weiche Fell, das freundliche Schnurren und der Hang zum Schmusen nicht drüber hinweg. Eine Katze ist eine Katze und möchte auch so behandelt werden.

Letztes Jahr im Winter besuchte ich im Nachbarort einen entfernten Bekannten, den ich aus dem Tierschutzverein kenne. Der Winter war hart und es fiel reichlich Schnee. Überall Schnee, der nicht schmolz. Auf den Wegen, auf den Straßen, in den Gärten. Zentimeterhoch lag die weiße Pracht. Dieter empfing mich bereits an der Gartenpforte und scherzte: »Damit du auch den richtigen Weg nimmst.«
Ich guckte mich um und war tief beeindruckt. Ein Geflecht von säuberlich freigeschaufelten Wegen verlief systematisch durch den Schnee über sein komplettes Grundstück. Alle Wege waren ordentlich festgestampft. Es irritierte mich nur etwas, dass die Gehfläche relativ schmal war. Gerade passend für zwei Schuhe, die nebeneinander stehen. Zum Gehen sah es irgendwie zu eng aus.
»Das hast du gut gemacht«, lobte ich ihn trotzdem. Er barst vor Stolz.
»So kannst du bequem alle wichtigen Punkte erreichen, ohne mühselig durch den Schnee stapfen zu müssen.«
Er guckte verständnislos. »Was sollte ich mitten im Winter an Nachbars Zaun zu schaffen haben?«
Er holte weit aus.
»Der Pfad zum Zaun endet nur scheinbar dort. Ein kleiner Tunnel führt unter dem Zaun durch und mündet kurz dahinter in Konrads Garten«, erklärte er, als wäre es das Selbstverständlichste der ganzen Welt.
»Du brauchst gar nicht so komisch gucken. Soll sich Mohrle etwa durch den kalten Schnee kämpfen?«
Sie verstehen, was ich meine. Beziehungsweise, was mein Bekannter meinte. All die Pfade, Wege und Abzweigungen hatte er

116

nicht für sich und seine Frau angelegt, sondern für seinen schwarz-weißen Kater. Damit dieser träge Fellmops bequem all seine gewohnten Plätze im Garten erreichen kann. Ohne sich seine Pfötchen allzu nass machen zu müssen.

Ein weiteres Beispiel ausgeprägter Tierliebe fand ich letzten Sommer im Hause Müller-Trebenbach. Karl und Simone, kinderlos, sie Architektin, er Versicherungsmakler, hatten sich kurz zuvor zwei rabenschwarzes Brüder aus dem Tierheim geholt. Zwei völlig normale EKH (Europäisch Kurzhaar), wie wir Fachleute sagen. Ich als Beirat des Tierheims besuche nach einer erfolgreichen Vermittlung frischgebackene Katzeneltern und schaue, ob alles in Ordnung ist. Es war früher Abend, als ich bei Karl und Simone eintraf. Befremdlich, dass die Wohnungstür nicht verschlossen, sondern nur angelehnt war. Als Mann mit guter Erziehung trat ich natürlich nicht einfach in eine offen stehende, aber fremde Wohnung ein, sondern klopfte ordnungsgemäß. Der Ton war noch nicht verklungen, als sich die Türe auch schon öffnete. So als ob jemand direkt dahinter stand.
»Ach, Sie sind es«, zischte Simone. »Kommen Sie rein, aber ziehen Sie um Gottes willen Ihre Schuhe aus.«
Manche Leute übertreiben es doch ein wenig mit der Furcht um Straßenstaub auf ihrem Flurläufer, aber bitte sehr, wenn es dem Seelenfrieden dient.
»Wir dürfen keinen Lärm machen.« Simones Stimme war kaum noch hörbar.
»Hat Karl wieder einen Migräneanfall?«, wisperte ich zurück. »Komme ich vielleicht ungelegen?«
»Nein, nein. Karl geht es blendend. Es ist nur wegen Stan und Ollie.«
Mein Gesicht war ein einziges Fragezeichen. »Bitte, ich habe Sie nicht richtig verstanden.«
»Wegen Stan und Ollie«, wiederholte Simone geduldig. »Unsere beiden süßen Katerchen.«
Sie hatten ihre »Katerchen« Stan und Ollie genannt. Wer mag sie nicht? Stan Laurel und Oliver Hardy. Auch ich gebe gern zu, dass ich fast alle Filme der beiden Komiker gesehen habe. Aber Katzen danach benennen? Ich weiß nicht.

Simone blieb vor der Küchentür stehen und atmete ein paar Mal ganz tief durch. Dann öffnete sie Millimeter für Millimeter die Tür.

»Sie fressen gerade und dürfen nicht gestört werden. Dann sind sie verstört und hören sofort auf.«
Ich warf einen Blick in die Küche. Zwei wohlbeleibte schmatzende Kater hockten auf dem Boden vor ihren Näpfen, ein paar Schritte entfernt presste sich Karl an die Wand und sah aus wie sein eigener Schatten. Er nickte freundlich als Begrüßung. »Bitte die nächsten Minuten nicht bewegen und wenn es geht, auch nicht atmen.«

Ich las mehr von Simones Lippen ab, als das ich ein Wort richtig verstanden hätte. Wenig später trollten sich die beiden Feinschmecker und wir drei holten tief Luft.

»Natürlich haben wir Abstriche machen müssen«, erklärte Karl. »Wir haben schließlich eine Verantwortung gegenüber unseren Tieren übernommen.«
Karl bückte sich, um den vorbeischlendernden Olli (oder war es Stan?) liebevoll den Rücken zu streicheln. Er zog ruckartig seine Hand zurück, als ein unwilliges Knurren ertönte.

»Wir haben alle Lärm erzeugenden Gegenstände aus unserer Wohnung verbannt«, ergänzte Simone. »Kein Fernseher mehr, kein Radiogerät. Die Türklingel hat Karl abgeschraubt und statt der Telefonklingel haben wir ein dezent blinkendes Lämpchen montiert.«
Beide lehnten sich zufrieden zurück. »Wir lesen jetzt sehr viel und haben uns in den Zimmerecken auf dem Fußboden gemütliche Plätzchen eingerichtet.«

»Wieso auf dem Fußboden?«, wagte ich zu fragen. »Sollen wir etwa die Jungs von ihrem geliebten Sofa vertreiben?« Karl und Simone waren ehrlich entrüstet.
Bei einer heißen Tasse Tee saßen wir dann wenig später auf dem Fußboden und plauderten.

»Als Versicherungsfachmann komme ich viel herum«, erzählte Karl. »Und Sie glauben nicht, welche Schrullen und Macken die Leute haben, wenn es um ihre Katzen geht.«
Ich sagte nichts.

»Peter Dorfmann. Ein Mann, der mit beiden Beinen fest im Leben steht. Erfolgreicher Hochbauingenieur, geschieden, wieder

Junggeselle. Behauptet allen Ernstes, er kommuniziert mit Chantal. Chantal ist seine Siamkatze.«
Karl nahm einen Schluck Tee und schlug bequem die Beine untereinander. Ich glänzte mit Fachwissen.

»Tiere haben ihre Körpersprache und mit ein wenig Übung kann man tatsächlich verstehen, was sie wollen.«
Karl schüttelte den Kopf. »Nicht so. Dorfmann spricht richtig mit seiner Chantal.«

Er machte eine Pause und weidete sich an meinem Erstaunen. »Und freut sich an ihren Antworten.«

»Wie das?«, fragte ich also pflichtbewusst.

»Dorfmann hat sich eine spezielle Bauchrednertechnik angeeignet. Er fragt also seine Chantal: *Na, hat's geschmeckt?*
Und mit glockenheller Stimme kommt die Antwort: *Ja, Liebling.*

Ist das nicht verrückt?« Simone mischte sich ein. »Er sollte mal wieder unter Leute gehen.«
Wir drei schüttelten besorgt unsere Köpfe. Wenig später verabschiedete ich mich, schlich auf Zehenspitzen durch den Flur und freute mich im Treppenhaus, dass ich endlich wieder normal atmen konnte ohne dass sich Stan und Ollie gestört fühlten.

Was sich manche Menschen so alles auf die Schultern laden, um ihren Katzen gefällig zu sein. Unglaublich. Aber es wird noch unglaublicher. Ein paar Wochen später nämlich traf ich beim Metzger Arno Köhne. Wir hatten uns lange nicht gesehen und entsprechend locker saß mir die Zunge. Etwas hastig unterbrach er meine fröhlich sprudelnde Konversation.
»Ich bin etwas in Eile. Die Frischfleischlieferung ist nicht rechtzeitig eingetroffen.«
Er nahm der Verkäuferin ein mittelgroßes Paket ab.
»Keine Putenherzen, keine Rinderherzen, weder Rinderlunge noch Hähnchenhälse. Nichts habe ich mehr im Hause. Aber ich muss doch meine Rasselbande artgerecht versorgen.«
Waren seine Kinder nicht längst außer Haus? Wir hatten uns wirklich eine Ewigkeit nicht gesehen.
»Kinder? Wer spricht von Kindern?« Er zahlte schnell. »Die sind alt genug und können für sich selber sorgen. Habe doch selbständige Menschen aus ihnen gemacht.«
Er riss die Ladentüre auf.

»Komm mit, wenn du nichts Besonderes vorhast.« Ich hatte nichts Besonderes vor. Freiberufliche Autoren und Werbetexter haben selten etwas Besonderes vor.

Unterwegs, immer wenn Arno vom Laufen etwas pausieren musste, erfuhr ich, dass er seinen gut bezahlten Job als Kaufmann im Im- und Export ganz aufgegeben hatte. Für den nötigen Lebensunterhalt sorgte seine Frau Ilona mit ihrem Reisebüro.

»Wir wollen unserer Rasselbande, soweit es eben geht, ein arttypisches Leben bieten.«

Seine Rasselbande, das waren: Gizmo, Pauli, Cleo und Lucy. Vier, ich wiederhole, vier reinrassige Perserkatzen mit nur ganz wenig Anteil der gemeinen Hauskatze.

»Beruf und Katze geht überhaupt nicht«, schnaufte Arno. »Für eines musste ich mich entscheiden. Ich habe die Entscheidung nicht bereut.«

Er hielt vor der Apotheke. »Einen kleinen Moment. Pflaster sind auch ausgegangen.«

Arno, wie er mir auf dem Heimwege erzählte, lehnte nach umfangreichen Recherchen jedwedes industrielles Katzenfutter ab und bekochte seine »Rasselbande« selbst. Leider kam es heute zu einem Engpass in der Frischfleischzufuhr, so dass er einen Notkauf beim Metzger im Ort machen musste.

»Wenn du wüsstest, was im Katzenfutter alles drin ist ...« Arno schüttelte sich. »Nein, nein. Dann barfe ich lieber.«

»Bitte was? Was tust du?«

Arno stutzte kurz, band sich dabei eine große weite Schürze um.

»Barfen. Ich ernähre meine Katzen artgerecht. Barfen steht für bones and raw food. Eingedeutscht etwa biologisch artgerechte Fütterung.«

Er schmiss sein Fleischpaket auf die Arbeitsfläche. Ich staunte. Barfen. Mir und meiner Katze Kümmel reichte bisher ein hochwertiges Fertigfutter aus der Dose völlig aus.

»Du Ahnungsloser. Für meine Katzen nur das Beste.«

Arno riss das Fleischpaket auf, holte eine Küchenwaage aus dem Schrank und wog handliche Portionen ab.

»Es muss alles genau berechnet werden. Nicht zu viel und nicht zu wenig.«

»Na ja, vier Katzen, vier Portionen«, warf ich ein.

»Da sieht man wieder, dass du keinen blassen Schimmer hast.« Er schüttelte mich wie einen Cocktailmixer. »Und was ist

mit den Zutaten, mein Lieber? Calcium, Taurin, Vitamine? Soll die Katze etwa unter Mangelerscheinungen leiden?«
Mit flinken Händen zauberte er viele kleine Plastikfläschchen auf die Arbeitsfläche.

»Auf ein Kilo Fleisch brauchen wir 50 Gramm Mischgemüse, 5 Gramm gemörserte Eierschalen wegen Calcium, 1000 Milligramm Taurin, eine ganze Multivitamintablette und zu guter Letzt 5 Gramm Natursalz.«
Ich wagte einen Einwand. »Salz? Wofür Salz?«

»Na, um die Nährstoffe auszugleichen, die in Beuteblut vorhanden sind, du Unwissender. Natrium vor allem. Habe bisher noch keine Frischblutquelle aufgetan. Es soll alles so natürlich wie möglich sein.«
Natürlich. Deshalb Salz.

Ein kleiner Zwischenfall unterbrach Arno. Gizmo kam über die Terrasse geschlendert und hatte ohne Zweifel eine Maus im Maul. Arno erbleichte.

»Um Gottes willen, ich muss ihm die Maus abnehmen. Ganze Horden von Parasiten leben in so einer Maus. Ich mag gar nicht dran denken, was passiert, wenn Gizmo das Untier frisst.«
Auf der Terrasse entspann sich ein kurzer und heftiger Zweikampf zwischen Gizmo und Arno. So ganz ohne weiteres ließ sich der pelzige Jäger seine Beute nämlich nicht abnehmen. Wie von einem teuer bezahlten Logenplatz beobachtete ich den ungleichen Kampf, aus dem Arno zwar verletzt, aber als Sieger hervorging. Gizmo verließ beleidigt die Terrasse und Arno entsorgte die tote Maus in der Mülltonne.

»Aber eine Maus ist doch die natürliche Nahrungsquelle ...«
Weiter kam ich nicht. Arno lächelte überlegen.
»Eine Katze müsste täglich 15 Mäuse erbeuten und verspeisen, um alle notwendigen Nährstoffe aufzunehmen. Das schafft sie nie.«
Der Fachmann für artgerechte Katzenhaltung wandte sich wieder seinem Fleischberg zu.
»Es lohnt also überhaupt nicht, eine einzelne Maus zu fressen. Von dem Risiko, Würmer zu bekommen, ganz zu schweigen.«
Arno wog auf seiner Feinwaage sämtliche Zutaten ab, vermengte und verknetete alles mit den verschiedenen Fleischsorten und wischte sich seine klebrigen Hände an der großen weißen Schürze ab. Ich guckte in die Schüssel.

»Sieht aus wie Katzenfutter, riecht wie Katzenfutter und schmeckt wahrscheinlich auch wie Katzenfutter.«
Arnos Gesicht lief rot an ob solcher Ignoranz. Doch plötzlich versteifte sich sein Nacken.

»Da ist das grau-gestreifte Luder schon wieder!«
Er zeigte mit zittrigem Finger aus dem Küchenfenster.

»Dieses graue Monster macht meiner Cleo das Leben zur Hölle.« Er zog mich mit sich. »Immer wieder kommt es zu heftigen Raufhändeln in meinem Garten. Kloppt sich mit Cleo und klaut den anderen das Futter aus den Näpfen. Ich habe keine Ahnung, wo das Biest herkommt.«

Sein Blutdruck stieg. »Los! Wir schneiden ihr den Weg ab. Du links, ich rechts.« Er rannte los. »Wenn ich den Besitzer ausfindig mache, werde ich ein paar Takte mit ihm reden.« Seine Schläfenader schwoll gefährlich an.

»Da im Eimer liegen die Tannenzapfen. Benutze sie als Wurfgeschosse.«
Arno stürzte in die Richtung, in der er den Eindringling vermutete. Wasserpistole in der linken Hand und Tannenzapfen in der rechten Hand.

»Aber Arno, meinst du nicht, dass die Katzen das unter sich regeln sollten?« Mein Einwand verhallte im Wind. Ich sprintete ebenfalls los. Allerdings zur Gartenpforte. Das artgerechte Halten von Katzen ist mir zu anstrengend und zu kompliziert. Außerdem brächte ich es nie übers Herz, mein grau-gestreiftes Kümmelchen mit Tannenzapfen zu bewerfen. Sie würde es auch nicht verstehen. Zumindest weiß ich jetzt, wo sie sich immer rumtreibt. Sehr viel später saß ich in der ruhigen Abgeschiedenheit meines Arbeitszimmers, starrte durchs Fenster in die Dunkelheit und hing meinen Gedanken nach. Wie können sich erwachsene Menschen tagein tagaus von ihren Katzen derart knechten und tyrannisieren lassen? Diese armen Teufel. Mir fiel in diesem Zusammenhang noch das Ehepaar Gisebrecht ein, die sich im wahrsten Sinne des Wortes dank ihrer norwegischen Waldkatze Lauri auseinander gelebt hatten. Paul und Anita machten den schwerwiegenden Fehler, Lauri ins Schlafgemach zu lassen. Der kleine Liebling schlief in der Mitte der beiden und ließ keinerlei eheliche Zärtlichkeiten zwischen ihren Menschen mehr zu. Wurde auch nur der zaghafte Versuch einer Kontaktaufnahme unternommen, reagierte Lauri unverzüglich mit tiefem Knurren und gelegentlichen Pfotenhieben. Paul belegte die linke äußere Kante des Bettes, Anita die rechte Seite. Paul las Wirtschaftsmagazine, bevor er ungeküsst einschlief, Anita hörte klassische Musik über Kopfhörer. Ein tragischer Fall. Nach sechs Monaten stellte Anita Paul ein Ultimatum: Entweder ich oder die Katze. Die Entscheidung fiel ihm wahrlich nicht leicht. Aber seitdem geht es Paul gesundheitlich deutlich besser. Er kann sich im ehemaligen Ehebett endlich wieder richtig ausstrecken und leidet nicht mehr unter diesen fürchterlichen Verspannungen. Lauri hat sich als neuen Schlafplatz den gemütlichen Fernsehsessel erobert.

Oder Hubert, ein freiberuflicher Grafiker, der sein Grundstück im Grunde seit mehreren Monaten nicht verlassen hat, so anhänglich ist sein kleiner Kater Berti. Bewegt sich Hubert auch nur vage in Richtung Gartenpforte, springt Klein-Berti unvermittelt aus dem Gebüsch und folgt ihm auf Schritt und Tritt. In wirklich ganz dringenden Fällen bittet Hubert seinen Nachbarn, den kleinen Berti mal kurz abzulenken, wartet zur Sicherheit ein paar Minuten und unternimmt dann einen Fluchtversuch. Dazu greift er sich blitzschnell sein Fahrrad, schwingt sich noch auf dem Grundstück in den Sattel und hat es auf diese Weise schon oft bis zur Gartenpforte geschafft. Oder aber er schiebt sein Fahrrad Meter für Meter rückwärts, um ja kein Geräusch zu machen. Im Rückwärtsgang klickert nämlich die Gangschaltung nicht. Und Katzen haben bekanntlich ein sehr feines Gehör. Die meisten beruflichen Dinge kann Hubert dank Internet und E-Mail bequem von zu Hause erledigen. Bevor Berti einzog, war Hubert begeisterter Sportfischer und verbrachte im Sommer ganze Tage und Nächte am Wasser. Heute hält er sich ein Aquarium in seinem Arbeitszimmer. Friseur und Psychotherapeut kommen gegen Aufpreis zu ihm nach Hause. Hauptsache, Berti ist glücklich.

Natürlich mache auch ich mir Sorgen um meine kleine Katze Kümmel, wenn sie sich um 3 Uhr morgens noch draußen herumtreibt. Deswegen habe ich meine Schreibtätigkeit in die Nachtstunden verlegt und kann sofort zur Hilfe eilen, wenn Kümmel in Not gerät. Keine störenden Geräusche, keine Anrufe, die mich von der Arbeit ablenken. Ich bin voll konzentriert. Möchte ich wissen, wo Kümmel sich gerade befindet, werfe ich nur einen schnellen Blick auf meinen zweiten Monitor. Der Mikrochip in Kümmels Nackenfell und das Ortungssystem haben mich ein

Vermögen gekostet, aber ich weiß meistens, vor welchem Mauseloch mein Kätzchen gerade sitzt.

Höre ich ungewöhnliche Geräusche, werfe ich schnell meinen Suchscheinwerfer an und erkenne sofort, ob Gefahr von Füchsen, Mardern, streunenden Hunden oder fremden Katzen droht. Zwei bis drei Mal pro Nacht durchstreife ich mit Taschenlampe und Gummiknüppel bewaffnet unseren Garten und die angrenzende Straßen. Kümmel soll sich sicher fühlen. Schließlich ist sie nur eine Katze und kann mögliche Gefahren nicht richtig einschätzen. Dafür hat sie ja mich.

Das ist doch wohl das Mindeste, was eine Katze von ihrem Assistenten erwarten kann. Wir sind zwar Raubtiere, aber relativ klein und schutzlos. Ich würde Graufell genaue Anweisungen geben, wie er mich zu behandeln hat. Wenn ich es nur könnte. Ulrike hinterlässt manchmal kleine Zettelchen, damit Graufell nicht wieder vergisst, bei Regen die Wäsche abzunehmen. Oder einen genauen Einkaufsplan. Untereinander können wir Katzen uns schon verständigen. Wir beherrschen eine Fülle von Lauten, die alle eine gewisse Bedeutung haben. Aber noch wichtiger ist für uns die Körpersprache. Das hat sogar Graufell begriffen:

Wie ich die Katzensprache erlernte

Der Heilige Franz von Assisi sprach mit den Vögeln, den Pferde-
flüsterer verstanden edle Rösser und Flipper machte sich auch
irgendwie verständlich. Warum sollte eine Verständigung nicht
auch mit Katzen klappen?

Seit Stunden schon lief ich ruhelos im Garten hin und her.
Kümmel war mal wieder überfällig. Zumindest meiner Meinung
nach. Sie hätte längst zu Hause sein müssen. Auch meiner Meinung nach. Gerade als ich mich auf mein Fahrrad schwingen und
eine wie üblich erfolglose Suchexpedition starten wollte, kroch
Madame unter der Gartenpforte durch, setzte sich auf die Einfahrt und putzte sich.

»Wo warst du nur wieder, Kümmelchen?«
Katze Kümmel kratzte sich mit der Hinterpforte am Kopf.
»Willst du es mir nicht sagen?«, hakte ich nach.

»Sie kann es dir nicht sagen, Dummkopf.« In Ulrikes Stimme
schwang Hohn und Mitleid. Kümmel wälzte sich im Staub und
gurrte.

»Ach, und was ist das?« Ich deutete auf Kümmel. »Ich bin sicher, sie will uns etwas mitteilen.«

»Ja, aber nicht mit Worten.«
Ulrike kann manchmal sehr genau sein. »Höchstens durch Körpersprache. Und selbst das würdest du missverstehen.«
Das ließ ich natürlich nicht auf mir sitzen. Am nächsten Morgen,
nachdem Ulrike Vierauge wie üblich zur Arbeit gefahren war,
schloss ich kurzerhand die Terrassentür.

»Komm mal her«, sagte ich und setzte mich auf den Fußbo-
den unserer Küche. »Wir wollen uns jetzt unterhalten.«
Kümmel kam neugierig näher und rieb ihr Köpfchen an meinem
Knie.

»Aha, du hast Hunger?« Doch eher unwahrscheinlich, weil sie
vor wenigen Minuten gefrühstückt hatte. Kümmel sprang auf
meine Schulter.
»Spielen willst du. Ich verstehe.« Ich zog neckend an ihrer Hinterpfote. Kümmel sprang wieder auf den Boden und legte die
Ohren an. Nach Spiel sah das nicht aus. Ich war ratlos.

»Auch nicht. Gut.«

Kümmel hockte vor der Terrassentür und starrte den Türgriff an. Das war klar. Ich ließ sie raus.

»Aber das üben wir noch«, rief ich ihr hinterher. So ganz klappte es noch nicht mit unserer Kommunikation.
Nachdenklich blätterte ich in einer meiner zahlreichen Katzenzeitschriften ohne mich recht konzentrieren zu können. Wie verläuft die Kommunikation zwischen Mensch und Tier? Die Fertigkeiten des heiligen Franz von Assisi überzeugten mich nicht. Auch die Methode des Pferdeflüsterers erschien mir gewagt. Kümmel würde sich durch den Luftzug an ihrem Ohr belästigt fühlen. Wie stelle ich es also an? Kann man mit Katzen kommunizieren? Kann ich mich mit Kümmel austauschen? Erfahre ich je, was Kümmel mir sagen möchte? Können Tiere sprechen? Meine Augen blieben an folgendem Inserat hängen:

Möchten Sie mit Ihrer Katze kommunizieren? Erfahren Sie, was Ihre Katze Ihnen sagen möchte. Tiere können sprechen!
Kostenlose Information bei Einsendung dieses Coupons.

Natürlich schickte ich den Coupon sofort ein und bekam wenige Tage später einen handlichen Umschlag mit den angeforderten Informationen. Ein Dr. h.c. vet. Alfons Bohnsack konnte mit Tieren kommunizieren, ihre geheimen Wünsche offen legen und ihre intimsten Bedürfnisse entschleiern. Genau das, was ich brauchte. Und es kam noch besser: Der Meister versprach in seinem buntbebilderten Prospekt sogar Kommunikation aus der Ferne. Er benötigte dafür lediglich ein Foto des Tieres und einen Scheck in Höhe von 120,- Euro. So, Kümmel, nun werde ich deine geheimsten Wünsche erkennen und wir alle leben glücklich bis an unser Ende.
Nach einer opulenten Mahlzeit macht Kümmel immer ein besonders gefälliges Gesicht. Also wartete ich, bis sie ordentlich

gefressen hatte und schoss unverzüglich danach ein für Dr. Bohnsack aussagekräftiges Foto, schrieb einen Scheck über 120 Euro und schickte alles an die angegebene Adresse nach Lichtenstein.
Ich zählte die Tage und eines Tages waren sie gezählt. Im Briefkasten steckte ein großer Umschlag. Dr. h.c. vet. Bohnsack schrieb mir seinen Bericht. Er war kurz und knapp:

Ihre Katze sagt mir, dass sie Hunger hat und gern eine Mahlzeit zu sich nehmen möchte. Mit ihrem Futter ist sie nicht zufrieden. Anbei finden Sie, lieber Herr, unseren Katalog über Spezial-Katzenfutter. Mindestabnahme 24 Dosen. Wir freuen uns ... und so weiter und sofort.

Ich muss gestehen, dass ich etwas mehr erwartet hatte. Ulrike Vierauge tippte sich wie immer bei derartigen Ergebnissen meiner Bemühungen an die Stirn und sagte: »Ich habe es doch geahnt.« Kümmel machte einen Buckel, sprintete über den Rasen und erklomm den Pflaumenbaum. Möchte sie, dass ich ihr folge? Um das und noch anderes über meine Katze Kümmel herauszufinden, buchte ich ein 3-tägiges Seminar über Katzen und ihre Sprache bei der überregional bekannten Tierpsychologin Frau Cordula Piepenkötter. Bei der Anmeldung war die Kursgebühr in Höhe von 120 Euro in bar fällig. Am nächsten Abend blätterten sechs aufgeregte Kursteilnehmer in ihren Unterlagen, darunter unsere Nachbarin, Hedwig Delling-Schnakenburg, Halterin von Kater Toni, dem bekannten Übeltäter, dem ich den Aufenthalt in unserem Garten vermiest hatte, nachdem er mehrmals und nachhaltig Kümmel belästigt hatte.

Den ersten Kursabend gestaltete Frau Piepenkötter mit einem theoretischen Vortrag über die verschiedenen Katzenrassen und deren Körpersprache. Egal, ob man es mit einer Hauskatze, einer Maine Coon oder einer Siamkatze zu tun hat, die Sprache ist gleich. Ich hob die Hand.
»Und wie, bitteschön, verständigt sich eine Katze, die in Spanien geboren ist mit einer, die aus Indonesien stammt?«
Ich blinzelte verschwörerisch zu Frau Delling-Schnakenburg. Ich hatte inzwischen ja Erfahrung mit Scharlatanen und würde mir kein X mehr für ein U vormachen lassen. Die bekannte Tierpsychologin Cordula Piepenkötter legte die Ohren an.

»Es spielt keine Rolle, wo die Katze geboren wurde. Die Tiere bilden doch keine Worte, sondern teilen sich hauptsächlich durch ihre Körpersprache mit.«

Sie schüttelte sich ein paar Mal heftig, so als würde sie ein lästiges Laubblatt loswerden wollen.

»Aber Katzen machen doch auch Miau.« Jetzt hatte ich sie.

»Das Miau dient nur zur Untermalung und ist auf der ganzen Welt gleich.« Ich hatte es doch gleich geahnt: Eine üble Besserwisserin.

»Augen halb geöffnet, die Ohren im Normalzustand sagt uns, unsere Katze ist völlig entspannt. Sind die Ohren flach angelegt, bedeutet das Alarmbereitschaft. Die Katze ist zum Angriff bereit.«

Frau Piepenkötter leierte ihr Programm herunter.

»Die Katze zwinkert Ihnen zu. Das heißt, ich mag dich. Das Augenzwinkern ist das Lächeln der Katze. Die Katze macht einen Buckel, ihr Fell ist gesträubt, sie geht seitwärts. Imponiergehabe. Seht her, ich bin die Größte.«

Sehr interessant.

»Ist die Katze sehr nervös, stimmt irgendetwas nicht, wedelt sie heftig mit dem Schwanz. Er peitscht förmlich von einer Seite zur anderen.«

Ich hob wieder die Hand.

»Aber wenn ein Hund mit dem Schwanz wedelt, zeigt das doch eher Fröhlichkeit.«

Frau Piepenkötter nickte anerkennend. »Ja, so ist es.«

»Dann muss die Katze also eine Fremdsprache lernen, wenn sie den Hund verstehen will.«

Ich brach in kreischendes Gelächter aus und warf einen aufmunternden Blick in die Runde. Gleichgültige Gesichter wichen meinem schalkhaften Blick aus. Langweilige Bande. Die Piepenkötter klatschte in ihre fleischigen Hände.

»Wir üben das jetzt mal. Jeder sucht sich einen Partner. Sprechen verboten. Versuchen Sie, sich mit Gestik und Mimik verständlich zu machen.«

Ein guter Ansatz. Kümmel und Ulrike werden staunen. Ich saß der Delling-Schnakenburg gegenüber. Immerhin kannten wir uns ja. Ich schürzte meine Lippen und zog meine linke Augenbraue nach oben.

»Sie unverschämter Lümmel!« Meine Nachbarin war außer sich. »Ich möchte sofort tauschen. So ein Lüstling.«

Frau Piepenkötter teilte mir unverzüglich einen neuen Trainingspartner zu, der sich mit den Worten: »Ich bin Kalle. Karatelehrer« vorstellte.

Kalle trug eine moderne Glatze, war muskulös und sehr kompakt. Die Dozentin klatschte wieder in die Hände.

»Weiter, Herrschaften.« Kalle schürzte seine Lippen, ließ ein rosiges Stückchen Zunge sehen und zwinkerte mir zu. Ich sagte nichts.

Die drei Abende vergingen dank Kalle leider nicht wie im Fluge, aber fanden doch endlich ein Ende. Frau Piepenkötter zwinkerte jedem außer mir zu und überreichte uns zum erfolgreichen Abschluss eine Art Diplom, das uns als staatlich nicht anerkannten Katzenversteher auszeichnete. Ich platzte vor Stolz, als ich meine Urkunde Ulrike präsentierte.

»Ab heute ist jede Katze ein offenes Buch für mich.«

Meine Frau tippte sich wie üblich an die Stirn.

Dann schlenderte Kümmel mit hocherhobenem Schwanz zur Terrassentür herein.

»Alles klar«, prahlte ich. »Sie ist guter Dinge und freut sich.«

Kümmel zwinkerte erst Ulrike, dann mir zu.

»Ha! Sie zeigt uns ihre Sympathie. Sie lächelt uns an. Alles sehr einfach.«

»Sie lächelt, weil ich ihr gerade Putenherzen klein schneide«, erwiderte Ulrike. »Deine alberne Urkunde kommt mir aber nicht ins Wohnzimmer.«

Am nächsten Tag, es war Samstag, stürmte Dieter Delling-Schnakenburg unsere Einfahrt hoch.

»Theo!« Er schien aufgebracht. »Theo, du Halunke, wo steckst du?«

Keiner Schuld bewusst rief ich fröhlich: »Hier.«

Rotgesichtig stand Dieter, mein Nachbar von gegenüber, vor mir. Seine Schläfenadern waren deutlich zu sehen. Sie pochten leicht.

»Was fällt dir ein ...«

Ich überlegte kurz. Der dumme Zwischenfall im Kurs. Ich versuchte zu beschwichtigen.

»Das war doch nicht ernst gemeint mit deiner Frau.«

»Was?«, brüllte Dieter.

»Meine Frau auch noch?« Er holte aus.

Ulrike, ihres Zeichens Ärztin, tupfte mir sacht die blutende Nase.

»Ein Missverständnis in der Körpersprache zwischen mir und Hedwig«, stotterte ich.

»Ach so, das ist ja interessant. Aber das war es gar nicht, was Dieter so wütend gemacht hat.«
Ulrike nahm ein neues Taschentuch.

»Sondern?« Ich hatte keinen Schimmer.
»Sie haben herausgefunden, was du in den Sommernächten mit ihrem Kater Toni angestellt hast, um ihn aus unserem Garten fern zu halten.«

Mir wurde schwindelig.
»Dieter würde dich zwingen, jeden einzelnen Tannenzapfen zu schlucken, den du nach seinem Kater geworfen hast. Hat er gesagt, als du ohnmächtig warst. Von den gefüllten Wassertüten weiß er auch.«
In Ulrikes Stimme schwang nur wenig Mitgefühl mit.
»Toni hat es selbst erzählt und die Delling-Schnakenburg hat alles verstanden. Sie hat wohl im Katzenkommunikationskurs besser aufgepasst.«

Nun kennen wir uns ja schon ein Weilchen. Sie und ich. Aber wissen Sie wirklich, was ich so den ganzen Tag treibe? Graufell glaubt es zu wissen. Aber er sieht nur, was ich in seiner Sichtweite anstelle. Über den Rasen sprinten, den Walnussbaum hochklettern oder Vögel jagen. Unter uns gesagt: Das ist nicht alles. Graufell ist groß, ich bin eher klein. Ich kann unter dem Gartenzaun durchkriechen, er nicht. Wäre ja auch noch schöner, wenn er mir auf all meinen Wegen folgen könnte. Ich versichere Ihnen, könnte er, würde er.
Wenn Sie Stillschweigen bewahren, öffne ich mein geheimes Tagebuch für Sie. Aber nur einen Tag. Mehr brauchen Sie auch nicht erfahren.

Aus meinen Augenschlitzen sah ich, wie Ulrike Vierauge nach dem Wecker griff und an ein paar Knöpfen hantierte. Sie wacht immer ein paar Minuten früher auf und verhindert so diesen schrecklichen Lärm. Mein Graufell war auch wach. Mir egal. Ich wollte noch nicht aufstehen und presste mich noch stärker an sein Bein. Graufell und ich teilen uns eine Betthälfte. Manchmal meckert er ja und behauptet, ich würde 70% der Seite einnehmen. Das ist natürlich völlig unlogisch; ich bin ja viel kleiner als er.

Ulrike steht immer als Erste auf. Ich hörte, wie sie in der Küche herumklapperte und dann im Badezimmer verschwand. So langsam verspürte ich ein leichtes Hüngerchen. Ich löste mich von Graufells Bein und machte einen riesigen Buckel. Das löst und dehnt die verschlafenen Muskeln. Graufell streckte sein Bein und gab irgendein Brummen von sich. Klang das etwa nach Erleichterung? Ich setzte mich schön hin und putzte ausgiebig mein Fell, das vom Liegen an manchen Stellen ganz platt war und an anderen Stellen nach allen Richtungen auseinander stand. Jetzt knurrte mein Magen richtig laut.

Ich hüpfte vom Bett und streckte meinen Körper soweit es ging. Beide Vorderpfoten weit nach vorne und den Po nach oben. Hoppla, dabei entwich mir doch ein kleiner Pups. Ich wusste, sowie ich die Treppe hinunterlief, rollte sich Graufell widerwillig aus unserem Bett, folgte mir und servierte mir mein Frühstück. Lernfähig ist er ja, der Gute. Er versteht inzwischen sehr gut, was ich sagen will.

Heute gab es Geflügel mit Leber. Schmeckte ausgezeichnet. Ich war satt, wurde immer wacher und setzte mich vor die Terrassentür. Graufell öffnete, ich prüfte kurz das Wetter und verschwand nach rechts. Es war noch stockdunkel. Ich huschte an der Hauswand lang und legte einen kurzen Halt an der Ecke ein. Putzen und noch mal strecken. Soviel Zeit muss sein. Ich spürte jetzt ein dringendes Bedürfnis, sprang von der Terrasse ins Rosenbeet und grub ein kleines Loch. Klar, dass ich es danach wieder ordentlich zuschaufelte. Mein Nachbar Erich schlurfte auch schon durch seinen Garten, der ein Teil meines Reviers ist und ließ sein Federvieh raus.

Ganz leise pirschte ich mich am Zaun entlang und schlüpfte durch das kleine Loch nach drüben. Ich hockte mich ins Gebüsch und wartete, bis Erich außer Sichtweite war. Ich presste mich ganz tief auf den Erdboden und glitt wie eine Schlange mit Pelz durch das Unterholz. Vor der niedrigen Hecke reckte ich meinen Hals und sicherte meine Umgebung. Erich war weg. Seine beiden indischen Laufenten watschelten über den Rasen und frühstückten. Ein kleiner Schreck am Morgen vertreibt Kummer und Sorgen.

Mit langen Sätzen sprang ich auf die beiden Enten los. Sie waren viel größer als ich, aber ich jagte ihnen jeden Morgen einen schönen Schrecken ein. Aufgeschreckt und empört quakend suchten sie ihr Heil in der Flucht. Ich hinterher. Sie schlugen wild mit den Flügeln, blieben aber am Boden. Sie können nämlich gar nicht fliegen. Einmal trieb ich sie rund um ihren kleinen Tümpel, bis sie endlich Zuflucht im Wasser suchten. Schade. War gerade gut in Fahrt.

»Guten Morgen, liebe Freunde!«, rief ich ihnen noch zu, bevor ich durch die offene Holzklappe in ihren Stall schlüpfte. Den vorderen Teil der Entenbehausung nutzte ich jeden Morgen bequem als Durchgang zum Hühnerhof. Wie von der Tarantel gestochen, raste ich auf die Hühnerschar los, umkreiste sie wie der Hund seine Schafherde und sprang dann mitten in sie hinein. Das gab einen Tumult! Überall flogen Federn, die Hühner gackerten wie verrückt und flüchteten in alle Richtungen. Jawohl, sie flüchteten vor mir. Ich bin Kümmel, Königin im Revier!

Rasche Schritte näherten sich. Ich bin klein, schnell und gerissen. Wie immer versteckte ich mich hinter der Futtertonne, als Erich um die Ecke bog.

»Wenn ich dieses schwarze Biest erwische, passiert was«, brüllte er. Recht hat er. Der schwarzen Katze gebührte eine Abreibung, auch wenn sie hier unschuldig war. Ansonsten hat dieser schwarze Teufel so einiges auf dem Kerbholz. Ich kicherte vor mich hin und beschloss einen kleinen Revierrundgang zu machen. Geschickt sprang ich auf Erichs Zaunpfosten und verließ meine heimischen Gefilde. Mein Revier gehört mir auch, keine Frage. Aber unser Garten ist so eine Art Sicherheitszone für mich. Inzwischen war es ganz hell geworden. Als Katze muss man dann doppelt so vorsichtig sein wie bei Dunkelheit. Schließlich möchte man nicht von jedem gesehen werden.

Ich drehte mich um. Noch konnte ich mein Haus sehen. Das gab mir immer ein gutes Gefühl. Hier in diesem Garten stand nur ein kleines Haus. Die Menschen lebten hier nur im Sommer. Im Winter blieben sie in ihrer Stadtwohnung. Ich glaube, bald kommen sie nicht wieder. Es wurde jeden Tag kälter. Ich setzte mich hinter den großen Holzstapel und beobachtete sorgsam meine Umgebung. Diese Leute waren ungefährlich. Keine anderen Katzen, kein Hund. Ich spazierte quer über den Rasen, schnüffelte mal hier, mal dort.

»Ach, da ist ja unser kleiner Streifentiger wieder.«
Der Zweibeiner mit den Lockenwicklern hängte Wäsche auf. Streifentiger. Ich muss doch sehr bitten. Keine plumpen Vertraulichkeiten. Sie kam gebückt auf mich zu.

»Lass dich doch mal streicheln, kleine Katze.«
Wenigstens stimmte jetzt die Anrede. Aber streicheln lassen? Berühren? Von Fremden? Kommt nicht in die Tüte. Anfassen dürfen mich nur Graufell und Vierauge.

»Bist du denn so schüchtern?«
Ja, bin ich. Zufrieden? Ich machte einen großen Bogen um die ausgestreckte Hand, verschwand im Unterholz und wartete ab.
Ich war nicht allein hier im Unterholz. Nur wenige Meter entfernt kauerte die schwarze Katze. Dieses schwarze Biest ist mit äußerster Vorsicht zu genießen. Sie ist gemein und hinterhältig. Mindestens ein halbes Dutzend Mal hat sie mich angegriffen und auf einen Baum gehetzt. Glücklicherweise bemerkte sie mich nicht. Ganz ruhig blieb ich einfach dort sitzen und atmete nur ganz flach. Ich bin eine friedliche Katze und suche keinen Streit. Wenn die Schwarze unbedingt mein Revier durchqueren möchte – bitte sehr. Es dauerte eine halbe Ewigkeit, bis meine Feindin sich erhob und langsam davon trottete. Ich wartete noch ein Weilchen und verdrückte mich in die entgegengesetzte Richtung.

Ich kletterte den Pflaumenbaum am Zaun hoch, sprang auf der anderen Seite des Baumes wieder herunter und landete direkt im Inferno. Den kleinen Kläffer, der hier in seiner windschiefen Hundehütte hauste, hatte ich ja ganz vergessen. Ich schrie vor Schreck kurz auf und gab Fersengeld so schnell ich konnte. Der ungehobelte Klotz ließ nicht locker, verfolgte mich und bellte wie am Spieß, dass sich seine Stimme schon überschlug. Er war nicht groß, aber größer als ich und er mochte keine Katzen. Das stand schon mal fest. Ich sah keine andere Möglichkeit, als in zwei Sätzen wieder auf den Pflaumenbaum zu springen und Zuflucht in der Höhe zu suchen. Tief unter mir umkreiste die nervöse Flohschaukel den Baum, sprang ein paar Zentimeter am Stamm hoch und kläffte sich die Lunge aus dem Hals, bis er nur noch japste, hob dann wenig galant das Bein und pinkelte an meinen Baum. Manieren sind das. Ich hatte Zeit. Der unhöfliche Hund anscheinend nicht, denn irgendwann verschwand er.

Sicherheit ist für mich oberstes Gebot. Deshalb blieb ich noch eine gute Weile auf meinem Ast sitzen, guckte in der Gegend herum und putzte mich. Erst als die Luft wirklich rein war, rutschte ich den Stamm herunter, sprang schnell auf die angrenzende Mauer und spazierte bis zu ihrem Ende. Ein Sprung und ich war auf dem schmalen Grasstück neben der Straße. Straße ist gefährlich. Sehr gefährlich. Auch wenn es mehr ein Weg ist, aber hier fahren manchmal diese lauten Maschinen vorbei, in denen Zweibeiner sitzen und geradeaus starren. Büsche gibt es hier auch nur wenige. Im schnellen Schleichgang huschte ich ein paar Meter über das Grasstück, zwängte mich durch ein Loch im Zaun wieder in eine gewisse Sicherheit zurück und atmete tief durch. Diese lauten Maschinen versetzen mich immer Panik. Glück gehabt, dass keine vorbei kam. In den Gärten ist es friedlicher. Ich hielt meine Nase in die Luft und schnupperte. So langsam hatte ich etwas Durst. In meinem Revier habe ich überall meine Wasserquellen. Ich kann Wasser auf große Entfernungen wittern und habe in meinem Kopf eine richtige Wasserkarte angelegt. Hier in diesem Teil meines Reviers musste ein kleiner Teich sein. Schnell durch die Hecke durch und da lag meine Quelle vor mir. Ich hockte mich ordentlich hin und löschte meinen Durst.

Hier war ich wieder ganz alleine und konnte gefahrlos tun und lassen, was ich wollte. Erst rollte ich mich auf dem Boden hin und her, dann putzte ich mich wieder ausgiebig und marschierte schnurstracks auf die Hecke zu. Jeder sollte wissen, dass Kümmel, Herrin des Reviers, hier war. Also drehte ich mich um, hob meinen Schwanz ganz hoch und drückte kräftig. Mit einem feinen Sprühstrahl markierte ich mein Revier. Jeder soll es riechen, der hier vorbeischleicht oder gar wildert.

Jetzt hatte ich Lust zu angeln. Vorhin hatte ich in meiner Quelle ein paar bunte Fische geortet. Ich suchte mir eine trockene Stelle, setzte mich gemütlich hin und schlug mit der Pfote eine paar Mal auf die Wasseroberfläche. Da! Links bewegte sich etwas. Aber zu weit weg. Von rechts kam ein Fisch gemächlich angeschwommen. Ich hangelte nach ihm, hatte aber keinen Erfolg. Er glotzte mich kurz an, schien zu grinsen und drehte weiter gemächlich seine Runden. Angeln macht Spaß, doch Wasser ist mir unheimlich. Aber der Fisch sah lecker aus. Ich mag Fisch sehr gern. Also tastete ich mich vorsichtig weiter nach vorn, meine Hinterpfoten gaben mir Halt. Ich hatte schon ganz nasse Vorderpfoten, aber die Aussicht auf einen Fisch verlieh mir fast schon Schwimmhäute. Dann passierte es. Ich glitt mit den Hinterpfoten auf einem nassen Blatt aus, verlor den Halt und rutschte unaufhaltsam immer tiefer in den Tümpel. Der Schreck war größer als die Gefahr. Bis zum Hals stand ich im Wasser, paddelte wie wild und fühlte endlich wieder festen Boden unter den Pfoten. Ich schüttelte mich im wahrsten Sinne des Wortes wie eine nasse Katze und starrte wütend in das trübe Wasser. Dich krieg ich noch, Fisch.

Ich beschloss eine Bekannte von mir zu besuchen, hüpfte wieder auf die Mauer und bog aber schon bald nach rechts ab. Dort war der riesige Misthaufen, da die alten zugedeckten Boote und etwas weiter vorn das Gewächshaus. Gleich dahinter stand ein nicht mehr ganz neues Haus. Das war mein Ziel. Dort angekommen, sprang ich auf die Fensterbank und hockte mich hin. Ich musste nicht lange warten. Hinter der Glasscheibe erschien meine Bekannte. Auch eine Katze. Eine gefleckte. Ich hatte sie deshalb der Einfachheit halber Flecki getauft. Sie hockte im Haus auf der Fensterbank, ich draußen. Zur Begrüßung zwinkerten wir uns zu. Soweit ich es beurteilen konnte, war sie mir freundlich gesonnen. Ich forderte sie auf, mir auf dem Rasen ein wenig Gesellschaft zu leisten, aber sie blieb sitzen. Auch gut. Also kauerten wir beide auf unseren Seiten, blinzelten uns hin und wieder an und entspannten. Viel später erschien ein zweites Gesicht hinter der Scheibe. Ein Zweibeiner mit ganz grauen Haaren und vielen Falten im Gesicht. Auf der Nase trug der Zweibeiner dieses Gestell mit Glasscheiben wie Ulrike Vierauge eines trägt. Der Zweibeiner lächelte freundlich und streichelte Flecki über den Kopf.

Mit der Zeit wurde es mir langweilig und ich spazierte weiter. Kaum hatte ich ein paar Schritte getan, da raschelte es hinter mir verdächtig und meine Feindin, die schwarze Katze, erschien aus dem Nichts und stürzte sich auf mich. Ihr Tatzenhieb erwischte mich am Hinterkopf, tat weh, war aber nicht weiter tragisch. Dieses blöde Biest. Ich kreischte, legte meine Ohren an und warf mich zur Verteidigung auf den Rücken. Sämtliche Krallen aller vier Pfoten fuhr ich aus und knurrte grimmig. Die Schwarze knurrte zurück und machte einen Ausfallschritt auf mich zu. Ich hob meine rechte Pfote. Mit der bin ich besonders schnell. Die schwarze Bestie legte ebenfalls ihre Ohren an und griff an. Sie schlug zu, traf aber nur meine Abwehrpfote. Dann erschraken wir beide.

»Hört das Gekreische und Geknurre bald auf?« Ein fremder Zweibeiner mischte sich ein, warf mit Walnüssen nach uns und verhinderte so das Schlimmste. Ich hätte die Schwarze sonst übel zugerichtet. Sie trollte sich nach rechts, ich machte mich auch unsichtbar und versteckte mich unter der Hecke.
Nachdem wieder Ruhe und Gelassenheit eingekehrt war, kroch ich aus meinem Versteck und orientierte mich. Auf der anderen Seite der Straße, auf dem großen Sandplatz sah es anders aus als sonst. Überall Kästen mit Rädern und ein riesiges Zelt. Das musste ich näher untersuchen.

Ich nahm all meinen Mut zusammen, guckte erst nach links, dann nach rechts und sprintete über die gefährliche Straße. Keine laute Maschine zu hören oder zu sehen. Ganz vorsichtig schlich ich näher. Ein eigenartiger Geruch hing in der Luft. Anders, aber auch vertraut. Ich nutzte jeden Stein und jeden Busch als Deckung und kam immer näher. Ich war schon ganz nahe dran. Plötzlich erschrak ich zu Tode. Vor mir stand ein riesenhaftes Tier mit Beinen so hoch wie Säulen, einen dünnen Schwanz hinten, einen viel dickeren vorne und mit nur zwei großen Zähnen. Dieses hünenhafte Tier fing unvermittelt an zu trompeten, dass mir fast das Trommelfell platzte. Ich machte einen Buckel und sträubte mein Fell in alle Richtungen, machte aber wenig Eindruck. Der graue Riese übersah mich einfach.

So ein Dorf wie dieses hier hatte ich ja noch nie gesehen. Zweibeiner leben gerne mit uns Tieren zusammen. Aber gleich so ein Riesentier? Ich umging das Hindernis und erreichte einen großen vergitterten Wagen, aus dem ein Höllenlärm kam. Vorsichtig lugte ich hinein und traute meinen Augen nicht. Zweibeiner! Warum waren diese Zweibeiner in einem Wagen eingesperrt? Etwas anders als die mir bekannten Menschen waren sie schon. Sie waren kleiner, hatten viel mehr Fell, kreischten albern und trugen keine Kleidung. Sehr merkwürdig. Zwei hockten nebeneinander und stocherten mit den Fingern im Fell des anderen herum. Wonach suchten diese merkwürdigen Wesen? Einer hing in einer Schaukel, ein anderer kaute auf einer Banane herum. Bevor ich mir weitere Gedanken über die eigenartigen Insassen dieses Wagens machen konnte, hörte ich Schritte. Im Nu war ich unter dem Wagen verschwunden. Was ich dann sah, würde mir keiner glauben.

Ich sah zwei riesengroße platte Schuhe, die mit einer Blume verziert waren, an meinem Versteck vorbeiwatscheln. Anders kann man es nicht beschreiben. Vom Träger dieser unmöglichen Schuhe sah ich nur eine grellbunt karierte Hose. Wo war ich denn hier gelandet?

Ein leichter Wind wehte und brachte mir einen angenehmen Geruch mit. Ich hielt meine Nase hoch und folgte dem Geruch. Er kam eindeutig aus dem vergitterten Wagen, der gleich neben diesem bunten Zelt stand. Neugierig guckte ich durch die Gitterstäbe und erkannte erst mal nur viel Fell mit Streifen und Pfoten. Aber was für Pfoten! Jede Pfote war so groß wie ich selbst. Auf jeden Fall sah das Wesen nach Katze aus. Ich gurrte kurz, um Hallo zu sagen und sprang mit allen Vieren in die Luft, als ich die Antwort bekam. Die Riesenkatze brüllte aus Leibeskräften, erhob sich, riss das Maul auf soweit es ging und zeigte ein Gebiss, dass ich vor Neid erblasste. Die Katze roch wild und gefährlich, bewegte sich aber wie ich selbst. In ihrem Häuschen lagen Knochen und Reste einer blutigen Fleischmahlzeit. Zumindest fraß sie keine Bananen und hatte auch keinen komischen beweglichen Schwanz mitten im Gesicht. Aber so eine große und laute Katze hatte ich noch nie gesehen. Ich grüßte respektvoll, bekam aber nur wieder ihren brüllenden Zorn zu spüren. Da hat wohl einer schlecht geschlafen, was?

Wir standen Aug in Aug, glücklicherweise getrennt durch die Gitter. Dieser ferne Verwandte war mir doch etwas unheimlich. Aber seine Nahrung gefiel mir. Wieder öffnete die Riesenkatze ihr Maul und brüllte mich an, dass es mir sämtliche Staubkörner aus dem Fell blies. Da hatte ich genug. So schnell ich konnte, lief ich davon. Am Zelt vorbei, unter all den Wagen durch bis ich wieder Büsche und Sträucher erreichte. Hier blieb ich sitzen und holte tief Luft.

Ich hatte für heute genug von Ausflügen. Vorsichtig überquerte ich wieder die Straße, kroch durch die Hecke und war zurück in den mir bekannten Gärten. Wieder am Misthaufen vorbei, links der Wassertümpel und das Haus meiner Bekannten und dann hörte ich auch schon in der Ferne Erichs Hühner gackern. Ohne

Rast marschierte ich in diese Richtung, kroch durch mein Zaunloch und war endlich wieder in meinem Sicherheitsbereich. Graufell schnitt mit einer großen Schere am Pflaumenbaum herum. Der Schreck über die ohrenbetäubende Brüllerei steckte mir noch in allen Gliedern. Zur Entspannung reckte und streckte ich mich der ganzen Länge nach.

Graufell lächelte.

»Na, Kümmel, haben wir schön irgendwo gelegen und gedöst?« Er streichelte mich. Das mag ich.

»Oder hast du gefährliche Abenteuer erlebt? Vielleicht einen Elefanten in die Flucht geschlagen oder mit einem Tiger gekämpft.«

Beinahe, Graufell, beinahe. Graufell lachte.

»Mein Kümmelchen.« Manchmal ist der Kerl ein Idiot.

So. Das war's. Mehr brauchen Sie nicht zu erfahren. Meine Ausflüge gehen keinen etwas an. Ich bin gern und oft unterwegs. Graufell und Vierauge sind oft und gern zu Hause. Aber zu besonderen Anlässen fahren die Beiden auch mal in die große Stadt.

Wir kaufen nichts

Zu Weihnachten schenken wir uns nichts. Diesen ganzen ungesunden Kommerz wollten wir, Ulrike Vierauge und ich, nicht mehr unterstützen. Wir haben alles. Wir brauchen nichts. Wir sind glücklich und zufrieden. Es ist wider unserer Natur, einen Haufen Geld für völlig überflüssige Dinge wie eine grüne Popcornmaschine, ein drehbares Raclette oder einen wasserfesten Outdoorcomputer in Form einer Armbanduhr mit Infrarot-Kommunikation, Luftdruck- und Höhenmesser und Kompass auszugeben. Wir arbeiten beide viel zu hart, um dafür und ausgerechnet zu Weihnachten unser Geld auszugeben. Wo kämen wir da hin?
Mein Freund Werner, Vater zweier kostspieliger Töchter, sieht das genauso.
»Mit diesem Irrsinn ist jetzt Schluss.«
Werner machte ein sehr entschlossenes Gesicht.
»Ich kann mir weiß Gott was Besseres vorstellen, als bei stärkstem Schneetreiben mit Dutzenden von Paketen beladen nach Hause zu wanken.«
Wir waren schon als Jugendliche immer auf einer Linie.
»Ich lasse mir grundsätzlich alles nach Hause liefern.«
Gut. Werner ist Beamter mit üppigem Weihnachtsgeld. Das sagt ja schon alles.
Uns hingegen fliegen die gebratenen Tauben nicht in den Mund. Aber so ganz ausschließen wollten wir uns von der festlichen Stimmung auch nicht. Also schlüpften wir in unsere Mäntel, stülpten warme Mützen über und fuhren nach Berlin. Wir wohnen am Rande unserer Hauptstadt und brauchen mit der S-Bahn nur wenige Minuten bis zu den ersten Außenbezirken. Aber wenn schon, denn schon. Wir fuhren weiter Richtung Zentrum.
Wir stiegen an der berühmten Friedrichstraße aus und mischten uns unters Volk. Tausende kaufhungriger Bürger waren unterwegs. Ulrike zupfte an meinem Ärmel und zeigte wortlos auf einen schwitzenden Herrn im grauen Wintermantel, der sich schimpfend seinen Weg durch die Menge erkämpfte. In jeder Hand trug er drei bis vier prall gefüllte Einkaufstüten, was sein Fortkommen erheblich behinderte. Ich schüttelte den Kopf.

»Wie kann man sich nur so gehen lassen. Kann man sich nicht zu jeder Jahreszeit etwas schenken, wenn man denn unbedingt will? Muss es immer zur Weihnachtszeit sein?«

Ulrike presste sich dichter an mich. »Du Guter. Was brauchen wir irdische Güter, wenn wir uns haben? Und unsere kleine Katze Kümmel.«

Der schwitzende Mann stieß mit einem anderen schwitzenden Mann zusammen, der noch mehr Tüten und Pakete schleppte. Dem nun ausbrechenden Chaos entronnen wir durch einen beherzten Sprung ins nächste Geschäft. Wohlige Wärme und einlullende Musik empfing uns.

»Das ist ja ein merkwürdiger Zufall.« Ulrike putzte ihre beschlagene Brille. »Ausgerechnet so ein Geschäft.«

Ich war auch verdutzt. »Wir können uns ja mal umschauen.«

Gleich in der ersten Abteilung, der Abteilung für Sanitärartikel, blieben wir hängen. Ulrike zeigte mit zitterndem Finger auf einen Gegenstand, der von zwei Strahlern im wahrsten Sinne des Wortes ins rechte Licht gerückt wurde.

»Wie lange bin ich jetzt schon auf der Suche danach, Theo? Nun sag doch was.«

Wo sie Recht hat, hat sie Recht. Das Objekt war schließlich nicht irgendein überflüssiger Toastständer aus Edelmetall, sondern ein Ding des täglichen Gebrauchs.

Ein vornehmer Verkäufer mit offenkundig hellseherischen Fähigkeiten erkannte sofort unser Interesse und eilte herbei.

»Die Herrschaften interessieren sich für unser Model »Titanic«?

Er rückte sein Monokel zurecht.

»Eine ausgezeichnete Wahl. Wie die Herrschaften unschwer erkennen, handelt es sich um ein Unikat des weltberühmten Designers Umberto Zenna, der unlängst mit der »Goldenen Mandarine« ausgezeichnet wurde.«

Umberto Zenna. Hatten wir sofort erkannt.

»Einzigartig ist die nach oben hin offene Konstruktion mit den fein geschwungenen Wänden. Die Farbe ist eine völlig neue Kreation, die es bisher überhaupt noch nicht gab.«

Wir erkannten eine Mischung aus safrangelb und rasengrün mit einem Hauch von pink.

»Der Künstler hat ein Patent auf diese Farbe angemeldet und nennt sie *blonde maritime*. Sie verstehen?«

Natürlich verstanden wir.

»Kann ich dich einen Moment unter vier Augen sprechen?«, flüsterte Ulrike.

»Wenn es um die Finanzierung geht, bieten wir großzügige Konditionen.« Unser Fachverkäufer beherrschte sein Geschäft. »Na, so was, zufällig habe ich meine Kreditkarte eingesteckt.« Ich schwenkte das Plastikkärtchen hin und her. Ich wandte mich an Ulrike.

»Was gibt es denn, Schatz?«

»Hat sich erledigt.«

Ihre Augen glänzten. Die unseres Monokelträgers auch. »Sie nehmen also die »Titanic?« Wir nickten. »Ein Blickfang und dennoch diskret. Ein wahres Schmuckstück.«

»Herr Graf«, sprach ich unseren Verkäufer an. »Wenn wir schon mal hier sind...«

Ulrike nickte mir aufmunternd zu.

»Wir suchen noch etwas für unser geschmackvoll eingerichtetes Wohnzimmer. Direkt neben der Heizung ist eine leere Stelle, die sofort unangenehm ins Auge sticht.«

Ich beschrieb ihm den gesuchten Gegenstand.

»Erster Stock. Ich melde Sie an.«

Sprachlos vor Glück schritten wir die Wendeltreppe empor. »Kein überflüssiger Krimskrams. Alles nutzvoll und haltbar. Diese Qualität hält ein Leben lang.«

»Ein Glücksstern hat uns in dieses Geschäft geführt. Hier finden wir wirklich alles.«

Im ersten Stock angekommen, wurden wir bereits erwartet. »Ich geleite Sie zu Dr. Almendinger, dem Fachberater für Holzartikel«, sagte der junge Empfangschef im dunklen Zweireiher. Dr. Almendinger empfing uns mit weit ausgebreiteten Armen, als wären wir seine zwei besten Freunde, die er unter dramatischen Umständen im Amazonasdelta zurücklassen musste und die wider Erwarten den lokalen Indios entronnen sind, bevor diese eine neue Technik zum Schrumpfen von Köpfen ausprobieren konnten.

»Da sind Sie ja! Sie wurden mir schon avisiert.«

Eine derartige Kundenfreundlichkeit findet man selten. »Wenn Sie mir bitte folgen möchten.«

Gerne. Vor dem Eingang einer Art Halle blieb Dr. Almendinger stehen.

»Welches Grundmaterial bevorzugen die Herrschaften?«
Ich wollte gerade »Holz« sagen, wurde aber von Ulrike heftig gekniffen. Ich verstand. Holz war ja selbstverständlich.

»Vielleicht Kirsche?«, half uns der Fachberater weiter. »Mahagoni wird auch gerne genommen. Wer es sich leisten kann ...«
Sahen wir aus, als könnten wir uns kein Mahagoni leisten?

»Sie nehmen mir das Wort aus dem Mund, Herr Doktor. Für uns kommt nur Mahagoni in Frage.« Ulrike klappte ganz leicht ihren Mund auf, sagte aber nichts.

»Hier unser bestes Stück.« Wir blickten ehrfürchtig nach oben. »Rein geöltes Mahagoni. Vierfach umwickelt.«
Der verkaufende Doktor zeigte mit einer eleganten Drehung aus dem Handgelenk heraus auf die üblichen Zubehörteile.

»Die Stoffbespannung ist aus Doppelsamt bester Qualität, kuschelig weich und dennoch unverwüstlich. Erhältlich in apricot und königsblau.«

Wir waren überwältig.

»Im Preis inbegriffen ist der Aufbau bei Ihnen zu Hause durch unseren Tischlermeister.«
Das gefiel uns.

»Erwähnen möchte ich noch, dass es sich um ein Unikat des holländischen Holzgestalters Rob van der Laan handelt, der seinem Werk den Namen »Langer Jan« gegeben hat.«
Das überzeugte uns endgültig.
Nun fehlte nur noch eine Kleinigkeit zu unserem perfekten Glück. Ich dankte innerlich dem Erfinder der Kreditkarte. Man kauft, ohne richtiges Geld auszugeben und erspart sich so manche Peinlichkeit. Vor ein paar Jahren kaufte ich ein paar Sachen im Supermarkt ein und stellte an der Kasse fest, dass ich nicht genug Geld dabei hatte. Die Kassiererin machte ein Gesicht, als hätte sie in eine Zitrone gebissen. »Fehlbon!« schallte es durch den ganzen Markt. Die Schlange hinter mir gab drohende Laute von sich.

»Gut. Dann lasse ich eben Toilettenpapier und Spaghetti zurück. Dann müsste es hinkommen.« Diese Peinlichkeit kann mit der Kreditkarte nicht passieren.
Ulrike stöhnte vor Wonne. Ihre Finger strichen über das kühle Porzellan.

»Schau nur. Meißener Porzellan.«

»Das ist ein Irrtum, gnädige Frau«, mischte sich eine weibliche Stimme ein. Auch in dieser Abteilung wurden wir prompt bedient.

»Bei diesem Stück handelt es sich um ein Stück der dänischen Manufaktur Royal Copenhagen. Leicht erkennbar am geriffelten Rand.«

Ulrike errötete. »Wie dumm von mir.«

Die Porzellanfachverkäuferin öffnete umständlich eine geräumige Vitrine.

»Ein Stück aus der ungarischen Manufaktur Herend.«

Ihre Hände bebten leicht vor Ehrfurcht. »Bitte keine abrupten Bewegungen«, bat sie uns. »Die Stücke sind unbezahlbar.«

Nach eingehender Beratung entschieden wir uns für ein Stück aus der Königlichen Porzellanmanufaktur Berlin. Robust, aber dennoch edel, von Hand bemalt und bei 800 Grad gebrannt. Der Preis war ähnlich.

An der Kasse zückte ich lässig die bereits erwähnte Kreditkarte und unterschrieb persönlich meinen finanziellen Ruin. Was soll's? Wozu der Geiz? Das Leben ist kurz. Wir werden auf unsere Restaurantbesuche verzichten und sind in zehn bis elf Jahren schuldenfrei.

Ein paar Tage später rollte der Lieferwagen von »Cat noblesse« auf unsere Einfahrt und Katze Kümmel bekam ihr neues Katzenklo Modell »Titanic«, ihren neuen Kratzbaum »Langer Jan« und einen neuen Fressnapf aus der Königlichen Porzellanmanufaktur Berlin.

So lässt es sich durchaus leben, finden Sie nicht? Ich werde gehegt, gepflegt, gestreichelt und bekomme alles, was ich mir wünsche. Inzwischen versteht ja Graufell meine Körpersprache und kann mir all meine Wünsche problemlos erfüllen.

Was haben wir denn jetzt hier? Seit wann schreibt Graufell Geschichten über Indianer? Das wollen wir uns doch mal genauer ansehen:

Indianer kennen keinen Schmerz

Der menschliche Körper ist ein Meisterwerk der Natur. Hart im Nehmen und sehr widerstandsfähig. Trotzdem sollten wir ihn pfleglich und schonend behandeln. Allerdings hält sich nicht jeder daran.

Wasser. Wasser! Mein Hals war ausgetrocknet wie ein Wadi in den Wüstengebieten Nordafrikas. Ich unterdrückte einen Hustenreiz, der sich nur durch einen Schluck Wasser lindern lassen würde. Ich lag da mit offenem Mund und spröden Lippen. Ich schloss meinen Mund und bereute es sofort. Meine Lippen blieben aufeinander kleben, als hätte ich den abendlichen Lippenbalsam mit einem Klebestift verwechselt. Mein Gaumen fühlte sich staubig an und meine Zunge wie ein dicker Lederlappen. Nur ein Schluck Wasser konnte helfen. Die Wasserflasche stand in unerreichbarer Ferne. Ich versuchte mich zu bewegen. Unmöglich. Warum? Was habe ich getan?

Ich starrte an die Decke. Nichts zu sehen. Lag es daran, dass es Nacht war oder waren meine Sinne schon umnebelt? Aber was erwartet man zu sehen, wenn man im Dunkeln an die Zimmerdecke starrt? Die Schmerzen wurden langsam unerträglich. Blut staute sich. Ich versuchte, mein linkes Bein zu bewegen. War es überhaupt noch da? Ich war mir nicht sicher. Zur Kontrolle bewegte ich alle Zehen. Das ging. Also musste das Bein auch noch da sein. Ich spürte es zwar nicht, aber die Logik bestätigte, es musste vorhanden sein. Warum kann man Zehen eigentlich nicht einzeln bewegen? Meine Zehen kann ich nur im Stück bewegen. Alle Neune. Trotz meiner gefährlichen Lage musste ich grinsen. Warum fielen mir solche blöden Sprüche nicht tagsüber ein. Neben mir auf dem Fußboden lagen Notizbuch und Kugelschreiber. Für alle Fälle. Für Gedankenblitze dieser Art. Um Papier und Schreiber zu erreichen, brauchte ich allerdings Bewegungsfreiheit. Die hatte ich nicht.

Also lag ich nur so da. Auf dem Rücken und hellwach. Streiflichter meiner Jugend zogen an mir vorüber. Ich kannte dieses Phänomen aus Kinofilmen, wenn der Held sterbend im Staub lag. Mein hünenhafter Schulfreund Werner, der als Beamter im Gegensatz zu mir über ein gesichertes Einkommen verfügte, mein Freund Ronald, dem die Mädchen damals in Scharen nachliefen.

Unser dicker Klassenlehrer, dem wir den Eingang in unseren Klassenraum mit einer Tafel verbauten. Der Junge mit der Mundharmonika. Halt! Den kannte ich nicht persönlich. Bitte aus dem Protokoll streichen zu wollen. Mit Ronald abends wegzugehen war immer lustig, aber sinnlos, wenn man die Herzen junger Damen erobern wollte. Neben Ronald verblasste jeder. Eines Tages in den frühen Siebziger Jahren – wir beide waren um die 15 Jahre alt – kamen uns zwei gleichaltrige Mädchen entgegen. Beide nett anzusehen. Wir machten kehrt und verfolgten die beiden Schönen quer durch die Stadt ohne uns zu trauen, sie anzusprechen. Unser kleines Grüppchen spazierte mit einem Abstand von wenigen Metern durch Straßen und Gassen meiner Heimatstadt Bremen, bis die jungen Damen eine Zahnarztpraxis betraten, wo die eine von beiden vermutlich einen Termin hatte. Wir langhaarigen Deppen waren uns nicht zu blöd, ihnen auch da nachzusteigen und mischten uns feixend und kichernd unter die Patienten. Das Ende vom Lied: Ronald bekam die Blonde und ich keine.

Ein Zahn kann einem ausgewachsenen Menschen durchaus starke Schmerzen zufügen. Die Schmerzen, die ich in diesem Moment in der Hüfte hatte, waren damit überhaupt nicht zu vergleichen. Linderung war nicht in Aussicht. Wie auch. Langsam wurde mir auch noch kalt. Das wenige, was ich trug, reichte nicht aus, meinen geschundenen Körper zu wärmen. Der Schmerz in der Hüfte wurde unerträglich. So ähnlich stellte ich mir eine intensive Befragung im Mittelalter vor. Der Befragte liegt auf einer hölzernen Bank, während ein vierschrötiger Geselle mit schwarzer Maske hämisch kichernd an einem Rad dreht. Der so Befragte wird lang und länger, sein Gesang wird bang und bänger. Aber hier drehte keiner an Rädern. Die Qual entstand durch absolute Bewegungsunfähigkeit. Eine noch gemeinere Erfindung. Ich versuchte durch eine winzige Körperdrehung einen Doppeleffekt zu erzielen. Eine andere Position zur Abschwächung meiner Schmerzen und dadurch gleichzeitig weniger Angriffsfläche für die unmenschliche Kälte, die über die obere Hälfte meines Leibes kroch. Wie lange noch? Wie lange war ich in der Lage, diese Torturen auszuhalten? In den letzten Wochen und Monaten hatte ich mir eine gewisse Leidensfähigkeit antrainiert und dachte, ich hätte die Sache im Griff. Aber heute war der Gipfel erreicht. So kam es mir jedenfalls vor.

So muss sich der Lehrling eines Fakirs fühlen. Für den Fakir selbst sind die stechenden Schmerzen zur Routine geworden. Er legt sich auf sein Nagelbrett und meditiert. Für den jungen Burschen im Lendenschurz sind es die ersten Tage. Er spürt jeden einzelnen Nagel, der sich tiefer und tiefer in seine Haut bohrt. Der Lehrling hat mir gegenüber einen großen Vorteil: Er kann aufstehen und weggehen. Das konnte ich nicht. Gewaltige Kräfte verhinderten das. Diese Dunkelheit um mich herum war unheimlich. Als Banditen Winnetou aufs Rad flochten, war es wenigstens Tag und sein Freund Old Shatterhand konnte ihn deshalb auch schnell finden. Old Shatterhand war nämlich ein perfekter Spurenleser. Der Westmann roch nur an frischem Pferdedung und konnte mit 100prozentiger Sicherheit sagen, wie schwer der Reiter des Pferdes war, wann er sich das letzte Mal rasiert hatte und was das Ziel war. Aber das geht nur am Tag. Wer also sollte mich hier in der Dunkelheit finden? Winnetou brauchte mehrere Tage, um seinen verdrehten Körper wieder in eine halbwegs erkennbare Form zu bringen.

Mir fiel eine neue Taktik ein. Es galt, den ganzen Körper zu bewegen und möglicherweise zu befreien. Nicht nur einzelne Teile. Diese Hoffnung trieb mir die Tränen in und wieder aus den Augen. Warum bin ich nicht eher darauf gekommen? Die einfachsten Lösungen sind meistens die Effektivsten. Ich nahm all meine Kraft und Geschicklichkeit zusammen und spannte meine Muskeln. Dann hielt ich die Luft an und ruckte nach rechts. Herr im Himmel, es klappte! Allerdings war es so anstrengend wie Zwangsarbeit im Steinbruch. Noch mal. Wieder ein paar Millimeter gewonnen. Meine Güte, ich konnte es gar nicht fassen. Richtig bequem wurde es. Ich rechnete jetzt schon in Zentimetern. Gar so kalt war es nun auch nicht mehr. Dass ich das noch erleben durfte! Es kam mir wie Stunden vor und doch waren nur wenige Minuten verstrichen. Ich jubilierte innerlich. Nur innerlich, denn jeder Laut konnte meinen Peiniger auf den Plan rufen und den gesamten Fortschritt meiner Befreiung mit einer einzigen Bewegung zunichtemachen. Dieses Risiko war viel zu groß.

Ich musste herausfinden, wie spät es war. Daran konnte ich ungefähr ermessen, wann ich mit vollständiger Befreiung rechnen durfte. Mit einer gewagten Nackendrehung versuchte ich die Uhrzeit auf meinem Wecker zu erkennen. Ich sah die Umrisse, aber nicht die Uhrzeit. Mein Wecker hat eine geniale Funktion.

Man drückt oben auf einen Knopf und für einen kurzen Moment leuchtet dezent die Uhrzeit auf. Ich versuchte meinen Arm in Richtung Nachttisch zu dirigieren. Immer noch zu weit weg. Meine Finger berührten nicht mal meinen Nachttisch. Sollte ich diese Nacht überleben, würde ich als Erstes den Nachttisch näher rücken.

Und dann stockte mir der Atem. Direkt neben meinem fast abgestorbenen Bein raschelte es. Oh, nein, bitte keine erneute Beinpressung. Das wäre mein Ende. Ich durfte absolut nichts mehr riskieren. Stocksteif lag ich da und wagte nicht zu atmen. Ein Schweißtropfen bildete sich irgendwo auf meinem Kopf und rann langsam den Nacken herunter. Ich warf einen verzweifelten Blick zum Fenster. Hoffnung keimte in mir auf. Endlich dämmerte es. Nur noch wenige Augenblicke. Es wurde hell und heller. Dann ein Wohlklang, der mein Herz vor Freude fast zerbersten ließ. Der Wecker von Ulrike klingelte. Die Torturen nahmen ein Ende. Ulrike reckte und streckte sich. Katze Kümmel ebenso und gab dadurch mein Bein frei. Frisches Blut pulsierte wieder durch die Adern.

»Habt ihr gut geschlafen? Ist dir Kümmel nicht zu schwer die ganze Nacht?«
Mit trockenem Gaumen antwortete ich: »Ach wo. Die kleine Katze wiegt doch fast nichts. Wir arrangieren uns schon.«

Ach so. Ich verstehe. Ich bin also der Grund, warum Graufell schlecht schläft. Dazu kann ich nur sagen: Wer zuerst kommt, der schläft auch gut. Ich für meine Person gehe gern zeitig schlafen. Jedenfalls in der kühleren Jahreszeit. Graufell begleitet mich zwar in den oberen Stock und kriecht anfänglich mit mir unter die karierte Decke und streichelt mich, bis ich ganz schwere Augenlider bekomme, aber dann verlässt er auf Zehenspitzen das Gästezimmer und kehrt ins Wohnzimmer zurück. Diese Chance nutze ich meistens, raffe mich wieder auf und schleiche ins Schlafzimmer gleich nebenan. Die karierte Decke auf dem Gästebett ist schon gemütlich. Aber nichts gegen ein aufgeschlagenes Federbett mit den Gerüchen meiner Mitbewohner. Herrlich, sage ich Ihnen. Tief und fest schlafe ich und kriege nur am Rande mit, wenn Graufell und Vierauge nachkommen. Tja, und so einfach lasse ich mich nicht verdrängen. Ich war schließlich zuerst hier.

Vor kurzem hat sich Graufell eine zweite Decke besorgt. Seine rote Wolldecke. Er hängt diese Decke zuerst über die Streben unseres Bettes. Wir schlafen nämlich in einem großen Bett aus Metall. Mit Streben eben. Und später dann, wenn es ihm zu kalt wird, weil ich angeblich das Federbett festhalte, zieht er die Hängedecke im Halbschlaf von unten über seinen Oberkörper und bedeckt komplett seinen Kopf und seine knochigen Schultern.

Allerdings hätte Graufell mir und Ulrike Vierauge seine nächtliche Absicht mitteilen sollen. Jedenfalls wachte Ulrike in der ersten Nacht auf, als er sein neues System ausprobierte und schrie fürchterlich los. Anstelle von Graufells Kopf erkannte sie im Halbdunkel nur diese Deckenkonstruktion und konnte sich schlaftrunken überhaupt keinen Reim darauf machen.

»Du liegst da wie ein Obdachloser, der es sich mit ein paar Stoffresten unter einer Brücke gemütlich gemacht hat«, sagte sie nach einer Denkpause.

Ich fand diesen Vergleich auch ziemlich treffend. Graufell murmelte unverständliches Zeug unter seiner Wolldecke, streckte ein dünnes Ärmchen aus seiner Höhle und zog am Deckenrand. Er wollte sich noch tiefer eingraben, vermute ich heute. Die Decke jedoch hielt nicht, löste sich oben von den Bettstreben und begrub meinen Graufell komplett unter sich. Die Mischung aus Mensch und Decke begann sich zu bewegen, bizarre Hügellandschaften aus Stoff. Hier ein Berg, der genauso schnell verschwand wie er kurz zuvor entstanden ist. Dort ein tiefes Tal. Im Inneren dieses Textilgebirges grunzte und schnaufte es. Ich beobachtete Graufells irres Treiben aus schmalen Augenschlitzen und konnte nur innerlich den Kopf schütteln. Ulrike Vierauge tastete nach ihrer Brille, griff dann beherzt in die bewegliche Masse und riss die unselige Decke mit einem Ruck von Graufell weg.
Graufell keuchte schon wegen Luftmangel und spuckte Wollfussel. »Jetzt hör auf zu zappeln. Kümmel hast du auch aufgeweckt.« Ulrike hatte Recht. Wir alle brauchen unseren Schlaf. Wir sind schließlich keine Beamten, die sich tagsüber in ihren Amtsstuben ausruhen können.

Aber tun sie das wirklich, die Beamten?

Von Amts wegen

Nie war der Austausch von Informationen so schnell wie heute. Jeder ist mit jedem vernetzt. Wie in einem Agententhriller huschen wertvolle Informationen von Amtsstube zu Amtsstube. Aber wehe, es verstrickt sich jemand in diesem Netz.

GEZett
Köln

Fräulein Kümmel
Berlin

Sehr geehrtes Frl. Kümmel,
auf seinem Rundgang durch Ihre Straße ist einem unserer Außendienstinspektoren Ihr Namensschild aufgefallen. Ihr Name stand neben zwei anderen Namen an der Gartenpforte.

Unsere Datenbank teilte uns sodann mit, dass die anderen beiden Herrschaften ordnungsgemäß Fernseh- und Rundfunkgebühr bezahlen. Sie jedoch nicht. Bitte teilen Sie uns mit, wie viele Fernseh- und Rundfunkgeräte Sie benutzen, damit wir Sie klassifizieren können. Jeder Bewohner hat nach dem Gesetz eine Gebühr für seine Geräte an uns zu zahlen.

Hochachtungsvoll

Ihre GEZett

Frl. Kümmel
Berlin

An die GEZett
Köln

Sehr geehrte GEZett,

über Ihren Brief habe ich mich sehr gefreut. Mir hat noch nie jemand geschrieben. Ich sitze gern mal auf dem Schuppendach und gucke in die Ferne. Woher haben Sie das nur gewusst? Auch mache ich öfter einen Rundgang durch mein Revier. Sind wir uns da vielleicht schon mal begegnet? Wo soll ich mich denn anmelden? Ich kenne keine Kurse, die mich interessieren würden. Gern leihe ich Ihnen etwas Geld, wenn Sie so knapp sind. Am besten, ich gebe es Ihnen persönlich, wenn wir uns mal wieder über den Weg laufen.

Viele Grüße

Frl. Kümmel

GEZett
Köln

Fräulein Kümmel
Berlin

Sehr geehrte Frau Kümmel,

Sie sind offenbar nicht mit Ernst bei der Sache. Anders können
wir uns Ihre Antwort nicht erklären. Bitte melden Sie unverzüglich alle Ihre Unterhaltungsgeräte an und erwarten Sie sodann
unseren Gebührenbescheid. Eine Kopie dieses Schreibens geht
an das Einwohnermeldeamt und an Ihr zuständiges Finanzamt.

Mit freundlichen Grüßen

Ihre GEZett

Fräulein Kümmel
Berlin

An die GEZett
Köln

Liebe GEZett,

jetzt kennen wir uns ja schon. Habe deshalb die etwas vertraulichere Anrede gewählt. Warum haben Sie das nicht gleich geschrieben? Natürlich gern melde ich Ihnen alle meine Unterhaltungsgeräte, wenn ich Ihnen damit eine Freude bereiten kann:

> Graufells roter Strumpf.
> Eine Angel mit einer Stoffmöhre.
> Ein kleiner Ball, der klimpert.

Viele Grüße

Fräulein Kümmel

PS: Mit Ernst bei der Sache? Einen Ernst kenne ich leider nicht.

GEZett
Köln

Herrn
Ernst Kümmel
Berlin

Sehr geehrter Herr Kümmel,

dies ist die letzte Mahnung vor der Vollstreckung. Bitte zahlen Sie
sofort Ihre Gebühren.

Mit freundlichen Grüßen

Ihre GEZett

Einwohnermeldeamt Berlin

Herrn
Ernst Kümmel

Sehr geehrter Herr Kümmel,

sicherlich haben Sie nur versäumt, sich anzumelden. Bitte kommen Sie in den nächsten Tagen bei uns im Amt vorbei und füllen
Sie die notwendigen Formulare aus.

Freundliche Grüße

Ihr Einwohnermeldeamt

Fräulein Kümmel
Berlin

Einwohnermeldeamt Berlin

Liebes Amt,

aus Versehen habe ich Ihren Brief an Ernst Kümmel geöffnet. Er
lag in meinem Briefkasten. Wenn Sie mich meinen, würde ich
gern mal auf ein Schälchen Milch bei Ihnen vorbeischauen. Vielen Dank für die Einladung. Leider liegt Ihre Amtsstube nicht in
meinem Revier. Schon deshalb würde mein Graufell mir diesen
langen Weg nicht gestatten.

Für längere Spaziergänge mit Graufell haben wir schon mal an
eine Leine mit Geschirr gedacht, aber durchringen konnten wir
uns dazu nicht. Ich bleibe lieber in vertrauten Gegenden. Selbst
wenn mein Zweibeiner mal für ein paar Tage seine Mutter in
Oldenburg besucht, warte ich lieber zu Hause auf ihn. Obwohl
wir richtig unglücklich sind, wenn wir getrennt sind.

Viele Grüße

Fräulein Kümmel

Finanzamt Oldenburg

An Ernst Kümmel
Oldenburg

Sehr geehrter Herr Kümmel,

vom Einwohnermeldeamt Berlin erhielten wir einen Hinweis auf die Existenz Ihres Hundes »Graufell«.

Wir weisen darauf hin, dass das Halten von Hunden mit einer Hundesteuer belegt ist. Die Hundemarke für Ihren »Graufell« erhalten Sie in unseren Amtsstuben zwischen 9 und 11 Uhr.

Freundliche Grüße

Finanzamt Oldenburg

Frieda Kümmel
Oldenburg

An das Finanzamt
Oldenburg

Liebes Finanzamt,

habe ich denn nie Ruhe vor Ihnen? Die Steuerhinterziehung aus
den Jahren 1955 bis 1962 ist doch längst aus der Welt geschafft.
Mein Mann Ernst war jung und brauchte das Geld. Wir haben
alles auf Heller und Pfennig zurückbezahlt. Zumindest schuldenfrei ist mein Ernst letztes Jahr verstorben. Er wartet jetzt auf
mich auf dem Waldfriedhof Oldenburg.

Einen Hund habe ich nicht, nur einen argentinischen Mönchssit-
tich namens Harry.

Viele Grüße

Frieda Kümmel

GEZett
Köln

Herrn Ernst Kümmel
Waldfriedhof Oldenburg

Sehr geehrter Herr Kümmel,

Ihren Umzug nach Oldenburg müssen Sie uns aber doch mitteilen.

Füllen Sie bitte das Formular im Anhang aus und melden uns damit die Anzahl der von Ihnen genutzten Fernseh- und Rundfunkgeräte.

Mit freundlichen Grüßen

Ihre GEZett

Einwohnermeldeamt
Berlin

Internes Rundschreiben an die GEZett und das FA Berlin und Oldenburg

Wir können den Fall Harry Kümmel zu den Akten legen. Die betreffende Person ist nach unseren Informationen in ein Kloster nach Argentinien ausgewandert und unterliegt nicht mehr unserer Betreuung.

Vielen Dank für die effektive Zusammenarbeit.

Kollegiale Grüße

Wer einmal in die Mühlen der Verwaltung gerät, hat nichts zu lachen. Oder doch?

Für mich wird es höchste Zeit. Mir knurrt schon wieder der Magen. Mal sehen, wo ich Graufell finde. Wahrscheinlich steht er wieder am Gartenzaun und fachsimpelt mit Erich über die Anbaumöglichkeiten von Schwarzem Rettich oder über die Zucht und Haltung polnischer Brieftauben.

Es war ganz nett mit Ihnen. Sie waren ein aufmerksamer Zuhörer. Vielleicht sehen wir uns mal wieder.

Nachtrag

Monate später erschien in der Rubrik »Leute von hier« eines kleinen Provinzblättchens folgende Ankündigung:

»Theo G., Autor von leicht verdaulichen Liebesgeschichten und Kurz-Krimis, hat sein erstes Buch vorgestellt. Eine Art Katzenbuch. Kein großer Wurf, den man als Literatur bezeichnen könnte, aber ein nettes Stück Unterhaltung, das Beachtung finden wird.«

Es fand Beachtung.

Das Interview

Bekannte Persönlichkeiten wie Werbetexter, Schriftsteller und ehrliche Politiker geben gerne Interviews. Diensteifrig kommt der aufstrebende Reporter der bekannten Wochenendbeilage ins Haus, um nicht nur ein Interview, sondern eine ganze Homestory aufzuzeichnen. Allerdings muss vorher genau definiert werden, wer denn nun die bekannte Persönlichkeit ist.

Der ehrgeizige Jungreporter steht vor der Gartenpforte. Die Straße stimmt, die Hausnummer auch. Die Pforte ist offen. Staunend marschiert er den gepflegten Kiesweg hoch zum Haus. So leben also Werbetexter und Schriftsteller. Vielleicht sollte ich auch umsatteln und Geschichten schreiben, anstatt für mein Käseblatt bis spät nachts am Computer zu sitzen, denkt er.

Die Terrassentür ist offen. Höflich klopft der Reporter an das Fenster. Keine Antwort.

»Herr Werbetexter?«, ruft der junge Mann. Schweigen. Vielleicht hat der bekannte Texter und Schriftsteller den Termin vergessen. Oder hat sich auf seinem weitläufigen Grundstück verlaufen. Erst verschickt er Hunderte von Pressemitteilungen an sämtliche Zeitungen des Landes, um sein neues Buch anzupreisen und dann ist er nicht zu Hause. Der Reporter verzieht sein Gesicht zu einer Grimasse. Was hätte ich auch fragen sollen? Wie viel Seiten sein Buch hat? Warum er ausgerechnet ein Katzenbuch geschrieben hat? Es gibt davon schon Dutzende. Der Reporter macht einen letzten Versuch.

»Hallo? Ist niemand zu Hause?«

»Doch, hier«, ertönt es aus dem angrenzenden Zimmer. Der Reporter stöhnt innerlich auf. Wäre ich einfach wieder abgehauen und hätte in der Redaktion behauptet, dass keiner auf die Klingel reagiert hat.

»Kommen Sie rein, junger Mann.«

Der Reporter sammelt seine Gedanken und betritt das Zimmer. Erstaunt blickt er sich um.

»Was soll denn das?«, murmelt er vor sich hin. »Hier ist ja gar keiner.«

»Bin ich etwa keiner?«

Der Reporter erschrickt zu Tode. Außer ihm und einer kleinen grau-getigerten Katze, die auf dem Sessel hockt, ist immer noch keiner im Zimmer.

»Herr Werbetexter, ich habe meine Zeit nicht in der Lotterie gewonnen und bin für Späßchen dieser Art nicht aufgelegt.«
Eine leichte Zornesfalte entsteht auf der Stirn des Reporters.

»Aber, aber. Nun mal langsam mit den jungen Pferden.«
Der Reporter starrt mit offenem Mund die Katze an. Die Stimme kam eindeutig aus dieser Richtung. Langsam nähert er sich.

»Nicht so schüchtern.« Die Katze setzt sich hin und blickt ihn aus gelben Augen an.

»Hereinspaziert. Ich bin Kümmel.«
Der Reporter plumpst auf das Sofa.

»Ich bin bereit für Ihr Interview«, sagt die Katze und gähnt herzhaft. »Gucken Sie nicht wie eine verängstigte Maus. Wir haben doch einen Termin zum Interview, oder?«
Der aufstrebende Reporter schluckt. »Das glaubt mir doch kein Mensch. Ich hatte eigentlich einen Termin mit dem bekannten Werbetexter und Schriftsteller. Wir wollten ... ähm ... über sein neues Katzenbuch sprechen.«
Katze Kümmel rollt die Augen.

»Lieber Herr, ohne mich wäre das Buch gar nicht erst entstanden.«
»Aber wo ist denn der Herr Autor?«

»Mein Angestellter wird bestimmt gleich kommen. Nun schießen Sie los, bevor ich es mir anders überlege. Man hat Ihnen doch bestimmt ein paar Fragen mitgegeben.«
Der Reporter entfaltet umständlich ein Stück Papier und schaltet sein kleines Aufnahmegerät ein.

»Ich darf doch ...«
»Bitte, bitte. Nur zu.«
Der Reporter holt tief Luft. »Sie leben also hier am Rande der Großstadt mit Frau und Katze ...«
Kümmel unterbricht. »Entschuldigung, aber Sie müssen die Fragen vorher gedanklich umarbeiten.«
Der Reporter macht ein verlegenes Gesicht. »Ach ja. Sie leben also hier mit ... ähm ... zwei Menschen am Rande der Großstadt. Vermissen Sie nicht das bunte Leben in der Metropole?« »Nein, gar nicht. Ich habe hier alles, was ich brauche und gehe sowieso nie weit weg. Am Tag streife ich ein paar Mal durch mein Revier und schaue nach dem Rechten. Nachts gönne ich mir ein wenig Entertainment. Sie wissen, schon. Mäuse jagen und so. Und mit

Graufell und Ulrike Vierauge habe ich es gut getroffen. Sie beklagen sich nie und machen ohne zu murren, was ich ihnen sage.«
Der Reporter nickt. »Wie kamen Sie auf die Idee, ein Buch über Katzen zu schreiben?«

»Hier ist doch schon die Fragestellung völlig verkehrt.« Katze Kümmel seufzt und schüttelt ihren Kopf. »Es ist kein Buch über Katzen, sondern ein Buch über mich.«

»Aber du bist doch eine Katze!«
»Bitte keine Vertraulichkeiten. Ich schätze eine höfliche Anrede. Wir wollen doch beim SIE bleiben.«

Der Reporter errötet bis in seine spärlichen Haarwurzeln. »Ich habe noch nie eine Katze gesiezt«, entfährt es ihm. Kümmel faucht.

»Meinen Sie allen Ernstes, dass es uns Katzen recht ist, immer per DU angesprochen zu werden? Oder mit albernen Kosenamen, die meistens auf i enden?« Im gerechten Zorn wedelt Kümmel heftig mit ihrem Schwanz.

»Aber zurück zum Thema. Ich kam auf die Idee, weil bisher keine Katze ein Buch geschrieben hat. Schon deshalb ist es einmalig. In uns Katzen steckt nämlich mehr als immer nur Mäuse jagen, um übel riechende Hosenbeine zu streichen oder sich mit Dosenfutter voll zu stopfen. Mäuse jagen – schön und gut. Aber doch nicht immer. Schließlich haben wir auch einen Intellekt. Kennen Sie das Wort überhaupt?«
Der Reporter nickt. »Und wie haben Sie Ihr Buch geschrieben, wenn ich fragen darf?«, fragt der Reporter. »Mit Ihrer Größe dürften Sie doch schon Schwierigkeiten haben, einen Computer überhaupt zu erreichen.«
Katze Kümmel kratzt sich kurz mit der Hinterpfote am Hals. »Da haben Sie natürlich Recht, junger Mann. Aber wozu hat man Angestellte. Graufell hat mein Werk zu Papier gebracht. Ich habe diktiert und er hat geschrieben.«

»Welche Bücher ...«
Katze Kümmel unterbricht den Reporter. »Gott, was bin ich unhöflich. Ein Schälchen Milch vielleicht? Ein Schüsselchen Knabberzeug? Oder eine frische Maus? Es würde nur ein paar Minuten dauern ...«
Der Reporter lehnt sich zurück. »Was zum Knabbern wäre nicht schlecht.«
»Mit Lamm, Huhn oder Kaninchen?«

»Ach, lieber doch nicht. Besser, wir machen weiter.«

Der Reporter überfliegt seinen Fragenkatalog. »Das Buch ist eher heiter geschrieben.«

»Ah, Sie haben es tatsächlich gelesen.« Katze Kümmel blinkert mit den Augen.

»Ja, in der Tat. Aber auch wenn manche Geschichten vielleicht auf den ersten Blick überzogen wirken, kann ich Ihnen versichern, dass sich im Kern alles so abgespielt hat. Fast schon ein Tatsachenbericht. Hin und wieder habe ich mir natürlich ein paar künstlerische Freiheiten genommen.«

»Ich verstehe. Sie meinen zum Beispiel den fingierten Brief an die verehrte Frau Mutter von ... äh ... Graufell.«
Kümmel guckt überrascht. »Nein, da gerade nicht.«

Der Reporter wackelt mit dem Kopf. »Eigentlich sind meine Fragen auf einen Menschen gemünzt.«
»Keine Scheu. Ich beantworte Ihre Fragen nach bestem Wissen und Gewissen.«

»Welche Bücher lesen Sie in Ihrer Freizeit?«
»Lieber junger Mann, haben Sie schon mal erlebt, dass eine Katze Freizeit hat? Wir sind ständig unterwegs, müssen unser Revier nötigenfalls verteidigen, fangen Mäuse und anderes Getier. Und wenn wir dann nach Hause kommen, sind wir rechtschaffen müde und haben uns doch wohl unser Nickerchen verdient oder, wie in meinem Fall, diktieren noch ein paar Seiten.«
Kümmels Schwanz wedelt nervös hin und her. »Gut. An den langen Wintertagen liege ich schon ein paar Stunden mehr im Haus. Dann nehme ich in der Tat auch mal ein gutes Buch zur Hand. Vielleicht John Irving oder einen feinen Krimi von Elisabeth George.«
Der Reporter fummelt an seinem Aufnahmegerät herum. »Ah ja, und was liest Ihr Angestellter, Herr Graufell?«

»Ach Gott, nicht der Rede wert. Asterix und Obelix hin und wieder. Wenn er mit der Gartenarbeit, der Hausarbeit und der Verpflegung meiner Person durch ist, liegt der doch nur vorm Fernseher. Ein intellektuelles Leseverhalten kann ich bei Graufell beim besten Willen nicht feststellen.«

»Was würden Sie auf eine einsame Insel mitnehmen, Fräulein Kümmel?«

»Eine langweilige Frage, Herr ... wie heißen Sie überhaupt?«
»Schmoller, Axel Schmoller.«

»Also, ich würde meine Kuscheldecke, einen Zeckenhobel und ein paar Sudoku-Rätsel mitnehmen.«
Kümmels Pupillen weiten sich unmerklich.

»Aber lieber Herr Schmoller, was sind denn das für einfallslose Fragen? Die typischen Standard-Fragen für ein Interview. Interessieren sich Ihre Leser wirklich dafür oder müssen Sie nur den Anweisungen Ihres dickbäuchigen Chefredakteurs folgen?«
»Ich glaube, dass sich unsere Leser tatsächlich dafür interessieren, dass Sie als sprechende Katze mir diese Antworten geben.«
Der Reporter raschelt mit seinen Unterlagen.

»Gut. Dann eben Fragen zur Politik. Ich sollte sie Herrn Graufell stellen, wenn ich merke, dass er diesen Fragen gewachsen wäre.«
Der Reporter liest von seinem Fragebogen ab.
»Wie sehen Sie unser politisches Geschehen im Moment?« »Das sind schon intelligentere Fragen. Ich will ganz offen zu Ihnen sein. Ich gebe unserer Regierungskoalition noch maximal ein halbes Jahr. Wenn das Ruder nicht um 180 Grad herumgerissen wird, sehe ich nur noch Neuwahlen. Unsere Kanzlerin braucht dringend ein paar erfahrene Charakterköpfe, die nicht gegen sie, sondern für sie arbeiten.«
Kümmel macht eine kurze Pause.

»Ein paar Ministerköpfe müssen rollen. Das besänftigt das Wahlvolk vielleicht. Zurzeit liegt so einiges im Argen.«
Kümmel betrachtet ausgiebig ihre linke Pfote.

»Was ist, Herr Schmoller? Ist Ihnen das zu hoch?«
»Nein, nein, aber Sie sind eine Katze!«

»Ja, meinen Sie, deshalb nehme ich nicht teil, was in Deutschland und der Welt so läuft? Ich muss doch sehr bitten.«
Kümmel schüttelt missbilligend den Kopf.

»Wie sehen Sie den Einsatz unserer Marine vor der Küste des Libanons?«, fährt Schmoller fort.

»Ein heißes Eisen. Aber wir müssen endlich mal Farbe bekennen und können nicht immer anderen die Arbeit überlassen.«
Kümmel macht ein nachdenkliches Gesicht.

»Alle Staaten der Welt haben die Pflicht, nachhaltig für Frieden zu sorgen. Davon sind wir nicht mehr ausgenommen.«

»Kommen wir wieder zum privaten Bereich. Was sagen Ihre Nachbarn zu Ihrem Buch?«

»Keine Ahnung. Toni interessiert sich nur für sein Futter und wie er harmlosen Katzen, die an seinem Revier vorbei müssen, das Leben schwer machen kann. Die schwarze Katze hat nur Augen für die Voliere dort hinten auf dem Nachbargrundstück und den roten Streuner habe ich schon seit Monaten nicht mehr gesehen.«

»Ich meinte eher die menschlichen Nachbarn.«

»Ach so. Keine Ahnung.«

Der Reporter räuspert sich. »Wissen denn die menschlichen Nachbarn, dass Sie sprechen können?«

Kümmel schüttelt ihren Kopf. »Wo denken Sie hin? Natürlich nicht.« Kümmel scheint zu grinsen. »Seit wann können Katzen sprechen?« Kümmel hebt ihre Pfote. »Mal was anderes, Herr Reporter.«

»Ja?«

»Wollten Sie allen Ernstes Graufell diese Fragen vorlegen?« »Ja, gewiss.«

»Wenn Sie ihn damit nur nicht überfordert hätten. Gut, die Biersorten im Sonderangebot kann er Ihnen runterbeten, aber eine Antwort auf eine politische Frage ... das Gestammel hätten Sie sicher nicht verwerten können. Aber weiter im Text.«

»Unsere Leser interessiert bestimmt, welche Musik Sie hören?« Bevor Katze Kümmel antworten kann, setzt Herr Schmoller schnell »Doch nicht etwa Katzenmusik?« nach und bricht in albernes Gelächter aus.

Kümmel fixiert den Reporter ein paar Sekunden lang.

»Das ist wirklich mal ein Bonmot, Herr Schmoller, ein geradezu genialer Wortwitz. Damit stehen Ihnen alle Wege offen.« Herr Schmoller fängt sich mühsam wieder und schaut Kümmel fragend an.

»Ich selbst höre selten Musik.« Kümmel betont das Wort Musik in unnachahmlicher Weise. »Aber meine Mitbewohner schalten morgens und abends das Radio an. Eine bestimmte Musikrichtung höre ich jedoch nicht heraus.«

Kümmel überlegt. »Manchmal nervt Graufell Ulrike Vierauge mit Fragen aller Art zum Musikgeschehen der 60er und 70er Jahre.

Wenn gerade ein passender Titel gespielt wird. Das muss wohl Graufells Sturm- und Drangzeit gewesen sein.«

»Wie spielt sich das ab, Fräulein Kümmel?«
»Nun ja, sagen wir, es wird ein Titel der Gruppe »The Sweet« gespielt, dann dauert es nicht lange und Graufell stellt die Frage: *Bitte nenne mir den Namen des Sängers dieser Gruppe...«*

»Brian Connolly«, kommt es wie aus der Pistole geschossen. Kümmel bekommt ganz spitze Ohren.

»Gratuliere! Sie haben ja ungeahnte Kenntnisse. Das hätte wohl keiner in Ihrem Umfeld je erwartet. Ich bin positiv überrascht. Woher wussten Sie die richtige Antwort, Herr Schmoller?«
Der Reporter senkt verlegen seinen Blick.

»Ich mache selbst ein wenig Musik mit drei Freunden. Ich bin die Bassgitarre.«
Er macht ein paar erklärende Handbewegungen.

»Wir spielen ...«
»Katzenmusik?«, ergänzt Kümmel schnell. Die Katze reißt ihr Maul auf und zeigt alle Zähne. Der Reporter guckt beleidigt. »Nein, wir spielen die Hits der 60er und 70er Jahre. Deshalb weiß ich recht gut Bescheid.«

»Ich war unhöflich«, räumt Kümmel ein. »Sie musizieren bestimmt sehr gut.« Sie stellt sich auffordernd hin. »Wollen wir Bumsköpfchen machen?«
Der Reporter guckt ratlos. »Vielleicht später. Ein paar Fragen hätte ich noch.«

»Schade.« Kümmel setzt sich wieder elegant hin und leckt kurz ihre linke Vorderpfote.

»Waren Sie schon immer Schriftsteller, Fräulein Kümmel?«
»Schriftstellerin, Herr Schmoller. Bitte mir gegenüber die weibliche Form verwenden zu wollen. In erster Linie bin ich natürlich Katze. Das will und muss ich hier klar stellen.«
Kümmel schmunzelt. Es sieht jedenfalls so aus.

»Dann kommt die Schreiberei, die mir sehr großen Spaß macht. Neben meinen anderen arttypischen Beschäftigungen.«
»Sehr interessant.«
»Wenn ich Ihnen einen Rat geben darf, Herr Schmoller – Sie wissen ja: Mit nichts ist man so freigiebig wie mit seinen Ratschlägen. Zitat von Francois Duc de la Rochefoucauld. Sie kennen doch Rochefoucauld?«
Schmoller glotzt. »Nein, eigentlich nicht.«

»Großer Gott, die Jugend. Rochefoucauld, französischer Schriftsteller, 1613 – 1680, bekannt für seine scharfsinnigen, meist zynischen Bemerkungen zum menschlichen Dasein. Auf welchen Schulen waren Sie, Herr Schmoller?«

Draußen klappt eine Tür.
»Welchen Rat?«
Kümmel sitzt auf ihrem Sessel und schweigt.
»Bitte, welchen Rat???«
Ein hochgewachsener gut aussehender Mitvierziger mit grauen Schläfen betritt den Raum.
»Ah, schon da. Der Herr Reporter.«
Er lächelt freundlich und zeigt ein paar schiefe Zähne.
»Ich bin der Autor. Habe mich leider etwas verspätet. Sie haben ja schon Bekanntschaft mit Kümmel gemacht.«
Er setzt sich.
»Von mir aus kann es losgehen.«
Der Reporter packt hastig seine Sachen zusammen.
»Ist alles schon im Kasten. Habe das Interview schon mit Ihrer sprechenden Katze gemacht.«
»Haha, ein guter Scherz. Ich mag humorvolle Menschen.«
Graufell lacht herzlich. »Ein Interview mit Kümmel. Katzen können nicht sprechen.«
»Die schon.«
Eilig steht Schmoller auf, presst das Aufnahmegerät an seine Brust und verlässt den Raum.
»Eine Sensation. Das glaubt mir kein Mensch.«
Graufell zieht die Stirn in Falten. »Was soll das, Kümmel? Wir waren uns doch einig, oder? Das Interview führe ich und nicht du.«
Kümmel schnurrt.

Ergänzung: Reporter Schmoller behielt Recht. Es glaubte ihm kein Mensch. Sein Chefredakteur, der tatsächlich dickbäuchig war, fühlte sich veräppelt, warf seinem Reporter unprofessionelles Verhalten vor und ihn selbst hinaus.

»Du, Graufell?«

»Ja, Kümmel, was gibt es denn?«

»War ich zu gemein zu dem Reporter?«

»Nein, Reporter haben ein dickes Fell.«

»Sehr witzig. Ich auch. Jedenfalls im Winter.«

»Das ist nur ein bildhafter Vergleich, Kümmel. Reporter haben überhaupt kein Fell.«

»Warum sagst du es dann?«

»Gut. Ich nehme den Vergleich zurück. Der Reporter hat die Unterhaltung mit dir bestimmt geschätzt und genossen. Nicht jeder hat das Privileg, sich mit einer Katze zu unterhalten.«

»Und dann noch auf hohem Niveau, Graufell. Das hättest du nie geschafft.«

»Da wäre ich mir nicht so sicher, Kümmel.«

»Du, Graufell?«

»Ja?«

»Meinst du, wir verkaufen ein paar Bücher?«

»Ich hoffe sehr. Wir könnten etwas Geld im Moment gut gebrauchen. Katzenfutter wird immer teurer.«

»Daran dürfen wir niemals sparen!«

»Mein Reden, Kümmel. Aber alles kostet Geld. Der Fernseher musste repariert werden, die Heizungspumpe ist ausgefallen und die Mehrwertsteuer wird erhöht.«

»Was ist die Mehrwertsteuer?«

»Eine Art Strafe, wenn du Einkäufe gemacht hast.«

»Dann kauf doch nichts mehr ein. Außer Katzenfutter natürlich.«

»Ulrike und ich müssen aber doch auch etwas essen.«

»Ich bringe euch Mäuse mit.«

»Ach nein, lieber nicht. Wenn das Buch sich nicht gut verkauft, muss ich anders zu Geld kommen.«

»Hast du schon einen Plan, Graufell?«

»Nicht nur das. Hast du dich nie gefragt, woher unser Geld kommt?«

»Von Ulrike.«

»Ja. Auch. Ich habe ein Geheimnis. Damit bin ich immer an Geld gekommen. Ich finde, es ist jetzt an der Zeit, dass du es erfährst.«

Die Sache mit den Kügelchen

Die meisten meiner Freunde fragen mich von Zeit zu Zeit, wie ich es schaffe, ohne ersichtliches Einkommen ein Leben in bescheidenem Wohlstand zu führen. Ich gehe nämlich morgens weder ins Büro noch in die Fabrik.

Bisher habe ich dieses kleine Geheimnis für mich behalten. Aber eigentlich spricht nichts dagegen, wenn ich es erzähle. Die Gefahr der Nachahmung ist gering, was mir mein Hausarzt gern bestätigt hat. Eine widerrechtliche Aneignung meines Besitzes lohnt nicht, da sich mein Wohlstand in Grenzen hält und ich trotz meiner Geldquelle mit beiden Beinen auf dem Boden geblieben bin. Außerdem ist der Schwund bei der Ausbeutung größer als das tatsächliche Ergebnis.

Ich spucke goldene Kügelchen. Nicht immer und auch nicht an jedem beliebigen Ort.

Es passiert nur unter der Dusche, wenn eine bestimmte Wasserhärte und eine gewisse Temperatur erreicht ist. Ich glaube, das Wasser darf nicht wärmer als 36,7 Grad Celsius sein. Eine genaue Messung ist mir noch nicht gelungen. Die Wasserhärte während des Duschvorgangs zu messen, ist nahezu unmöglich. Auch die Wasserwerke unserer Stadt konnten mir keine verlässliche Auskunft geben. Ich bin also mehr oder weniger auf das Zusammenspiel dieser beiden Faktoren, die ich leider Gottes nicht beeinflussen kann, angewiesen. Aber dann, wenn alles stimmt, spucke ich kleine goldene Kügelchen.

Ein Großteil fließt ungenutzt in den Abfluss. Den kleineren Teil kann ich auffangen und verkaufe ihn an Juweliere oder professionelle Goldhändler. Das Gold meiner Kehle wurde eingehend geprüft und als Qualität 1A eingestuft. Die Händler fragen auch nicht sondern bezahlen mich wortlos in barer Münze. Sie sind zufrieden. Ich bin zufrieden. Das ist das Geheimnis meines immer gefüllten Bankkontos.
Eine medizinische Erklärung dafür gibt es nicht, stellten verschiedene Spezialisten fest. Und schädlich ist es auch nicht. Ich huste ganz kurz und schon purzeln die Kügelchen aus meiner Kehle in die Duschwanne. Völlig schmerzfrei.

Aber kein Arzt der Welt kann mir garantieren, dass der Goldstrom anhält. Deshalb habe ich mir von dem Erlös ein kleines

Geschäft aufgebaut. Ich habe es nicht nur aufgebaut, sondern ganz alleine entwickelt.

Ich sammle Ess-Kastanien, röste sie und verkaufe sie an vorbei eilende Feinschmecker. Sie gucken skeptisch und erinnern sich an Ihre Kindheit, als sie mühselig per Hand ein paar Kastanien aufklaubten und sich an der glatten Oberfläche erfreuten? Nicht der Mühe wert, sagen Sie? Lesen Sie weiter...

Ich habe eine Vorrichtung entwickelt, die wie ein großer umgedrehter Sonnenschirm aussieht. Dieser Auffangbehälter ist aus festem Stoff und wird um den Stamm einer Kastanie gelegt. Wie die Manschette eines gestärkten Oberhemds. Aber eben aufgeklappt. In Trichterform sozusagen.

Die Kastanien fallen also nicht auf den Erdboden, sondern in meine Manschette. In der Manschette rotiert eine kleine Schaufel, die meine Kastanien auf Knopfdruck auf ein kleines Förderband schippt. Auf den ersten Blick erinnert es ein wenig an Lotto-Kugeln. Dieses Band befördert die Kastanien direkt in den Röstofen, der hinter meinem Verkaufstisch steht und sorgt immer für frischen Nachschub.

Diese kleinen Köstlichkeiten werden mir förmlich aus der Hand gerissen. *Ja, aber* ... sagen die ewig Zweifelnden, *Kastanien fallen doch nur im Herbst?* Kein Problem, antworte ich mit dem Lächeln des überlegenen Denkers. Ich sammle so viele Kastanien, dass ich ein Gutteil einfrieren kann und somit in der Lage bin, den Bedarf an Röstkastanien auch im Sommer abzudecken.

Außerdem habe ich mit dem Blick des weit denkenden Mannes mein kleines Geschäft ausgedehnt. Ich habe meine Anlage auch unter Kirschbäumen aufgestellt. Und habe so auch sichere Einnahmen im Sommer. Dazu musste die Technik aber weiter entwickelt werden. Ein bekannter Ingenieur hat mir geholfen. Die Kirschen fallen ja nicht von allein von den Ästen. Ein Teil will auch geerntet werden.

Mein Ingenieur hat mir also eine überdimensionale Hand aus Hartgummi konstruiert. Schon die ersten Versuche verliefen mehr als zufrieden stellend. Diese Hand umklammert den Stamm des Kirschbaumes. Brauche ich mehr Kirschen, lege ich einfach an meinem Verkaufstischchen einen Schalter um. Und schon rüttelt die große Hand am Kirschbaum.

Das Prinzip bleibt gleich: Die Kirschen fallen in meine Manschette und werden befördert. Und zwar direkt in meine kleine

Entkernungsmaschine. Die Kerne, und nur die Kerne, verkaufe ich tütenweise an eilige Geschäftsleute, Jungen oder an Leute wie Sie und mich.

Das lästige und zeitintensive Freilegen des Kerns im Mund entfällt und er kann sofort gespuckt werden.

Ich bin aber auch ein Mann, der Ordnung und Sauberkeit liebt. Nichts hasse ich mehr als achtlos weggeworfenes Papier oder anderen Unrat auf unseren Straßen. Deshalb nutzen mein Ingenieur, den ich inzwischen zu meinem Partner gemacht habe, und ich jede freie Minute, um ein System zu entwickeln, die Kirschkerne mehrmals zu nutzen. Pfand? Säcke für gespuckte Kirschkerne angebracht in luftiger Höhe wie Basketballkörbe zur Steigerung des sportlichen Ehrgeizes?

Plötzlich, eines Nachts, kam mir der Gedanke, wie die Straßen weitgehend sauber bleiben, dem Spucktrieb aber weiter gefrönt werden kann. Jeden Kirschkern werde ich mit einem mikroskopisch kleinen Eisenteil versehen. Kleiner als der Kopf der berühmten Stecknadel. Neben meinem Verkaufsstand platziere ich einen extrem starken Magneten. Sie verstehen? Die Kerne rollen automatisch »nach Hause«. Die Straßen bleiben sauber und ich als cleverer Geschäftsmann kann die Kerne mehrfach anbieten. Ich werde Sie informieren...

»Damit verdienst du dein Geld, Graufell?«
»Könnte doch sein, oder? Ich habe ja auch eine sprechende Katze.«
»Ja und?«
»Im Allgemeinen können Katzen nicht sprechen.«
»Graufell, oh, Graufell. Das denken die Zweibeiner nur.«
»Ich mache jetzt das Licht aus. Ulrike schläft schon. Für uns wird es jetzt auch Zeit.«
»Nein, ich schlafe nicht. Jedenfalls nicht mehr. Bei dem Getuschel und Geflüster kann kein Mensch schlafen.«
»Oh, soll ich dir einen heißen Kakao kochen, Schatz?«
»Danke, Theo. Etwas Ruhe würde ja schon reichen. Es ist 2 Uhr. Kümmel und Theo machen jetzt die Augen zu. Dann haben wir endlich Ruhe im Karton.«
»Aber ich hab dich doch lieb, Vierauge.«
»Ich dich doch auch, Kümmel. Aber ich muss jetzt schlafen. Schließlich bin ich die Einzige von uns Dreien, die einen seriösen Beruf und einen Chef hat.«
»Ist Mäusefänger kein seriöser Beruf?«
»Doch, aber er bringt zu wenig ein, Kümmel.«
»Und Schriftsteller?«
»Das Gleiche, Theo.«
»Gut. Dann schlafen wir jetzt. Darf ich mich wieder an dein Bein pressen, Graufell?«
»Was wäre, wenn ich nein sage?«
»Ich presse mich trotzdem. Du schläfst ja.«
»Siehste. Gute Nacht, Kümmel.«
»Gute Nacht, Graufell.«
»Gute Nacht, Ulrike.«
»Gute Nacht, ihr Beiden.«
»Gute Nacht, John-Boy.«
»Wer war das?«

Kümmels geheime Tagebücher

Liebe Leser,
es ist mir gelungen, Einblick in Kümmels **geheime Tagebücher** zu bekommen. Meine Katze führt Tagebuch. Man stelle sich das einmal vor. Gut. Ich habe Kümmel natürlich gefragt, ob ich mit ihren Tagebüchern an die Öffentlichkeit gehen darf. Ich darf. Hier ein paar Auszüge:

Liebes Tagebuch, wo ist Harald geblieben? Den zotteligen Schäferhund habe ich ja schon seit Tagen nicht mehr gesehen. Hin und wieder habe ich Harald besucht und ihn durch die Holzlatten in seinem Verschlag angeblinzelt. Gefreut hat er sich bestimmt. Aber ganz sicher bin ich mir da nicht. Wer versteht schon Hundesprache? Ich nicht, liebes Tagebuch, ich nicht.

Bis zu dem großen Sturm hockte Harald Tag für Tag und Nacht für Nacht in seinem Verschlag und guckte trübsinnig nach draußen. Gebellt hat er oft und nachts sogar gejault. Das klang vielleicht gruselig und hat mir alle Mäuse vertrieben.

Warum hat ihm keiner die Tür aufgemacht? Ich sage nur »Pieps« und schon eilt Theo Graufell herbei und lässt mich rein oder raus. Aber bei Harald kam keiner. Eines Tages stand Theo am Gartenzaun und plauderte mit dem Nachbarn. Ich habe mich ganz dicht an Theos Bein gestellt und habe meinen Schwanz an sein Hosenbein geschlängelt. Heimlich zugehört habe ich. »Kannste nix machen, Theo«, sagte gerade der dicke Mann von gegenüber.

»Wie oft da schon der Tierschutz war. Harald bekommt 1-2 Mal Auslauf am Tag und damit sind alle Auflagen von Amts wegen erfüllt.«

Liebes Tagebuch, viele Dinge aus der Welt der Zweibeiner verstehe ich gar nicht. Tierschutz? Amt? Theo beschützt mich doch. Wurde Harald denn von seinen Menschen nicht beschützt? Jedenfalls kam dann der große Sturm. Ich, Theo und Ulrike Vierauge hockten am Fenster und schauten zu, wie Äste und Zweige durch die Luft wirbelten. Alle Augenblicke ging der Bewegungsmelder im Hof an, dann wieder aus, dann wieder an. Solange bis Theo die Geduld verlor.

»Nun geh endlich raus und schalte das Ding aus! Mit dem Fellklotz auf der Schulter kann ich ja wohl schlecht gehen.«

Welcher Fellklotz? Nur ich saß hier gemütlich auf Graufells Schulter.

Es goss in Strömen, der Wind pfiff und pustete und Harald heulte, was das Zeug hielt. Überall splitterte Holz. Da in der Ferne krachte irgendwas zu Boden. Ulrike Vierauge kam klatschnass zurück. Hoffentlich schüttelt sie sich in sicherer Entfernung, dachte ich noch.

Am nächsten Abend machte ich meine übliche Runde. Mein Revier sah wüst aus. Und mitten in Harald Verschlag lag quer ein Baum. Vom zotteligen Schäferhund keine Spur.
Liebes Tagebuch, der Hund war weg. Ich habe vorsichtig in jede Ecke geguckt, aber Harald war nicht mehr da. Im Tiefgang habe ich mich näher ans Haus geschlichen. Wenn ich nicht will, dass man mich hört oder sieht, dann hört und sieht mich auch keiner. Da standen sie, Haralds Menschen und unterhielten sich. Ein paar Fetzen schnappte ich auf.

»... hat die Zaunlatten zerschmettert, der Baum. Alles kaputt.« Der wütende Mann trat gegen Haralds Häuschen.

»Hier ist er durch, der Harald. Durch das Loch abgehauen.«

Harald hat seine Chance erkannt. Lebe wohl, zotteliger Harald. Und komm nicht zurück. Du wirst es überall besser haben als hier.

Liebes Tagebuch, meinen Theo habe ich so besonders gern, weil er ruhig und gelassen ist, nie schreit und wütend wird. Im Haus ist es immer angenehm. Letzten Samstag jedoch war ich irritiert. Ich wusste nicht, dass Theo die Farbe seines Gesichts einfach so ändern kann.

Der ganze Ärger begann damit, dass keiner aufmachte als ich klingelte. Es war schon stockdunkel. Normalerweise warte ich keine fünf Sekunden, bis die Terrassentür sich öffnet. Egal, zu welcher Zeit. Und Hunger hatte ich auch. Gerade als ich mich wütend auf die Fensterbank gesetzt hatte, erkannte ich eine Gestalt an der Gartenpforte. Aber war das mein Theo? Ich war vorsichtig und versteckte mich. Die Gestalt rannte in Richtung Haus, schimpfte, fluchte und schnaufte fürchterlich. Ich schnupperte. Ja, das war Theo. Aber in welcher Verfassung. Er ließ mich rein, stellte mir fast schon lieblos mein Futter hin, blieb angezogen und brabbelte aufgeregt in diesen kleinen Kasten.

»Mensch, ja. Liegengeblieben. Die Mühle ist einfach stehen geblieben. Fährt nicht mehr. 300 Meter von hier.«

Er schien mit Ulrike Vierauge zu sprechen und rannte aufgeregt hin und her. Mühle? Warum fährt er mit einer Mühle? Warum nimmt er nicht unser Auto?

Liebes Tagebuch, könntest du in Ruhe essen, wenn überall Licht brennt und dein Gefährte kurz vor dem Nervenzusammenbruch steht? Ich nicht. Ich huschte die Treppen hoch und beobachtete Theos Treiben von oben.

Dann knallte die Tür und es herrschte Ruhe. Ich beendete meine Mahlzeit und putzte mich ausführlich. Plötzlich ging dieser Lärm weiter. Noch aufgeregter als vorher stürmte Theo ins Haus, lehnte sich schwer atmend an die Wand und griff sofort wieder zum Sprechkasten.

»Geschoben habe ich! Geschoben habe ich die Karre. Ich schwitz wie ein Bauarbeiter im August!«

Ja, Theo, das riech ich wohl. Wie kann man sich nur so gehen lassen?

Diese Hektik in meinem Hause wurde mir zu viel. Ich machte unmissverständlich klar, dass ich hier nicht bleiben wollte. »Jetzt will die kleine Kröte auch noch mitten in der Nacht wieder raus!«

Siehst du, Theo, nicht nur ich will nach draußen. Ich komme wieder, wenn es ruhiger ist. Also ging ich noch in aller Ruhe eine Runde spazieren. Es war dunkel und wunderschön ruhig. Ich hasse Hektik und Aufregung. Unser rotes Auto stand schief am Straßenrand. Gut gelaunt und sehr müde klingelte ich nach einer ganzen Weile. Theo öffnete im Schlafanzug.

»Na, endlich.« Alles war wie sonst und auch Theo roch wieder friedlicher.

Liebes Tagebuch, verstehe einer die Zweibeiner. Heute machen sie so, morgen genau andersherum. Ich bin wenigstens konsequent. Auf mich kann man sich verlassen.

Mit ihrer falschen Ernährung habe ich mich abgefunden. Da hilft es auch nichts, dass ich Theo und Ulrike manchmal eine Maus mitbringe und sie auf die Fußmatte vor der Terrassentür lege. Die Maus bleibt liegen. Also muss ich sie verspeisen.

Danach springt Theo auf und reinigt gründlich die Matte. Ob er wohl genauso eifrig ist, wenn er den Tisch abwischen soll? Natürlich nicht, liebes Tagebuch. Und eines haben Theo und ich gemeinsam: An unseren Plätzen sieht man, dass und was gegessen wurde. Kommen Theo und Ulrike mal spät abends nach Hause, ist das für die Beiden in Ordnung. Für mich allerdings nicht. Ich werde eingesperrt und darf das nächtliche Treiben aus dem Fenster betrachten. Komme jedoch ich mal etwas später nach Hause, weil ich aufgehalten wurde, ist der Teufel los. Theo schluckt Baldrian-Tabletten, klimpert in der Stille der Nacht mit seinem Schlüsselbund und pfeift nach mir. Soll ich deswegen jetzt das Mauseloch im Stich lassen? Natürlich nicht. Am nächsten Tag kann er sich dann kaum auf den Beinen halten und sieht so müde aus, als hätte er eine Doppelschicht im Bergwerk hinter sich.

Wenn ich dann aufgestanden bin, recke und strecke ich mich ausführlich an Theos derben blauen Beinen und wetze meine Krallen dabei. Das belebt und macht munter. In Wirklichkeit sind das ja gar nicht seine Beine, sondern seine Hosen. Jeans nennt er die. Kommt nichts durch, sagt er immer. Nicht mal meine messerscharfen Krallen. Ich mache das gern und Theo hat's auch gern. Dann guckt er mich von hoch oben an, streichelt meinen Kopf und gluckst irgendwas wie: »Du kannst dich aber lang machen« oder »Hast du aber feine scharfe Krallen« oder so was.

Und nun wundere dich nicht, liebes Tagebuch. Gestern fand er das gar nicht so angenehm. Ich streckte mich wie immer hoch an Theos Bein und wetzte ausführlich meine Krallen. Theo sagte nichts und stand einfach nur so da. Genauer gesagt, er hielt sich mit beiden Händen am Tisch fest, hatte sein Gesicht verzerrt (keine Ahnung, wie man sein Gesicht verändern kann) und gab gurgelnde Geräusche von sich.

In dem Moment kam Ulrike Vierauge in die Küche und schüttelte nur den Kopf.

»An deiner Stelle würde ich nicht nur mit Pyjama-Hose rumlaufen, Theo.«

Komische Wesen, liebes Tagebuch. Heute finden sie etwas gut, morgen schon nicht mehr.

Du weißt ja, liebes Tagebuch, am liebsten hocke ich jetzt auf der Mauer neben dem Heim für schwer erziehbare Vögel. Vielleicht sind die Piepmätze sogar straffällig geworden. Warum sitzen sie sonst in einem Gefängnis? Hier jedenfalls ist mein Mäuseautomat. Dort unterm Dach dieses Vogelheims flitzen jede Menge Mäuse hin und her. Ich brauche nur bewegungslos dazusitzen und kaum steckt ein Mäuschen seine Nase heraus, schnappe ich zu. Es ist wie im Schlaraffenland. Frische Mäuse fallen mir direkt ins Maul. Nach dieser anstrengenden Jagd werde ich schnell müde und schlafe gerne ein paar Stündchen. Dazu hat mir Theo extra dieses kleine rote Häuschen auf mein Grundstück gestellt. Gut geschützt gegen Wind und Regen mit vielen Fenstern. Ein Fenster ist immer offen, damit ich rein und raus springen kann. Durch das hintere Fenster scheint die Frühlingssonne und ich mache mich immer ganz lang, bevor ich mich auf meine flauschige Decke fallen lasse, die mir Theo extra hinten in mein Schlafhäuschen gelegt hat.

Liebes Tagebuch, heute Nachmittag lag ich wie jeden Tag dösend in meinem warmen Häuschen, als ich Theos Schritte hörte. Er steckte seine Nase durch das Fenster und sagte nur: »Natürlich. War ja klar.«

Kurz darauf kam er wieder. Er schob sein Fahrrad und Ulrike Vierauge, die ein großes Paket schleppte, begleitete ihn.

»Warum in aller Welt bringst du dein Paket nicht mit dem Auto zur Post?«, fragte sie Theo. Theo hielt sein Fahrrad fest und Ulrike Vierauge verstaute das Paket hinten auf dem Gepäckhalter. »Soll ich Kümmel dann gleich mitnehmen und auch verschicken? Vielleicht als Muster ohne Wert nach Jordanien oder so?«

Jordanien? Wessen Revier ist das denn? Theo kletterte umständlich auf den Fahrradsattel.

»Deine faule Katze schläft nämlich in unserem Auto.«
Für einen Moment war ich hellwach und schaute wild in die Runde. Wo war die faule Katze, die es wagte, in meinem roten Häuschen zu schlafen? Ich glaube, ich habe sogar ein wenig gefaucht. Aber ich war alleine. Beruhigt rollte ich mich zusammen und schlief tief und fest bis zum frühen Abend.

Liebes Tagebuch, der Winter nimmt einfach kein Ende. Da bleibe ich doch lieber im Haus. Selbst mein Geschäft erledige ich in meinem Privat-Klo. Sehr zum Unwillen von meinem Freund Theo, der vor meinem Klo hockt, drin rumgräbt und vor sich her flucht. "Nicht mal zum Knödeln geht der Wintermops nach draußen.«

Ich habe sorgfältig das ganze Haus abgesucht. Aber einen Wintermops habe ich nicht gefunden. Manchmal ist Theo komisch. So wie gestern Abend. Um 21Uhr30 hatte ich ausnahmsweise Lust noch etwas Luft zu schnappen. Theo und Ulrike Vierauge lungerten auf meinem Sofa herum und starrten in diesen bunten flackernden Kasten. Ich rief nach Theo, der sich wie immer ächzend erhob.

»Willst du doch mal draußen auf Klo?«, fragte er. Nö, nur mal die Beine vertreten. Schön ruhig draußen.

»Na, dann geh mal schnell. Wenn du so dringend musst.«

Ich muss nicht!

Was erblickte ich da, als Theo die Terrassentür öffnete? Zwei spitze Ohren in Nachbars Garten. Das ist mein Revier! Auch im Winter. Ich legte mich etwas tiefer und huschte zur Treppe. »Da ist doch was«, hörte ich Theo noch rufen. Und schon sauste ich los. Unter den Zaun durch und quer über den verschneiten Rasen. Habe den Grenzverletzer sofort erkannt. Tiger. Der rot-weiße Kater zwei Häuser weiter. Ich trieb den Kerl über den Schnee vor mich her. Über den Zaun, unter den Wohnwagen durch bis hin zum Gatter. Tiger sprang und kletterte über das Gatter, blieb mitten auf dem Weg stehen und drehte sich nach mir um. Ich legte mich in den Schnee und machte wieder ein freundliches Gesicht. Hastige Schritte näherten sich. Tiger verschwand in seinem Garten. Zur Sicherheit blieb ich liegen und plusterte mich erst auf, als dieses blöde Licht aufblitzte. »Bist du vom wilden Affen gebissen?«, fragte Theo. Affen? Hier? In meinem Revier? Auch das noch. Ich gurrte und schnurrte.

»Nun komm!« Theo drehte mir einladend seinen Rücken zu. »Ab nach Hause. «

Ein kurzer Anlauf und ich hüpfte über das Gatter direkt auf seine Schulter. Von hier hatte ich eine prima Sicht in Tigers Revier. Aber der Schmalspur-Kater war nicht mehr zu sehen. Und weil es so gemütlich war auf Theos Schulter, blieb ich so lange sitzen, bis unsere Gartenpforte in Sicht kam. »Wenn mich jemand so sieht«, murmelte mein Träger. Tja, Theo, was trägst du auch immer diesen speckigen Gartenmantel. Dazu noch deine völlig verbeulte Kappe. Guck mich an, ich bin immer gepflegt.

Ja, liebes Tagebuch, nach diesem kleinen Ausflug an der frischen Luft habe ich jedenfalls gut geschlafen.

Liebes Tagebuch, so langsam nervt der Winter. Theo geht nicht raus, weil es zu kalt ist und ich muss ihn im Haus beschäftigen. Damit er wenigstens etwas beschäftigt ist, fordere ich ihn oft zum Spielen auf. Oder verweigere mein Futter. Was meinst du, liebes Tagebuch, wie Theo da zu Hochtouren aufläuft.

Aber ich kann es ja verstehen. Wer geht schon gerne bei 13 Grad an die frische Luft? 13 Grad minus wohlgemerkt. Ich muss zugeben, auch ich als Fellträger habe da so meine Probleme. Besonders die Suche nach einer geeigneten Stelle für meine »Geschäfte« gestaltet sich schwierig. Natürlich habe ich ein stets sauberes eigenes Klo im Haus. Aber das ist doch eher etwas für Weicheier. Da muss es schon gleichzeitig schneien, stürmen und hageln. Dann würde ich darüber nachdenken, liebes Tagebuch.

Leider ist jetzt im Garten überall die Erde gefroren. Ich habe nur noch wenige Plätze, wo der Frost nicht hinkommt. Aber auch hier ist es recht mühsam, ein Loch zu buddeln. Die Löcher werden einfach nicht tief genug. Und so kann es schon mal passieren, dass ich meine Geschäftsergebnisse nicht tief genug versenke und winzige Spuren an meinem Fell hängenbleiben. Nicht weiter schlimm. Ich putze sie weg.

Da habe ich natürlich die Rechnung ohne Theo gemacht. Seit drei Tagen kriecht er mir mit Brille und Taschenlampe hinterher. »Da! Schon wieder«, ruft er dann.

»Was?«, fragen Ulrike Vierauge und ich wie aus einem Maul. »Na. Reste.«

Auch die passende Antwort hatten wir beiden Kätzinnen parat: »Du hast sie doch nicht alle.«

Aber so leicht ließ sich Theo nicht abschütteln. Vorgestern kam er vom Einkaufen wieder, tat sehr geheimnisvoll und packte irgendetwas aus. Als ich das nächste Mal von meinen »Geschäften« ins Haus wollte, öffnete Theo die Terrassentür und war sofort hinter mir. Irgendetwas hielt er in der Hand und berührte damit meine privaten Stellen. Liebes Tagebuch, ich war mehr als empört. Ich bin eine Dame!

Gut, dass Ulrike Vierauge zu Hause war. Sie stand schweigsam in der Tür und starrte Theo an.

»Was willst du mit der Zahnbürste, Theo?«, fragte sie dann. »Kümmel reinigen.«

Ulrike Vierauge nahm ihm mit finsterer Miene die Zahnbürste ab. »Geh in den Schuppen und reinige dein Fahrrad damit!«

Liebes Tagebuch, ich glaube, wir sind alle froh, wenn der Winter vorbei ist.

Liebes Tagebuch, manchmal ist Mäuse fangen ganz schön schwierig. Ich machte gerade meine abendliche Runde durch mein Revier, als eine Maus meinen Weg kreuzte und mir eine lange Nase zeigte. So nicht, meine Liebe, dachte ich und nahm die Verfolgung auf. Fast hätte ich sie erwischt. Doch dann huschte das durchtriebene Stück unter Nachbars Papiertonne. Das war wirklich Pech. Ich kam nicht ran. Außerdem regnete es in Strömen. Endlich kam Theo angewackelt. Anstatt mir zu helfen, forderte er mich auf, ins Haus zu kommen. Es wäre längst Schlafenszeit. Ging aber nicht. Ich war ja mitten in einer Belagerung. Nach der dritten erfolglosen Ermahnung kehrte Theo mit einem Besenstiel zurück.

»Du kommst ja doch nicht rein, bevor du deine Maus erwischt hast«, sagte er.
Schlaues Kerlchen. Er hat also begriffen, warum ich bei dem nasskalten Wetter immer noch hier hockte und die Papiertonne nicht aus den Augen ließ.
Er steckte den Besenstiel durch den Zaun und drückte kräftig gegen Nachbars Papiertonne. Was er alles kann. Theo ist mein Held. Leider reichte es noch nicht. Theo drückte und schnaufte schon. Die Tonne wurde schräg und schräger, bis ich endlich drunter kriechen konnte. Die Tonne wackelte und schwankte schon sehr bedenklich, aber ich kam immer noch nicht an die Maus ran.

»Kümmel«, flüsterte Theo. »Nun mach schon.«
Jetzt war die Tonne schräg genug. Ich packte die Maus und hörte Theo plötzlich murmeln: »Oh nein. Bitte nicht.« Dann sind Theo und ich nur noch gelaufen. Hinter uns ertönte ein ohrenbetäubendes Gepolter. Die Papiertonne war umgekippt. Fast hätte ich meine Maus vor Schreck losgelassen. Am nächsten Morgen hörten Theo und ich den Nachbarn laut fluchen. Und dann sagte Theo ganz ruhig zu ihm: »Das waren bestimmt wieder die Waschbären. Ich habe erst gestern welche gesehen.«

Theo und Kümmel stellen vor

Liebe Leser,

wir, also Katze Kümmel und ich, stellen Ihnen auf den folgenden Seiten zwei Gastautorinnen vor, die...
»Was stellen wir vor, Theo?«
»Kümmel! Ich schreibe gerade.«
»Ja. Also wen stellen wir vor?«
»Zwei Autorinnen, die Katzengeschichten schreiben und die ...«
»Schreiben noch mehr Leute Geschichten?«
»Unterbrich mich nicht immer, Kümmel. Ja, viele Leute schreiben.«
  »Erleben andere Katzen auch Abenteuer?«
»Natürlich.«
»Und treten die Menschen von anderen Katzen auch in alle verfügbaren Fettnäpfchen? So wie du?«
»Welche Fettnäpfchen, Kümmel? Egal. Hier sind zwei tolle Geschichten.«

Autorin Kate Basset lebt mit ihren Katzen Mirza, Diabolo und Willow in Leipzig.

Ein Pelztier auf Reisen oder
eine verliebte Katze dreht durch

Willow schreckte auf. War sie eingeschlafen? Wo war sie? Sie schaute verwirrt um sich. Der Zug fuhr noch. Sie versuchte, durch das Zugfenster ein Ortsschild zu erkennen. Willow hatte Angst. Ihre erste große Reise. Allein! Willow atmete tief durch. Der Zug durchfuhr Berlin. Noch eine Stunde bis Hamburg. Dann wird sie das erste Mal Kater Henry treffen. Den Kater ihres Herzens. Beide lernten sich vor einigen Wochen auf Twitcat im Internet kennen. Er, ein stattlicher Katermann, weißes wunderschönes Fell. Sie, eine kleine tapsige Katze, die bis auf ihre Wohnung in Leipzig und ihrem kleinen Revier noch nichts von der großen Welt gesehen hatte. Wieso hatte Shila sie nur zu so einer Reise überredet?

Doch von Anfang an. Willow ist eine zweijährige Glückskatze. Ihre Lieblingsbeschäftigungen bestehen außer schlafen, spielen oder fressen aus ihren nächtlichen Wanderungen mit ihrer besten Freundin Shila, einer wunderschönen sechsjährigen Glückskatze. Beide sehen sich zum Verwechseln ähnlich. Sie liegen nachts oft auf ihrem Lieblingsbaum, trinken Catsecco und schwatzten über das Leben. Shila besitzt viel Lebenserfahrung, hat diverse Revierkämpfe erfolgreich bestritten, sich mit Katzendamen angelegt oder auch einigen Katermännern das Herz gebrochen. Willow bewundert Shila und hört sich deren Geschichten mit großen Augen und gespitzten Öhrchen immer wieder gerne an.

Eines Abends packte Shila neben einer Flasche Catsecco noch etwas anderes aus. Sie grinste über beide Ohren. Ihre neuste Errungenschaft - ein CatPad. Willow schaute verwirrt. Was war das und für was brauchte man so was? Shila drückte einen Knopf und das CatPad leuchtete auf. Willow erschrak, machte einen Sprung in der Luft und fauchte laut. Langsam schlich sie sich wieder an, schnupperte und klopfte mit dem Vorderpfötchen auf das CatPad.

»Zum Glück sieht uns keiner«, sagte Shila und hielt sich den Bauch vor Lachen. Sie machte ein paar flinke Klicks und plötzlich leuchteten die Worte »Twitcat« auf.

»Hier schwatzen die Katzen aus der ganzen Welt über die neuesten Leckerlis oder auch über die Erziehung der Dosis«, sagte Shila. Willow verstand kein Wort.

Ihre Öhrchen verknoteten sich. Die Worte: »Ein lautes Mauz an alle Katzenkumpel« tauchten plötzlich auf dem CatPad auf. Willows Augen wurden größer.

»Wer war das?« Sie schaute verwirrt um sich. »Zauberei?«
Shila liefen die Tränen vor Lachen übers Gesicht.
»Dies sind Freunde von mir. Die Buffy aus Berlin, Mirza aus Leipzig und der Kater Henry aus Hamburg. Schau, so sehen sie aus.«
Shila klickte nochmals und plötzlich tauchten eine wunderschöne Kuhkatze, eine zauberhafte Schildplattkatze sowie ein Traum von einem Kater auf.

»Das ist He-He-Henry?« fragte Willow leise stotternd. Einen so schönen Katermann hatte sie noch nie zuvor gesehen. Shila grinste.

Seit jenem Abend sah man die beiden Katzenladys des Öfteren mit dem CatPad kichernd auf dem Baume sitzen. Willow verbrachte die meiste Zeit damit, sich mit Henry über das Katzenleben auszutauschen. Sie lachten und schimpften gemeinsam. Er erzählte ihr von seinen Abenteuern, wie er mit seinem Bruder Charly das Revier gegen die Kater-Diabolo-Bande verteidigte und Willow berichtete von ihren nächtlichen Wanderungen mit Shila. Willow strahlte beim Lesen der Geschichten und ihr wurde warm ums Herz. Auch Shila merkte, wie sich ihre kleine Freundin so langsam verliebte. Doch irgendwann tauchte Henry nicht mehr bei Twitcat auf. Was war geschehen? Wollte er nicht mehr mit Willow reden? Willow klickte wie verrückt jeden Abend auf das CatPad, aber nichts passierte. Shila brach es fast das Herz, ihre Freundin so leiden zu sehen. Doch eines Nachts erschien eine Nachricht von Charly auf dem CatPad: »Mein Bruder Henry wurde bei einem Revierkampf verwundet. Macht euch keine Sorgen. Alles wird gut! Charly.«

Willow stockte der Atem. Nein! Das konnte nicht sein. Die Tränen kullerten über ihr Gesicht. Sie schluchzte.

»Ich mache mir Sorgen. Was soll ich tun?«

Shila umarmte ihre Freundin und sprach ihr Mut zu: »Wir werden eine Lösung finden. Mach dir keine Sorgen.«

Am nächsten Morgen klingelte es gegen 7 Uhr an der Tür. Willow schlich mit verheulten Augen an die Tür. Sie hatte die ganze Nacht aus Sorge um Henry nicht schlafen können. Wer wollte um diese Uhrzeit etwas von ihr? Sie öffnete die Tür und konnte ihren Augen nicht trauen: Shila stand mit einem gepackten Koffer, einer Lunch Box sowie einem Zugticket vor der Tür. »Beeil dich! Der Zug fährt in 30 Minuten nach Hamburg - mit dir!« sagte sie grinsend. Sie schnappte sich Willow, schaffte sie zum Bahnhof, umarmte sie und sagte: »Henry braucht dich! Ich hab alles organisiert.«

Willow schaute aus dem Zugfenster. Noch 30 Minuten bis Hamburg. Sie fragte sich, was sie hier alleine mache. Sie kannte den Kater Henry eigentlich nur aus dem Internet. Vielleicht mag er sie nicht sehen wollen. Wirre Gedanken schwirrten durch ihren Kopf. Da fielen ihre Blicke auf die Lunch Box und sie merkte, dass sie schon lange nichts mehr gegessen hatte. Sie öffnete die Box und ein Duft von frischem Mausbaguette kam auf. Neben dem Baguette lag eine Flasche ohne Aufschrift. Ihr Magen knurrte. Willow aß das Baguette und bekam Durst. Sie nahm die Flache und trank sie fast aus. Es schmeckte nicht wie Thunfischlimonade, nein, viel besser. Ein »Hicks« schallte durch das Zugabteil. Willow errötete. Was war das für ein Getränk? Ihr wurde warm, sie fühlte sich seltsam, als könnte sie fliegen. Sie torkelte durch das Abteil, schnappte sich zwei Zeitschriften, packte diese unter ihre Vorderpfötchen, kletterte auf die Lehne ihres Stuhls und rief: »Ich bin ein Schmetterling!«

Die anderen Fahrgäste schauten entsetzt auf. Was hatte die kleine Katze vor? Willow wippte nach links, nach rechts, machte ein paar Flügelbewegungen und versuchte zu fliegen. Sie landete mitten im Catstick-Salat einer Perserkatzenlady. Die Catsticks flogen durch den Raum. Willow kicherte laut. Die Perserkatzenlady schrie auf und zupfte sich die Sticks aus ihrem langen weißen Fell: »Sie sind kein Schmetterling!«, hörte man sie sagen. Willow schaute mit aufgerissenen Augen die Dame an und rief quer durch den Waggon: »Sehr wohl bin ich ein Schmetterling! Ok, meine Flügel sind nicht die Schönsten, aber nach einer schmerzhaften Flügelerkrankung mussten beide amputiert werden. Ein armer Schmetterling, wie ich es bin, besitzt jedoch nicht das nötige Kleingeld, sich neue teure Flügel leisten zu können!« Stille. Ein lautes »Hicks« durchbrach die Stille. Willow kippte kopfüber vom Tisch auf ihren Stuhl. Nur noch ein lautes Schnarchen war zu hören.

»Hamburg – Endhaltestelle. Bitte alles aussteigen!«, ertönten die Worte durch den Lautsprecher. Willow öffnete erst das linke, dann das rechte Auge.

»Was? Wo? Hamburg?« Sie sprang auf. Ihr Kopf schmerzte. Sie schaute in den Spiegel und erschrak. Ihr Fell stand in alle Richtungen. Neben der Lunch Box lag ein Zettel, den sie vorher wohl übersehen haben musste: »Ich hoffe, das Baguette mundete und du hast die Flasche Mausschnaps nicht auf einmal getrunken. Viel Erfolg dir. Deine Shila«.

Willow grinste. Was würde sie ohne Shila nur machen. Sie richtete ihr Fell, nahm ihren Koffer und sprang aus dem Zug.

Der Bahnsteig war leer. Wo sollte sie nun hin? Ihr fiel ein, dass sie doch gar nicht die Adresse von Henry kannte. Sie schaute noch mal auf den Zettel von Shila, doch dort stand nichts. Unschlüssig ging Willow auf dem Bahnsteig hin und her. Irgendwie war das doch auch eine Schnapsidee gewesen. Da fuhr sie Hunderte von Kilometern durch Tausende fremder Reviere zu einem Kater, den sie doch im Grunde gar nicht kannte. Der lacht sich doch ins Pfötchen, dachte sie niedergeschlagen. Über eine Stunde trieb sich Willow auf dem Bahnhof herum. Nichts. Keiner, der sich als Henry zu erkennen gab.

Mit kleinen schlurfenden Schritten begab sich Willow zum Automaten und löste eine Rückfahrkarte in ihr Revier. Auf dem Weg zum Bahnsteig drehte sie sich immer wieder um. Kein Henry weit und breit. Ihre Augen füllten sich mit Tränen. Ach, egal, sagte sie zu sich selber. Willow setzte sich auf eine Bank und wartete auf ihren Zug. Sonst kamen die Züge immer unpünktlich. Aber wenigstens das lief wie am Schnürchen; der Zug fuhr pünktlich ein. Ein letztes Mal drehte sich Willow um. Ihre Augen waren so mit Tränen gefüllt, dass sie gar nicht richtig gucken konnte. Schweren Herzens stieg die ehemalige Glückskatze in den Zug. Aber was war da für ein Tumult in der Menge? Eine Prügelei? Nein, Fauchen und Kreischen war nicht zu hören. Jemand bahnte sich außerordentlich ungeduldig seinen Weg durch die Katzenmenge.

Plötzlich schlug ihr Herz schneller. Kann das sein? Ist das Henry oder wirkt der Mausschnaps nach? Das konnte keine Täuschung sein. Willow drängelte zum Ausstieg zurück, rieb sich die Augen trocken und blinzelte in den Bahnhof hinein. Henry! Das musste Henry sein. Ihre Pfötchen bewegten sich schneller. Willow sprang auf den Bahnsteig. Rannte, stolperte und stürmte auf Henry zu. Es war ihr Henry. Er sah noch schöner als auf dem Foto im Internet aus. An seinem Kopf war eine riesige Wunde mit bunten Nähten zu sehen.

»Willow!«, rief er schon von weitem. »Entschuldige bitte die Verspätung.«

Er pustete. »Ich wurde von zwei lästigen Hunden verfolgt und musste allerlei Haken schlagen.«

Stürmisch fiel Willow Henry um den Hals.

»Und ich dachte schon ...«

Henry stutzte. »Ja? Was?«

»Ich hab mir Sorgen um dich gemacht. Und dich vermisst! Ich will dich nicht mehr gehen lassen«, sagte Willow leise. Henry lächelte sie an, umarmte seine Willow und flüsterte ihr ins Ohr: »Für immer dein! Für immer mein! Für immer uns!«

Autorin Cara Sommer lebt mit Katze Shila in der Nähe von Lübeck.

Nachts sind alle Katzen grau

In letzter Zeit ist es ziemlich aufregend und spannend geworden in Shilas Revier. Ihr Geruchssinn täuschte sie nie, das wusste sie ganz genau. Dazu ist ihr Näschen viel zu sensibel. Neue unbekannte Katzen schienen ihr Revier durchstreift zu haben. Der fremde Geruch faszinierte sie, löste jedoch auch ein Alarmsignal bei ihr aus. Aufpassen um jeden Preis ist das Gesetz der Freigänger. Sie ging jede Ecke ab und schnupperte. Es schienen echt viele zu sein.

Plötzlich sah sie direkt in zwei funkelnde Punkte, die sie regelrecht anstarrten. Erschrocken und wie eingefroren blieb sie stehen und schaute bewegungslos auf. Ein riesiger Kater kam langsam auf sie zu. Shila haderte mit sich. Einerseits ist es ihr Revier, in welches der Rüpel eindrang, anderseits begriff sie schon, dass sie diesem Koloss absolut unterlegen ist. Aber einfach so kampflos ihren schönen Garten aufgeben? Niemals! Mit Katzenbuckel, aufgeplustertem Fell tänzelte Shila auf den Krallen vor dem Eindringling herum und versuchte Eindruck zu schinden.

Fehlanzeige! Der Dicke glotzte nur und Shila war etwas irritiert. Was sollte das? Sie hat ihre ganze Energie und vor allem ihren Mut aufgebracht, um es dem Fremden zu zeigen.

»Wir brauchen deine Hilfe!« ertönte es auf einmal aus dem Maul des Katers. Shila, noch völlig in Fahrt, polterte zurück: »Kannst du dich nicht wenigsten vorstellen, du Plüschberg?« Unbeeindruckt antwortete er: »Ich bin Quinto vom Feuerstein, ein reiner Perser aus einem langen Adelsgeschlecht. Mein Revier sind die hinteren Schrebergärten, wo du ja auch schon ein paar Mal neugierig lang spaziert bist. Nicht wahr, kleine Shila?«

Sie hatte damals schon gespürt, dass sie in diesen Gärten irgendwie nie allein war. Aber nie war etwas zu sehen gewesen oder konkret zu hören. Gruselig kam es ihr dort allerdings schon immer vor.

»Wie soll ich denn helfen können und was heißt hier eigentlich, wir?« fragte sie den Dicken. Der Kater schien zu überlegen, bevor er leise anfing zu reden.

»Hör zu, wir sind sogenannte Streuner. Wir leben in dieser Gegend hier und lieben sie. Es ist unser zu Hause geworden. Die Menschen akzeptieren uns. Dafür befreien wir das Gebiet von den unzähligen Mäusen und den ollen Ratten. Als Bonus fällt ab und zu auch mal was Leckeres zusätzlich ab. Na ja, und zum Schlafen finden wir dort auch immer ein trockenes Plätzchen und werden nicht verjagt. Ich würde behaupten, es geht uns sogar ganz gut dort.«

Shila war erstaunt. Wie kann man nur so leben? Draußen, ohne warme Heizung, ohne Kuscheleinheiten?

Der Dicke sprach weiter: »Nun ist es allerdings so, dass seit geraumer Zeit ein paar ziemlich windige Zweibeiner hier ihr Unwesen treiben. Sie brechen in die Gartenhäuser ein, verwüsten alles und klauen wie die Raben. Wenn das so weitergeht, werden bald alle Gartenbesitzer hier das Feld räumen. Und was wird dann aus uns?«

Shila wurde bei den Ausführungen ganz mulmig.

Was erwartete er denn von IHR? «Ja, aber…« fing sie an. »Wir sind einfach zu wenig«, wischte er einfach ihren Einwand weg. »Wir können mit so wenigen Katzen nichts ausrichten. Was wir brauchen ist so was wie eine Katzen-Armee. Diese Spitzbuben müssen richtig Schiss bekommen.«

»Wie viele seid ihr denn schon?«, fragte Shila. Der Dicke trat zur Seite und hinter ihm blitzten unzählige Augenpaare auf. »Donnerwetter!«, entfuhr es ihr.

»Es reicht aber nicht«, brummte er weiter. »Um diese Bande zu verjagen müssen wir viel mehr werden. Was du hier an Katzen siehst, sind alle Streuner aus den Gärten. Und jetzt kommt dein Part!«

Shila spitzte die Ohren. Der wilde Kater beugte sich tief zu ihr, während er eindringlich zu ihr sprach.

»Trommel alle Hauskatzen, die du kennst zusammen! Frage sie, ob sie bereit sind zu helfen. Lasst uns für diesen Moment alle unsere Streitigkeiten vergessen. Was wir brauchen ist eine Einheit. Wir wollen diesen Schurken, die uns unser zu Hause kaputtmachen wollen, eine Lehre erteilen und zum Teufel jagen!« Die funkelnden Augenpaare hinter dem Koloss schienen im Redetakt mitzuwippen. Der Kater hatte sich richtig in Rage geredet. Doch Shila verstand. Nichts ist so schlimm, wie das eigene zu Hause zu verlieren. Sie selber hatte sich ein neues Heim suchen müssen, nachdem sich ihre ehemaligen Besitzer zusätzlich Hunde angeschafft haben, die sie überall verjagten und durch das Haus hetzten. Sie schüttelte die Erinnerung ab. Mittlerweile ist sie dankbar für das Glück, einen schönen Platz bei ihren neuen Menschen gefunden zu haben.

»Ich bin dabei! Pfote drauf!«, schwor Shila. Der Dicke nickte, reichte ihr seine Pranke, drehte er sich langsam um und verschwand, mit all den ganzen Funkelaugen, die hinter ihm waren, ab in die Dunkelheit.

Da saß sie nun, keiner war mehr zu sehen. Überall Stille. Ja, und nun? Wo sollte sie anfangen, kam der Dicke noch mal wieder oder wie sollten sie zusammenfinden? Aber worauf warten? Sie wetzte los, gleich nebenan wohnen ihre Halbschwester Cherry und der alte Michel. Die beiden verstanden erst mal nur Bahnhof. Von weitem sah das schon komisch aus, wie Shila mit wild fuchtelnden Pfoten den beiden versuchte zu erklären, worum es bei der ganzen Sache ging. Neugierige Katzen aus den umliegenden Häusern kamen nach und nach hinzu und hörten gebannt auf Shilas Worte. Einige nickten verstehend, bei anderen Katzen sah man deren Zweifel ganz deutlich im Gesicht an.

»Warum soll ich diesen ollen Stinkern helfen, die nachts in unseren Revieren rumstromern und unsere Mäuse weg fangen?«, fragte Toby. Er hatte sich letztens ein wildes Gefecht mit einem dieser Wilden geliefert. Sein Ohr war von dem Kampf noch etwas zerfetzt. Die Wunde, die er die letzten Tage stolz als Trophäe trug, stellte er nun anklagend zur Schau.

»Keiner zwingt dich, Toby!«, gab Shila leise zu verstehen. »Ich finde nur, es ist genau der richtige Augenblick, dass alle Katzen lernen, sich aufeinander bedingungslos zu verlassen. Egal, wo derjenige herkommt.«

»Macht doch, was ihr wollt!«, schmollte Toby und trottete langsam Richtung Heimat. Ihm war es peinlich, dass Shila ja eigentlich Recht hatte, aber die Blöße wollte er sich nicht geben. Sollten sie doch alleine klarkommen. Während er das dachte, bereute er schon seine Entscheidung. Aber das nun zugeben? Niemals! Sein Stolz verbot ihm das. So blickte er nur neugierig der sich zum Aufbruch rüstenden Katzenmeute hinterher.

In diesem Moment hörte man ein entsetzliches Geheule und Gekreische. Alle Katzenköpfe fuhren erschrocken auseinander. »Ich glaube, es geht los«, flüsterte eine der Hauskatzen.

»Auf geht`s!«, schrie der nächste. »Zeigen wir den Dieben, was ein Katzenpuschel ist!«
Mit lautem Gemauze und Gejaule stürzten sie sich in die Schrebergärten. Keine Sekunde zu spät. Quinto, der dicke Perser, rannte in einem Affenzahn an ihnen vorbei.

»Kommt alle mit, diese Schurken sind wieder da!«, rief er im Vorbeilaufen. Von weitem sah man die dunklen Gestalten, die sich mit Werkzeugen an den Gartenhäuschen zu schaffen machten.
Zwei Streuner hatten sich schon in eine Ecke positioniert und beobachteten das irre Treiben der Diebe. Shila schloss sich mit ein paar anderen Hauskatzen den beiden Wilden an und sprang mit ihnen hinauf auf die Gartenhausdächer. Überall waren auf jedem Dach funkelnde Augenpaare zu sehen. Ihre leisen Sohlen verrieten sie nicht. Die Einbrecher ahnten nichts Böses. Sie wähnten sich in absoluter Sicherheit.

»Hier sieht und erkennt uns eh keiner«, zischte einer von den Einbrechern.

»Nachts sind alle Katzen grau!«, feixte ein anderer.
Wie auf Kommando sprangen genau in diesem Augenblick urplötzlich unzählige Katzen von den Dächern auf die Diebe. Der Schreck fuhr den Verbrechern in die Glieder. Wie von der Tarantel gestochen, rannten sie, als wäre der Leibhaftige hinter ihnen her. Immer mehr Katzen drangen aus allen Ecken, fauchten, jaulten und kreischten ohrenbetäubend. Die Körper der Katzen verschwammen zu einer auf sie zurollenden Masse mit glühenden Augen. Um ihre Leben rennend und stolpernd gelangten die Diebe hinaus aus den Schrebergärten, direkt auf die abgehende Straße. Hinter ihnen war nur noch ein drohendes Grollen zu hören. Die Halunken wähnten sich in Sicherheit und verschnauften kurz. Als sie sich umdrehten, saß wie angewurzelt Toby vor ihnen, den die Neugier doch nicht losgelassen hat. Mit fiesem Grinsen ging der Dieb auf Toby zu.

»Elendes Katzenvieh!«, schrie er und holte mit dem Fuß aus, um Toby zu treten. Wie aus dem Nichts stand auf einmal die ganze Katzenmeute vor ihnen. Alle dicht zusammen, ob Hauskatze oder Streuner. Ihre Augen glühten gefährlich und ihr leises Fauchen und Knurren nahm immer mehr an Lautstärke zu. Ganz langsam bewegten sie sich auf die Schurken zu.

Die vergaßen komplett, was sie machen wollten und liefen so schnell sie konnten auf und davon. Während sie rannten, drehten sie sich ein paar Mal um und sahen nur die glühenden und funkelnden Augen der ganzen Katzen.

Toby saß immer noch wie angewurzelt, seine Augen waren ganz groß. Er konnte kaum fassen, was eben passiert war. Er wusste auch gar nicht, was ihn eben mehr erschreckt hat, die gemeinen Halunken oder dieses ganze Katzenmeer, was da vor ihm stand.

»Entspann dich, Kleiner«, sagte Quinto, legte seine Pfote auf Tobys Schulter und nahm ihn in die Mitte.

»Es wird immer mal wieder zu Revierkämpfen kommen oder Streitigkeiten zwischen Streunern und Hauskatzen geben«, sagte Shila, die leise aus der Mitte trat.

»Das liegt in unserer Natur um Grenzen abzustecken. Wichtig ist nur, dass wir, wenn es drauf ankommt, zusammenhalten.« Alle nickten zustimmend und erzählten noch untereinander von ihren Erlebnissen als Streuner oder Freigänger. Allmählich ging aber jede Katze ihrer Wege. Durch ihre leuchtenden Augen in der Dunkelheit sah das langsame Auseinandergehen aus, als würde man nach und nach kleine Lämpchen ausmachen. Immer weniger Funkelpunkte waren zu sehen.

Shila machte sich auch bereit zum Aufbruch. Sie streifte Quinto beim Vorbeigehen, der leise flüsterte: »Und? Kommst du wieder mal in die Schrebergärten?«

Er räusperte sich nervös und trampelte von einer Pfote auf die andere. Fast dachte er, sie hätte ihn nicht gehört. Bevor sie jedoch gänzlich außer Reichweite war, blieb sie stehen, schaute über die Schulter, blinzelte ihm zu und mauzte: »Vielleicht...«

»Du, Graufell?«
»Ja, Kümmel?«
»Andere Katzen erleben ja auch Abenteuer.«
»Ganz gewiss, Kümmel. Und manche Abenteuer werden auch aufgeschrieben.«
»Aus unseren Abenteuern könntest du doch noch ein zweites Buch machen, Theo.«
»Du meinst, die Leser wollen wissen, wie du eine ganze Nacht im Hühnerstall verbracht hast?«
»Lieber eine andere Geschichte, Theo. Wie ich den Fuchs verscheucht habe. Oder wie ich Fellreste von Kater Alex zwischen den Krallen hatte. Oder wie du einen Waschbären für mich gehalten hast.«

»Könnte ich, Kümmel. Aber dann erzähle ich auch die Geschichte, wie Vierauge und ich dich von der höchsten Linde der Straße gelotst haben. Die schwarze Katze hat dich raufgehetzt und du hast eine Kralle dabei verloren. Bestimmt wollen die Leser auch wissen, wie deine Zahnsanierung verlaufen ist. Danach hatten wir eine Weile Hausverbot beim Tierarzt. Du erinnerst dich?«
»Mach du erstmal deine Zähne, Graufell.«
»Hast du eine Ahnung, was das alles kostet, Kümmel? Zähne, Küche, Wohnzimmer. Du bist ja auch nicht ganz unschuldig daran.«
»Ich weiß von nichts.«
»Eigentlich wollte ich diese Geschichte für das nächste Buch aufbewahren, Kümmel. Aber damit du mir glaubst – bitte schön: Aber dann ist wirklich Schluss.«

Maus im Haus

Mein Porsche schnurrte wie eine Nähmaschine. Oder passt vielleicht besser wie eine Katze? Egal. Er schnurrte. Die milde Frühjahrssonne schmiegte sich auf mein leicht gebräuntes Gesicht. Lässig ließ ich einen Arm aus dem offenen Auto baumeln. Die gepflegte Auffahrt zu meinem Gestüt für edle Araberhengste konnte ich auch mit einer Hand am Steuer bewältigen. Das riesige schmiedeeiserne Tor mit meinem Wappen öffnete sich lautlos. Gleich hinter dem Golfplatz lag das Herrenhaus, meine Zuflucht. Daneben die Ställe und das Gesindehaus. Araberhengste und ihre Zuchtstuten brauchen 24 Stunden am Tag Pflege. Das haben sie mit Katzen gemeinsam.

Ich parkte so rasant meinen Porsche, dass die Kieselsteine nur so flogen. Wie von Zauberhand öffnete sich die Wagentüre. Die Zauberhand gehörte zu Amanda, meiner persönlichen Assistentin, die mich wie immer in der vorgeschriebenen Arbeitskleidung, dem Bikini in den Farben der Saison, empfing. Ich wollte aussteigen, aber die Taucherflossen an meinen Füßen verhinderten jede gezielte Bewegung. Wie hatte ich es damit geschafft, Gas zu geben und zu bremsen? Und plötzlich blieben auch meine Hände am Lenkrad kleben. Amanda zeigte ihre ebenmäßigen Zähne.

»Kling-Klang«, begrüßte sie mich. Und zur Bekräftigung gleich nochmal. »Kling-Klang.«
Vor meinen Augen zerfiel das Herrenhaus zu Staub. Eine Hand zerrte an meiner Schulter.

»Deine Katze begehrt Einlass.«
Wieso lag Amanda plötzlich neben mir? Mühsam öffnete ich die Augen und griff nur der Information wegen zum Wecker. Drei Uhr dreißig in der Frühe. Ich befand mich also nicht auf meinem Gestüt für Araberhengste, sondern im Schlafzimmer unseres Hauses und hatte das Ganze möglicherweise nur geträumt. Die letzte Unsicherheit wurde durch die etwas schärfer klingende Stimme von Ulrike Vierauge aus dem Weg geräumt. »Nun mach schon und lass das Tier rein. Ich muss weiterschlafen.«
Die Leser meiner Berichte kennen natürlich Ulrike Vierauge, meine tagsüber so verständnisvolle Frau, unsere kleine Katze Kümmel und die berühmte Katzenklingel, auf der eben erwähnte Katze fröhlich hin und her sprang. Sie kam von ihren nächtlichen

Streifzügen heim und wollte rein. (Schade, dass ich nur nachts dichten kann.)

Gemäß dem Wunsch von Ulrike Vierauge und Katze Kümmel erhob ich mich also und stakste schlaftrunken die Treppe zur Küche herunter. Im fahlen Mondlicht hockte unsere gestreifte Katze auf der Katzenklingel und sagte: »Miau.«
Ich öffnete, Katze Kümmel schlüpfte in die Küche und legte mir etwas braunes Kleines direkt vor die Füße.
Bevor ich den Ernst der Situation richtig einschätzen konnte, bewegte sich das braune Ding und huschte durch den Spalt an der Wand hinter unseren Küchenschrank. Kümmel lief aufgeregt hin und her.

»Wieso hast du die Maus nicht gepackt, Graufell? Wozu jage ich für dich?«
Jedenfalls sagte das ihr vorwurfsvoller Blick. So ein Mist, dachte ich. Maus im Haus. Die Suche nach einer Maus, die hinter einem großen Küchenschrank Zuflucht gesucht hat, erschien mir in tiefer Nacht ein aussichtsloses Unterfangen. Auch Kümmel gab nach geschätzten 15 Minuten auf. So lange hörte ich sie noch in der Küche rumoren, als ich schon längst wieder im Bett lag. Vorsichtshalber hatte ich Ulrike, die immer als Erste aufsteht, einen großen Zettel hingelegt. **MAUS IM HAUS!**

Morgen würden wir Beiden mit vereinten Kräften das Mäusetier orten und ins Freie vertreiben.

»Auf geht's, Frau!«, sagte ich am nächsten Nachmittag und klatschte voller Tatendrang in die Hände. Kümmel hatte jegliche Hilfe abgelehnt und befand sich auf Streife in ihrem Revier oder lag dösend bei sommerlicher Hitze unter einem Busch und nahm eine Zeckendusche.

»Ich klopfe mit dem Besenstiel gegen den Schrank und du stülpst ihr die Plastikdose über, wenn sie rauskommt.«
Sie klopfte. Vierauges Plan war genial. Er hatte nur einen Haken. Die Maus erschien nicht wie erwartet. Sie erschien gar nicht. Vielleicht schlief sie noch oder plante einen Ausbruch an anderer Stelle. Ulrike verließ die Küche und kam kurze Zeit später mit einem langen dünnen Zweig wieder. Sie stieg behände auf einen Küchenhocker und schob den Stecken zwischen Wand und Schrank. Ein paar Schweißperlen bildeten sich bereits auf ihrer Stirn.

»Ich stochere, schrecke sie auf und du fängst sie«, schnaufte sie von oben. (Ich möchte hier kurz einfügen, dass dieses Bild, was Sie hier jetzt vor Augen haben, nicht der Realität entspricht. Ich kniend auf dem Küchenboden und Ulrike Vierauge in weitaus höherer Position über mir. Jedenfalls nicht immer.)
Kurz und gut, unsere Maus blieb auch mit dieser Methode unsichtbar.
»So geht's nicht.«
Das war glasklar gefolgert und völlig richtig. Ich, der berühmte Schriftsteller und Werbetexter, erwartete jeden Moment den Satz, der mit »Hättest du gestern Nacht nicht.... « begann.
Aber meine liebe Frau ist nicht nachtragend und weiß, dass Vorwürfe die Maus nicht vertreiben würden. Ihr Blick jedoch sprach Bände, als sie anfing, mit hektischen Bewegungen das Geschirr aus dem Schrank zu nehmen.

»Dann rücken wir den Schrank eben ab. Wir kriegen dich schon. Bei uns herrschen ja nicht Zustände wie bei Meyerhoffs.«
Familie Meyerhoff hat seit mehreren Wochen eine Maus als Mitbewohner, die in einer stürmischen Nacht von Katze Daisy angeschleppt wurde.

»Damit Daisy was zu spielen hat, haben wir auf eine Vertreibung verzichtet«, erklärte uns damals Daniel Meyerhoff.

»Auf einen mehr oder weniger im Haus kommt es auch nicht an. Daisy ist auch viel ausgeglichener, seitdem sie einen Kameraden hat.«
Ulrikes Lippen waren nur noch ein schmaler Strich, ich fummelte unablässig an meinem Ohr herum. Beides Zeichen innerster Anspannung.

»Hör auf, an deinem Ohr herumzufummeln. Wir ziehen jetzt den Schrank vor und dann ist der Spuk vorbei.«
Und mit einem kräftigen »Zugleich« ließen wir Ulrikes Worten Taten folgen. Ulrike spähte hinter den Schrank. Sie spähte ziemlich lange. Als sie sich umdrehte, war ihr Gesicht aschfahl. »Schau selbst«, sagte sie mit tonloser Stimme und sank auf einen Küchenstuhl.
Selbst mir als Mann bot sich ein Bild des Grauens. Hinter dem Schrank Schimmel soweit das Auge reichte. Schwarzer flauschiger Schimmel an der Wand und auch auf dem Boden. Schimmel an der Rückwand des Schrankes.

»Ich werde in dieser Küche keine Scheibe Brot mehr essen, solange der Schimmel da ist.«
Dagegen war nichts einzuwenden. Ulrike Vierauge ist von Beruf Ärztin und kennt die Ursachen, die uns Menschen krank machen. Sie war zwar jetzt blass wie ein Laken, aber ihre Energie war ungebrochen.
»Das haben wir gleich.«
Wir stellten sämtliches Geschirr auf den Küchentisch und verteilten den Rest auf das angrenzende Wohnzimmer. Dann setzten wir Staubmasken auf und zogen den kompletten Küchenschrank, der uns schon viele Jahre diente, von der Wand ab und zerlegten ihn in handliche Stücke. Die Einzelteile schleppten wir schweißüberströmt in den Schuppen. Während Ulrike fachkundig die Tapete löste, füllte ich die Sperrmüllkarte aus. Schließlich bin ich der Schreiberling im Hause. Die Tapetenreste verbrannten wir hinten im Garten. Dann machten wir uns an die Grundreinigung des Mauerwerks und des Fußbodens.
Während ich immer neue Eimer Wasser heranschleppte, schrubbte Ulrike unter grässlichen Verwünschungen mit einer harten Bürste die tapetenlose Wand und den Boden. Danach wurden die befallenen Stellen mit einem Anti-Schimmel-Mittel eingesprüht. Unsere ehemals recht gemütliche Küche glich einem Schlachtfeld.
»Während die Wand trocknet, holen wir den alten Küchenschrank aus dem Keller. Aber nur provisorisch.«
Ulrikes Augen blitzten. »Jetzt ist genau der richtige Zeitpunkt für eine neue Küche. Wo sind die Kataloge?«
Am übernächsten Morgen rückten die Handwerker an. Kümmel und ich betrachteten das Zerstörungswerk aus sicherer Entfernung. Die restlichen Schränke wurden herausgerissen, die Bodenfliesen herausgestemmt, ein Loch für die neue Dunstabzugshaube wurde in die Wand geschlagen, der Anschluss für den Herd kam nach rechts, die Spüle nach links. Staubwolken hüllten unser Haus ein.
»Warum machen die das?«, fragte mich Kümmel.
»Weil wir eine Maus im Haus haben.«
Kümmel strich mir um die Beine. »Na und?«
Der Auslöser des Ganzen, die kleine braune Maus, blieb unauffindbar.
»Du hast doch wohl damals die Küchentür geschlossen und somit ein Entkommen vereitelt, oder?«

»Natürlich!«, log ich im Brustton der Überzeugung. »Wofür hältst du mich?«

Ich ritt auf meinem Araberhengst durch die Wüste. Amanda klammerte sich von hinten an mich. Sie trug die für Ausritte vorgeschriebene Arbeitskleidung, einen Bikini in den Farben der Saison. Meine scharfen Augen erspähten eine Klapperschlange direkt vor uns. Mein Hengst erschrak, stellte sich auf die Hinterbeine und wieherte.

»Kling-Klang.« Ulrike Vierauge erhob sich langsam. Die ungewohnte Bewegung machte mich sofort hellwach. Meinen Traum würde ich später weiterträumen. Wir waren uns doch einig, dass ich Kümmels nächtlicher Türöffner bin. Ich folgte der verdächtigen Person auf leisen Sohlen. Aber was machte Ulrike da? Sie öffnete unserem Kümmelchen nicht die Terrassentür zur (neuen) Küche, sondern die Terrassentür zum Wohnzimmer. Wir haben nämlich zwei Terrassentüren.

»Na komm, Kümmelchen«, wisperte Ulrike.

»Was bringst du uns denn da mit?«

Ich sah, wie Katze Kümmel etwas kleines Braunes fallen ließ. »Oh, ein Mäuschen.«

Mit großen Augen musste ich beobachten, wie Ulrike das kleine Mäuschen mit dem Besen unter unseren Wohnzimmerschrank scheuchte. Erst vorgestern hatte sie mit tiefer Verachtung in der Stimme festgestellt, dass dieser »olle« Wohnzimmerschrank auch schon ein paar Jahre zu viel auf seinem hölzernen Buckel hatte.

»Wir brauchen einen Neuen. Und überhaupt. Vielleicht auch mal ein paar neue Tapeten mit frischen Farben«, waren ihre letzten Worte in dieser Angelegenheit.

»Der ist noch so gut wie neu. Nochmal Wochen lang die Handwerker im Haus mache ich nicht mit. Niemals. Und eine Maus sitzt auch nicht hinterm Schrank«, waren meine letzten Worte.

Ende und Miau

Zu guter Letzt gibt es noch eine Katzengeschichte, die ausnahmsweise nichts mit Katze Kümmel zu tun hat.

Der Mann, der keine Katzen mochte

Eines Tages erschien der namenlose Kater auf dem Grundstück der beiden braven Leute im Nachbardorf und ging nicht mehr weg. Er blieb neben dem Komposthaufen sitzen und beobachtete vorsichtig den Mann und die Frau, die in dem kleinen Haus am Waldesrand wohnten. Der Herr des Hauses, der immer wieder hervorhob, dass er keine Katzen mochte, ignorierte den einsamen Kater. Er mochte weder Katzen in seiner direkten Umgebung noch irgendwelche Katzen in der Nachbarschaft und verscheuchte sie grundsätzlich. Und Katzen in der Nachbarschaft gibt es im Dorf sehr viele. Der Mann war also schon sehr beschäftigt, diese lästigen Katzen von seinem Grund und Boden zu verjagen. Aber warum er ausgerechnet diesen kleinen Kater in Ruhe ließ, vermochte er auch nicht zu sagen.

Die Frau des Hauses, die mit ihrem unlängst verstorbenen Kater Orlando aufwuchs, hatte ein weicheres Herz und stellte dem kleinen Kater Futter hin, wofür sie unverzüglich von ihrem Mann gerügt wurde.

»Wenn der hier Futter kriegt, geht er nicht mehr weg«, sagte der Mann, der keine Katzen mochte.

Das aber hielt seine Frau nicht davon ab, ihm weiterhin Futter hinzustellen. Er sah doch so zerzaust und abgemagert aus. Bestimmt hatte der kleine Kater nicht einmal ein richtiges Zuhause und war fürchterlich hungrig.

Zuerst war der kleine Kater mit dem struppigen Fell scheu und hat nur gefressen, wenn er sich sicher fühlte. Menschen waren ihm irgendwie unheimlich. Laut, hektisch und unberechenbar. Die Frau mit den roten Haaren stellte ihm weiter sein Futter hin und verhielt sich unauffällig. Ruhig, gelassen und für den Kater berechenbar. Der Mann, der keine Katzen mochte, gab sich knochenhart und sagte jedem, der es hören wollte, eine Katze käme ihm nicht ins Haus. Was ja auch stimmte, denn der kleine Kater war nur im Garten und traute sich nicht einmal in die Nähe der Haustür.

Der Sommer ging, der Winter kam, der Kater blieb und es wurde kalt, aber der namenlose Kater durfte wenigstens im relativ warmen Schuppen schlafen. Bei klirrendem Frost wäre er draußen sicherlich erfroren oder hätte sich zumindest erkältet. Futter bekam er weiterhin nur von der Frau. Inzwischen war der Kater auch nicht mehr so scheu, ließ sich von dem weiblichen Zweibeiner streicheln und näherte sich sogar respektvoll dem Mann, der keine Katzen mochte. Man kann sagen, die beiden beschnupperten sich und manchmal guckten sie sich sogar an. Der Kater zwinkerte den Mann sogar an, aber der männliche Zweibeiner verstand die Katzensprache nicht und zwinkerte nicht zurück.

Der Winter wurde so kalt, dass sogar die Vögel froren und der Schuppen war nicht mehr warm genug für unseren Kater. Also gab der Mann, der keine Katzen mochte, nach und der Kater durfte wenigstens im Keller schlafen. Dort war es schön warm und der Kater hatte einen eigenen Ausgang durch das Kellerfenster.

»Dort wird Carlos nicht frieren«, sagte die Frau mit den feuerroten Haaren zu ihrem Mann.

»Er hat einen Namen?«, fragte der Mann verwundert.

»Ja, er sieht doch nach Carlos aus. Oder findest du nicht?«

Und wenn jemand oder etwas einen Namen hat, ist er oder es auch nicht mehr so fremd, sondern gehört irgendwie dazu. Was das bedeutet, weiß jeder. Der Kater namens Carlos gehörte jetzt zur Familie. Der Mann freute sich, wenn Kater Carlos vorsichtig um seine Beine strich, wenn er sich vertrauensvoll auf den Rücken legte und sehnsüchtig darauf wartete, dass der Mann ihn streichelte. Und eines Tages war es soweit. Der Mann, der keine Katzen mochte, streichelte Carlos und es gefiel beiden ausnehmend gut. Der Kater schnurrte und der Mann bekam ganz feuchte Augen, als er sah, wie zufrieden der Kater war. Aber das hielt er vor seiner Frau geheim.

Der Mann, der keine Katzen mochte, verbrachte nun zur größten Überraschung all seiner Freunde und Bekannten immer mehr Zeit mit Kater Carlos. Eigentlich kümmerte er sich inzwischen mehr als seine Frau um den einst herrenlosen Kater, dessen Fell langsam wieder anfing zu glänzen. Der Mann kaufte seinem neuen pelzigen Freund einen schönen Futterautomaten, damit Kater Carlos in seiner Abwesenheit ja keinen Hunger leiden musste. Der Mann, der keine Katzen mochte, fuhr mit ihm zum Tierarzt, ließ ihn gründlich untersuchen, kastrieren und chippen. Kater Carlos war sogar freundlich zum Tierarzt und ließ ohne Widerstand, ohne Fauchen und Knurren alles mit sich machen.

Andere Katzen hauen oder schnappen nach dem ärztlichen Personal und sind nicht sehr kooperativ. Kater Carlos war das genaue Gegenteil von allen Katzen, die der Tierarzt kannte. Es sah fast so aus, als freute sich Carlos über die vorsichtigen Berührungen.

Als der Frühling kam, blieb der Kater eines Tages verschwunden. Er ging oft spazieren, kam aber immer wieder. Nur diesmal nicht. Die Frau mit den roten Haaren war sehr beunruhigt, der Mann schien im ersten Moment beleidigt.

»Undankbares Tier«, brummte er. »Kaum wird es wieder warm, haut der Kater ab.«

Das sagte er zwar, aber er meinte es nicht so. Als Mann konnte er natürlich nicht zugeben, dass er sich noch größere Sorgen machte als seine Frau. Als Kater Carlos zwei Tage verschwunden war, sprach der Mann, der keine Katzen mochte, zu seiner Frau.

»Ich werde mal eine Runde joggen gehen.«

Die Frau war verwundert, denn ihr Mann joggte sonst nie, aber sie ließ ihn wortlos gewähren, denn der Verlust um Kater Carlos schnürte ihr die Kehle zu. Der Mann trabte los, hatte aber nie die Absicht gehabt, zu joggen, sondern machte sich auf, den kleinen Kater zu suchen. Er schaute hoch zu den Bäumen, kroch unter Büsche und rief immer wieder seinen Namen. Aber Kater Carlos antwortete nicht und blieb verschwunden. Als der Mann, der keine Katzen mochte, gerade aufgeben wollte, traf er am Waldesrand den Förster, der geschäftig mit dem Gewehr auf dem Rücken Richtung Forsthaus schritt.

»So eilig?«, fragte der Mann, der seinen Kater suchte.

»Die Waschbären werden zur Plage«, antwortete der Förster. »Ich habe Lebendfallen aufgestellt und will meine Arbeit tun.« Er lachte und tat so, als wolle er schießen.

»Und wenn eine Katze in der Falle hockt, auch gut. Die haben im Wald ebenfalls nichts verloren.«

»Wo steht denn Ihre Falle?«, fragte der Mann, der Carlos suchte, ganz ruhig und beiläufig. Der Förster deutete in eine bestimmte Richtung.

»Nicht weit von Ihrem Haus. Kurz vor dem kleinen See.«

Der Mann, der Kater Carlos sehr mochte, tat so, als würde er in eine andere Richtung weiterlaufen, schlug außer Sichtweite einen großen Bogen und rannte so schnell er konnte zu dem kleinen See, den er natürlich gut kannte. Als kleiner Junge hatte er dort immer heimlich geangelt, was ohne Angelschein streng verboten war. Er wurde auch nur einmal dabei vom damaligen Förster erwischt und kassierte von seinem Vater eine saftige Ohrfeige. Der Mann, der keine Katzen mochte, hatte eine schreckliche Ahnung und erreichte schweratmend den kleinen See und suchte eilig nach der Waschbärenfalle, die er auch bald fand. Zu seinem Entsetzen war die Tür der Falle aufgebrochen und es war weder ein Waschbär noch sein Kater Carlos zu sehen.

Der Mann war verzweifelt. Er hatte fest damit gerechnet, seinen Kater hier zu finden. Bestimmt hatte Carlos einen langen Spaziergang unternommen, vielleicht etwas zu lang, und war in die Waschbärenfalle geraten. So jedenfalls hatte der Mann gehofft, aber so war es wohl nicht. Aber wieso war die Tür der Falle aufgebrochen? Und woher kamen die frischen Fußspuren?
Plötzlich hörte der Mann, der vom Laufen noch ganz verschwitzt war, von irgendwoher Gelächter. Vorsichtig folgte er dem Klang der Stimmen, schlich durch Büsche, versteckte sich hinter Bäumen und kam den Geräuschen immer näher. Der Atem stockte ihm, als er ein klägliches Miauen hörte und gleich darauf die Stimme des Förstersohnes.

»Wollen mal sehen, wie lange die Katze im Wasser die Luft anhalten kann«, sagte der Sohn des Försters, der zusammen mit seinem Vater die Waschbärenfalle aufgestellt hatte.

»Du willst sie ertränken?« ,fragte eine andere junge Stimme.
»Ich nehme meinem Vater nur die Arbeit ab. Er erschießt grundsätzlich streunende Katzen.«
Der Mann traute seinen Ohren nicht und trat hinter dem Baum hervor.

»Das ist keine Katze«, knurrte er. »Das ist ein Kater.«
Kater Carlos miaute kläglich und freudig zugleich und versuchte, sich aus dem Griff des Halbwüchsigen, der überrascht aufschaute, zu befreien.

»Lass ihn sofort los!«, herrschte der Mann, der groß, kräftig und muskulös war und die Wirkung seiner Fäuste gut kannte, die beiden Jungen an. Der zweite Junge, der Sohn des Bäckers, ergriff sogleich die Flucht, der Sohn des Försters hingegen war mutiger.

»Holen Sie sich den Kater, wenn Sie ihn haben wollen«!, lachte er und warf Kater Carlos mit Schwung in den See.

Kater Carlos fühlte sich nicht sehr wohl, als er so plötzlich ins Wasser fiel, machte instinktiv mit seinen Pfötchen Schwimmbewegungen und näherte sich dem rettenden Ufer. Der Mann, der erkannte, dass sein Kater fast in Sicherheit war, packte den Sohn des Försters am Kragen und warf ihn mit aller Kraft in das ausgedehnte Brennnesselfeld, mit dem er selbst als kleiner Junge unliebsame Bekanntschaft geschlossen hatte.

Der halbwüchsige Junge wälzte sich herum, sprang auf und flüchtete vor weiteren Attacken des wütenden Mannes, der sich jetzt dem See zuwandte, ein paar Schritte ins Wasser ging und seinen kleinen Kater vorsichtig ergriff und ihn am Ufer absetzte. Kater Carlos war überglücklich und schüttelte erstmal die Nässe aus seinem Pelz, bevor ihn der Mann hochhob und in seine warme Jacke verstaute, damit der kleine Kerl sich nicht erkältete.

Die Frau mit den roten Haaren war entsetzt, als ihr Mann von dem Abenteuer berichtete und schwor Rache und Vergeltung, was ihr als Lehrerin des Ortes nicht schwerfallen sollte. Kater Carlos schnurrte, rieb sein Köpfchen am Hosenbein des Mannes und wich ihm nicht mehr von der Seite. Kater Carlos erholte sich schnell von dem Schrecken, denn Katzen und auch Kater haben ein eher schwaches Gedächtnis und vergessen schnell. Junge Burschen allerdings mag der Kater bis heute nicht und versteckt sich, wenn einer von denen in seinem Revier auftaucht.

Seit diesem Vorfall ist der Mann, der seinen Kater rettete, mit der Försterfamilie nicht mehr so gut befreundet, was ihm aber herzlich egal ist. Der versuchte Katzenmord sprach sich im Ort sehr schnell herum und der Sohn des Försters hatte danach wirklich viel Pech. Er flog wegen anderer Untaten von der Schule, bestand leider die Fahrprüfung nicht, wurde aus dem Sportverein geworfen und auch seine hübsche Freundin wandte sich einem anderen zu. Sein Moped wurde ihm gestohlen; der Dieb konnte nie ermittelt werden und die Anzeige wurde zu den Akten gelegt. Es schien fast so, als hätte sich der ganze Ort gegen den Burschen verschworen.

Der Sohn des Bäckers bekam von seinem Vater zwei so gewaltige Backpfeifen, dass sich für einen Moment eine große Mehlwolke um seinen Kopf bildete.

Im Frühjahr baute der Mann, der keine Katzen mochte, seinem Kater Carlos eine chipgesteuerte Katzenklappe ein, damit sein Kater ja nicht vor verschlossenen Türen warten musste. Der Leser von Katzengeschichten weiß auch das richtig zu deuten: Kater Carlos ging in dem Haus der beiden braven Leute inzwischen ein und aus. Aber nicht ins Wohnzimmer, sagte der Mann, der früher keine Katzen mochte, mit nicht gerade sehr fester Stimme. Ihr großes Abenteuer hatte die beiden zwar sehr verbunden, aber eine Katze gehört nicht in ein gepflegtes Wohnzimmer.

Heute nach drei Jahren liegen der Mann und Kater Carlos gemeinsam auf der Couch im gepflegten Wohnzimmer und halten ein ebenso gepflegtes Nickerchen. Nicht nur das. Der Stammplatz des Katers ist das teure Ledersofa geworden, wo nicht mal der Schwiegervater des Mannes, der keine Katzen mochte, unaufgefordert Platz nehmen darf. Der Mann, der vor langer Zeit keine Katzen mochte, und Kater Carlos sind heute ein Herz und eine Seele. Carlos ist ein großer erwachsener Kater geworden, der nichts mehr liebt als von dem Mann gestreichelt zu werden. Dazu legt sich der Kater auf den Rücken, streckt alle Viere von sich und schnurrt nach Leibeskräften.

Carlos ist ein freundlicher Gartenkater geworden, der sich sogar mit anderen Katern gut verträgt und mit den Katern Manfred und Speedy aus der Nachbarschaft eine Bruderschaft gebildet hat. Sie sind Kumpels, haben ein gemeinsames Revier und einen gemeinsamen Feind: die gemeine schwarze Katze aus der anderen Nachbarschaft. Kaum sichtet einer der drei Kater die schwarze Katze, geht die wilde Hatz los. Einer für alle, alle für einen. Aber das ist eine andere Katzengeschichte.

Zur Winterzeit verlässt der freundliche Kater Carlos sein Haus nur selten, ist etwas molliger im Hüftbereich geworden und besucht seine Kumpels in der Nachbarschaft weniger. Das freut besonders den Mann, der keine Katzen mochte. Denn jetzt kann er mehr Zeit mit seinem geliebten Kater verbringen. Ist ja auch keine Katze.

Satirische Betrachtungen über Männer im Haushalt

Männer im Haushalt sind vielfältigen Gefahren und Risiken ausgesetzt. Viele Frauen haben ein ungutes Gefühl, wenn sie den Gatten oder Lebensgefährten alleine zu Hause lassen. Dieses Gefühl ist richtig. Entweder das Haustier wird maßlos verwöhnt oder es schwebt in ernster Gefahr. Aber nicht nur das Haustier ist in Gefahr; mit gewissen Tätigkeiten oder Gegenständen steht der Mann von Geburt an auf Kriegsfuß. Diese vier kurzen Berichte beleuchten das ganz besondere Verhältnis zwischen Mann und Haushalt.

Männer und Blumen

Manche Gegenstände im Haushalt sind Männern völlig fremd. Blumen und Pflanzen gehören dazu. Langsam und behutsam müssen Männer im Haushalt an Blumen und Pflanzen herangeführt werden, damit sie, die Männer, keinen seelischen Schaden erleiden und die Pflanzen den Kontakt überleben.

In der Übungsgruppe "Blumen lieben" lernen die Männer alles über Blumen, die sich in jedem Haus und in jeder Wohnung befinden, wo auch Frauen leben.

Am Anfang stehen die richtige Aussprache und die Anwendung im täglichen Leben auf dem Stundenplan. Viele Männer kennen das Wort *Blumen* gar nicht und müssen erst an den unbekannten Klang gewöhnt werden. Auch die Schreibweise des Wortes *Blumen* ist vielen Männern völlig fremd. Die Sprechübungen erfolgen zuerst zusammen. *Bluuuumen* und dann einzeln.

»Mit B, Herr Dr. Meier-Dinkfort, mit B. Blumen. «

»Pluumen. «

»Nein. Vielleicht Konsul Lichtfeld. Und bitte! «

»Blommen. «

»Blumen, Herr Konsul, Blumen. «

»Blommen. «

Der Dozent nahm wie üblich seine Beruhigungstabletten und trug den Teilnehmern auf, die Aussprache zu Hause zu üben, da man sonst den Zeitplan überschreiten würde.

Die zweite Übungsstunde ist dem Abbau von Berührungsängsten gewidmet. Trotz zahlloser Ausreden oder gar heftiger Hautreizungen müssen Männer im Haushalt bis auf Armlänge an eine Geranie (Blume) herantreten. Klaus K. will es allen zeigen und berührt die Geranie mit zitterndem Zeigefinger. Dann kreischt er laut und bricht zusammen. Die Wiederbelebungsversuche mittels Zigarettenrauch sind schon nach kurzer Zeit erfolgreich.

Konrad Z., ein bekannter Bildhauer und zweifacher Regionalmeister im Ringen, tritt vor. Er atmet tief durch und wirft den anderen Männern einen letzten Blick zu. Seine Schicksalsgenossen klammern sich aneinander und schwitzen. Zwei werden ohnmächtig. Einer der Kursteilnehmer wird kreidebleich und rennt auf den Flur, während die anderen Männer gebannt und atemlos zuschauen. Keiner lässt Konrad Z. aus den Augen. Konrad Z. gießt die Geranie und tritt schnell wieder einen Schritt zurück, da Pflanzen an sich unberechenbar sind.

Fortgeschrittene Schüler lernen das richtige Gießen, Umtopfen und Freude an Blumen zeigen. Viele zukünftige Männer klagen bei dieser Übung über Kopfschmerzen und Übelkeit, halten aber tapfer durch.

Als Höhepunkt des Kurses "Blumen lieben" gilt der selbstständige Einkauf verschiedener Blumen (Blumenstrauß) in einem Fachgeschäft (Blumenladen). Männer, die nicht nur stumm auf die Blumen zeigen, sondern sogar deren Namen wissen, erhalten eine bessere Bewertung in ihrem Zertifikat "Mann im Haushalt" und werden öffentlich gelobt. Nach dem Einkauf der Blumen wird anhand der Videoaufzeichnung der Lernfortschritt der Männer beurteilt und diskutiert.

Einige Männer berichteten jedoch von Misserfolgen bei der Übergabe des frisch gekauften Blumenstraußes an die Frau, Freundin oder Geliebte. Gerald P. kaufte einen Strauß auf Vorrat und war über den schnellen Vertrocknungsprozess überrascht, als er die Blumen nach zwei Wochen aus seiner Werkstatt holte und seiner lieben Frau schenken wollte. Er hätte ja vorher nichts angestellt und sah keine Veranlassung, die Blumen früher zu überreichen. Auch Siegbert von K. war unzufrieden. Er wollte besonders romantisch sein und seine langjährige Verlobte mit gepressten Blüten erfreuen. Siegbert von K. hatte davon in einem Ratgeber für Verliebte gelesen.

Den Blumenstrauß legte er eine Woche lang unter ein flaches Brett (3x4 Meter) und beschwerte das Brett mit dem linken Vorderrad seines Fahrzeugs. Seine Verlobte honorierte seine Bemühungen leider nicht und Siegbert von K. verzichtete fortan vollständig auf Romantik.

Männer und Kühlschränke

In der Übungsgruppe "Suchen und Finden" werden Männer im Haushalt auf eine erfolgreiche Suche nach verschiedenen Gegenständen wie Butter in Kühlschränken, vorbereitet. Studien haben ergeben, dass Männer oftmals keinen Blick für einen einzelnen Gegenstand im Haushalt haben, auch wenn er direkt vor ihnen liegt. Das war früher auch nicht notwendig, war es doch wichtiger, den männlichen Blick über die Weiten der Jagdgründe schweifen zu lassen und eine Büffelherde zu orten. Und Butter im Kühlschrank gab es eh nicht. Heute bringt die Feststellung *Ist hier nicht* die meisten Ehefrauen zur Raserei.

Die Aufgabenstellung und die Übungen in der Gruppe "Suchen und Finden" sind schon recht kompliziert und viele Kursteilnehmer stoßen hier an ihre Grenzen.

Mitten im ansonsten leeren Übungsraum stehen zwei Kühlschränke (1x2m). In diesen Kühlschränken befindet sich je ein Stück Butter, das die zukünftigen Männer im Haushalt holen sollen. 13 Anwärter auf den Titel "Mann im Haushalt" warten gespannt auf die Anweisungen des Gruppenleiters. Alle haben die theoretischen Übungen (Kühlschränke und Butter auf Bildern angucken) mehr oder weniger gut gemeistert. An die erstaunten "Aaaahs" und "Oooohs" haben sich die Kursleiter längst gewöhnt und nun brennen die Männer auf die Umsetzung in die Praxis
Der Übungsleiter schaltet ein Tonband an und eine Frauenstimme äußert die Bitte:

Geh, Schatz, und hol mir ein Stück Butter aus dem Kühlschrank.

Nach diesem Kommando schwärmen die Männer aus und beginnen ihre fieberhafte Suche. Einige Männer arbeiten mit dem Kompass, andere haben sich maßstabsgetreue Zeichnungen des Übungsraumes angefertigt; die meisten jedoch irren ziellos umher. Nach einer Stunde ist die Übung beendet. Die erste praktische Übungsstunde in der Gruppe "Suchen und Finden" wird vom Kursleiter meistens als "ohne Ergebnis" eingetragen.

Zwei Kursteilnehmer kommen mit den Jacken von der Garderobe zurück, drei Männer werden in der Kammer für Reinigungsutensilien gefunden, zwei Männer sitzen in der Frauengruppe "Abseits verstehen", zwei weitere Männer bringt der Gastwirt der Eckkneipe zurück, ein Teilnehmer fährt mit der U-Bahn zum Hauptbahnhof und bringt eine Flasche Wodka mit und drei Männer bleiben verschwunden. Die Kühlschränke (1x2m) im Übungsraum findet keiner der zukünftigen Männer im Haushalt.

Während der Mittagspause klebt der erfahrene Dozent ein rotes X aus Klebestreifen an die Kühlschrankwände und wiederholt die Übung für seine Männer. Wieder ertönt die weibliche Stimme vom Tonband. Drei Männer bleiben stehen. Sie haben die Anweisung nicht verstanden. Die anderen suchen fieberhaft nach dem Kühlschrank. Nach 43 Minuten ertönt ein triumphierender Schrei. Markus P. hat in einer Ecke eine Ein-Euro-Münze gefunden. Sofort entbrennt eine Diskussion über die Verwendung dieser Münze. Echte Männer diskutieren das Thema aus und finden eine für alle Parteien akzeptable Lösung unter Abwägung aller Vor- und Nachteile.

Die Kühlschränke im Übungsraum finden die Männer im Haushalt heute nicht.

Männer und Spannbettlaken

Männer im Haushalt haben es wahrlich nicht leicht. Jeden Tag stehen sie vor neuen Herausforderungen (Betten beziehen) oder lernen neue Räume kennen (Küche). Männer bewundern ihre Frauen, wie sie schnell, lässig und routiniert die Hausarbeit erledigen. In den meisten Fällen geht die Bewunderung sogar mit Neid einher. Welcher Mann hat sich nicht schon am überraschend heißen Suppentopf die Finger verbrannt oder hat nicht schon mehr Falten ins Hemd gebügelt, als vorher drin waren. Hausarbeiten sind oft mit einem unkalkulierbaren Risiko verbunden.

Regelrecht heimtückisch sind Spannbettlaken. Die meisten Männer im Haushalt bringt so ein störrisches Spannbettlaken an den Rand des Wahnsinns. Gut, dass es dafür in den örtlichen Volkshochschulen Übungsgruppen für Männer gibt. Zwei Männer üben in der Gruppe "Spannbettlaken bezwingen" an einem handelsüblichen Ehebett und haben eine Stunde Zeit, dieses Bett mit zwei Spannbettlaken, wie sie in jedem Haushalt zu finden sind, ordentlich und unfallfrei zu beziehen. Verfallen die Männer bei dieser notwendigen Übung in Panik, nimmt der Dozent sie sanft in die Arme, stützt ihr Köpfchen und beruhigt die weinenden Männer mit kleinen Schlucken aus einer Flasche Beck's Bier.

Andere Männer üben immer und immer wieder das Zusammenlegen von Spannbettlaken und Verstauen im Kleiderschrank. Die Übungsleiter sind nachsichtig und fordern nicht unbedingt von den Männern im Haushalt, dass das zusammengelegte Spannbettlaken so wie in der Verpackung aussieht. Dies ist nur einem Schüler bisher gelungen. Vier Tage und Nächte verbrachte Jens M. ohne feste Nahrung in der Volkshochschule, bis sein heiserer Siegesschrei ertönte. Er schreit heute noch und befindet sich in psychiatrischem Gewahrsam.

Die meisten Männer scheitern sowohl beim Betten beziehen als auch beim Laken zusammenlegen und nehmen anschließend psychologischen Beistand in Anspruch. Tragisch ist der Fall von Hubert D., einer unserer tapferen Männer im Haushalt, der vor dem Richter endete. Hubert D. hatte nach erfolgter Prüfung zum "Mann im Haushalt" zu Hause im Eifer des Gefechts gleich seine Frau mit eingebettet. Die Ärmste musste drei Stunden unter dem Spannbettlaken auf dem Bett verbringen, bevor sie sich freibei-

ßen konnte. Hubert D. hatte das Laken außerordentlich fest gespannt.

Auf die Frage des Richters, ob er denn gar nicht mitgekriegt
hätte, dass er seine Frau mit dem Laken überzogen hatte, antwortete Hubert D. wahrheitsgemäß mit Nein. Diese "Dinger" (die
Laken) wären immer etwas störrisch und würden sich heftig wehren. Auch die Unebenheit auf dem Bett erschien ihm nicht ungewöhnlich. Die plötzliche (scheinbare) Abwesenheit seiner Frau
konnte er sich nicht erklären, das wäre ihm aber auch egal gewesen. Der Richter (Bester in der Gruppe "Brandlos Bügeln" von
1975) zeigte Verständnis, wies die Klage auf versuchten Totschlag
ab und schickte Hubert D. zur Wiederholung seiner Abschluss-
prüfung zurück in die Arbeitsgemeinschaft "Spannbettlaken".
Die Ehe wurde nicht fortgeführt.

Männer und Bügeleisen

Die meisten Männer überlassen das Bügeln von Hemden ihren Ehefrauen. Aus gutem Grund: Die Geräte sind recht schwer, sind unhandlich und die Technik ist unverständlich. Bei den meisten technischen Geräten, die ein Mann gerne benutzt, gibt es einen Ein – und Ausschalter. Es reicht aus, eine Motorsäge ein- und wieder auszuschalten. Völlig überflüssig wäre eine Programmauswahl wie bei einem handelsüblichen Bügeleisen. Es ist der Motorsäge und dem Anwender egal, ob er eine Eiche oder eine Linde zersägt und ob er Äste in drei Meter oder vier Meter Höhe mit der Säge kürzt.

Umso mehr verwirren den männlichen Anwender eines Bügeleisens die vielfältigen Stufen, die VORHER am Gerät einzustellen sind, da sie angeblich Einfluss auf den Stoff haben. Der Mann möchte ein Ergebnis sehen, ein glattes faltenloses Hemd.

Die Übungsgruppe "Brandlos bügeln" hilft überforderten Männern, ihre Versicherungsprämien für den Haushalt niedrig zu halten und führt sie in den ersten Stunden vorsichtig an die Tatsache heran, dass nicht jedes Hemd zwangsläufig aus Baumwolle bestehen muss. Einer der Teilnehmer, der bekannte Journalist Torsten M., leugnete im Namen sämtlicher Teilnehmer die Existenz von Seide, Leinen und Kunstfasern und ließ sich auch nicht überzeugen, als die Kursleiterin ihn zwang, verschiedene Stoffe mit den Händen zu berühren. Sachkundig bezeichnete Torsten M. jedes Hemd, jede Bluse und jede Tischdecke als Baumwolle, wobei er sich allerdings weigerte, die Musterbluse und die Mustertischdecke anzufassen. Ihn würden sowieso nur Oberhemden interessieren.

Drei Wochen dauerte es, bis alle Kursteilnehmer die Existenz anderer Stoffe anerkannten, was jedoch nicht gleichzeitig bedeutete, dass die Männer die Notwendigkeit unterschiedlicher Temperaturen beim Bügeln einsahen. Einige Männer, darunter Beamte in gehobener Position und erfolgreiche Unternehmer, behaupteten gar, Bügeln wäre ein überflüssiger Vorgang, da jeder Pullover a) Falten überdeckte und b) die entstehende Körperwärme jedes Hemd glatt bekäme. Die Kursleiterin bestätigte diese Theorie, wies aber darauf hin, dass diese Prozedur des Glatttragens Zeit beanspruchte. Die Teilnehmer des Kurses lachten kurz auf und stellten gelassen fest, dass Zeit reichlich vorhanden wäre, da man Hemden nicht unbedingt täglich wechseln müsse. Spitzenreiter in der fröhlichen Runde der zeitunabhängigen Hemdträger war Dr. Manuel V., Oberarzt im Zentralkrankenhaus. Er trug sein ungebügeltes Oberhemd bereits 10 Tage unter einem geschmackvollen Pullover und es war tatsächlich faltenfrei.

Die Kursleiterin ließ nicht locker, baute fünf Übungsbügeltische auf und ging zur praktischen Einweisung über. Zuerst musste der Stoff klassifiziert werden. Torsten M. lehnte ab, da er mit Recherchearbeiten üblicherweise einen Praktikanten in der Redaktion betraute, war aber überrascht, als er und die anderen Männer bei näherer Betrachtung ein kleines Schild entdeckten, das allerlei Fakten über den Stoff preisgab. Klaus A., der Inhaber einer gutgehenden Apotheke, rollte mit den Augen, schnappte sich eine Schere, bevor die Kursleiterin es verhindern konnte, und schnitt alle Schilder ab. Sie, die Schilder, hätten keinerlei Bedeutung und würden nur sinnlos auf der Haut kratzen.

Nun sollte mittels Programmwahl die passende Temperatur am Bügeleisen eingestellt werden. Die Kursteilnehmer lehnten geschlossen ab. Sie würden sich von einem Rädchen keinerlei Vorschriften lassen machen und wüssten vom Gefühl her, wann ein technisches Gerät betriebsbereit wäre. Sie änderten weder ihre eigene Einstellung noch die am Bügeleisen, als das Musterstück "Seide" aufgrund zu hoher Temperaturen in Flammen aufging. Die Männer erkannten jedoch die Einsatzmöglichkeiten eines heißen Bügeleisens, holten aufgeregt ihre belegten Brote heraus, rösteten sie auf der Bügelfläche und diskutierten leidenschaftlich, wie man durch Improvisieren zu optimierten Ergebnissen kommt.

Wie jedes Jahr wurde der Kurs "Brandlos bügeln" vorzeitig beendet.

Über den Autor

Der Mann hinter dem Pseudonym Theo Graufell ist tatsächlich
ein großer Katzenfreund und lebt nach einer glänzenden Karriere
als Baumwollpflücker in Israel und Erntehelfer auf einer Tabak-
farm in Zimbabwe zurückgezogen mit Frau und seiner Katze
Kümmel, die es wirklich gibt, am Rande von Berlin. Theo und
seine Katze sind unzertrennlich. Sieht man einen, ist der oder die
andere garantiert in der Nähe. Theo Graufell ist eher schweigsam,
Katze Kümmel auch. Beide befinden sich im Herbst des Lebens,
gehen selten aus und wollen ihre Ruhe haben. Das war nicht
immer so, aber das ist eine andere Geschichte.

Theo Graufell liebt Pellkartoffeln mit Quark, Katze Kümmel
bevorzugt rohes Fleisch. So kommen sich die beiden Freunde bei
der Wahl der Nahrung nicht in die Quere.

Unter einem anderen Pseudonym erschien dieses Buch:

Kein Ring, kein Kuss
Eine (fast) unmögliche Liebe in Israel von Mark Hollberg

Welten prallen in Hollbergs Roman aufeinander, als sich Daliah,
die Neueinwanderin aus dem Iran, und der kühle Norddeutsche
in einem israelischen Kibbuz über den Weg laufen. Daliahs Eng-
lisch ist ebenso schlecht wie Bernds Hebräisch und die Verständigung gestaltet sich nicht gerade einfach. Verwunderungen sind
an der Tagesordnung und langsam und auf leisen Sohlen kommt
die Liebe zu Daliah und Berenod, wie sie den jungen Mann
nennt.
Der Leser lacht und weint mit den beiden unterschiedlichen
Menschen und lernt nebenbei eine Menge über das kleine Land
Israel kennen.

Nachwort

12 Jahre ist es nun her, dass Katze Ki
eingezogen ist. Und immer noch hält d
vornehmlich ihren Theo auf Trab. K
ruhige Katzendame geworden. Sie i
liebt nichts mehr als die Nähe zu ihre
sie auch lieb. Aber anders. Kümm
Revier, fängt Mäuse und geht mit Th
Vierauge und Theo Graufell habe
Kümmel. Eine schwere Verletzung
ger nächtlicher Aufenthalt in Na
halm, der durch Kümmels Nas
nächtliche Revierkämpfe mit bö
gewonnen hat und Rettungsaktio
der Straße. Viele Nebendarstelle
verstorben. Nachbar Erich, K
Katze weilen nicht mehr unter